U1017971

百年中国记忆
系列丛书

总策划、主编
刘未鸣

副主编
唐柳成　张剑荆　段　敏

内心的真相

瞿秋白散文诗歌选

瞿秋白 著

百年中国记忆·先烈经典文丛

中国文史出版社

图书在版编目（CIP）数据

内心的真相：瞿秋白散文诗歌选 / 瞿秋白著 . -- 北京：中国文史出版社，2020.11

（百年中国记忆 . 先烈经典文丛）

ISBN 978-7-5205-2465-0

Ⅰ . ① 内… Ⅱ . ① 瞿… Ⅲ . ① 散文集—中国—现代 ② 诗集—中国—现代 Ⅳ . ① I216.2

中国版本图书馆 CIP 数据核字（2020）第 211799 号

责任编辑：秦千里

出版发行：中国文史出版社
社　　址：北京市海淀区西八里庄路 69 号院　邮编：100142
电　　话：010-81136606　81136602　81136603（发行部）
传　　真：010-81136655
印　　装：北京朝阳印刷厂有限责任公司
经　　销：全国新华书店
开　　本：16 开
印　　张：20.75
字　　数：257 千字
版　　次：2021 年 1 月北京第 1 版
印　　次：2021 年 1 月第 1 次印刷
定　　价：58.00 元

文史版图书，版权所有，侵权必究。
文史版图书，印装错误可与发行部联系退换。

编者说明

瞿秋白(1899—1935),江苏常州人。中国共产党早期主要领导人之一,中国革命文学事业的重要奠基者之一。出生于书香门第,10岁考入常州府中学堂;1915年冬因交不起学费被迫辍学,做乡村小学教师谋生;1917年秋考入北京俄文专修馆学习;1919年参加五四运动;1920年8月,作为北京《晨报》和上海《时事新报》的特约通讯员到莫斯科采访,在两年时间里,先后撰写数十篇通讯和《饿乡纪程》《赤都心史》等著作,客观介绍俄国十月革命后的真实情况。他是中国记者中唯一与列宁交谈过的人。1921年秋,莫斯科东方大学开办中国班,瞿秋白任翻译和助教。1922年2月,由张太雷介绍加入中国共产党。1922年底,陈独秀到莫斯科,瞿秋白担任翻译。1923年1月随同陈独秀回到北京,兼管中共宣传工作。1923年夏,于右任、邓中夏创办上海大学,瞿秋白担任教务长兼社会学系主任。1925年参与领导了五卅运动。1927年八七会议上,瞿秋白主持中央工作,成为中国共产党第二任最高领导人。1928年5月,瞿秋白来到莫斯科,担任中共驻共产国际的代表团团长,直到1930年8月。1931年1月7日,共产国际代表米夫及王明等人在六届四中全会上,把瞿秋白定为"左"倾教条主义者,解除了他的领导职务。此后瞿秋白在上海养病,与鲁迅、茅盾等交游,领导左翼文化运动。1934年2

月，瞿秋白被安排到苏区，主管中华苏维埃共和国的教育。中央红军长征后，瞿秋白留在当地参加游击战争。1935 年 2 月，在向闽西突围时被国民党保安团抓捕。在押期间，他写下《多余的话》，拒绝了当局的劝降。6 月 18 日从容就义。

本书选编了他的部分代表性著作，有最早报道赤色苏俄的报告文学经典《赤都心史》，有作者在人生的最后关头写罢的《多余的话》，以及其他挟带着炽热情感的散文诗歌。在中国共产党烈士里面，瞿秋白可能是最具文人气质的革命领袖，他愿意把喜怒哀乐形诸笔墨，倾诉内心的声音和描摹事实的真相，哪怕会引发争议，有悖于时局。也正因为如此，他以坚定不移的信仰和一颗坦诚的赤子之心获得了同时代人的尊敬和后来者不绝如缕的怀念。

1950 年 12 月 31 日，毛泽东在为《瞿秋白文集》题词时高度赞扬他说：

“在革命困难的年月里坚持了英雄的立场，宁愿向刽子手的屠刀走去，不愿屈服。他的这种为人民工作的精神，这种临难不屈的意志和他在文字中保存下来的思想，将永远活着，不会死去。”

目　录

游　记

散　文

杂　文

诗　歌

游　记

赤都心史

序

人生的经过，受环境万千现象变化的反映，于心灵的明镜上显种种光影，错综闪铄，光怪陆离，于心灵的圣钟里动种种音响，铿锵递转，激扬沉抑。然生活的意义于客观上常处于平等的地位，只见电影中继继存存陆续相衔的影像，而实质上却是一个一个独立的影片。宇宙观中尽成影与响，竟无建立主观的余地。变动转换，复杂万千，等到分析到极处，原无所“有”。然而同样的环境，各人各时各地所起印象各异，——此所谓“世间的不平等性”于实际生活上永存不灭，与世间同其久长。所以有生活，有生活的现象，有生活现象之历史的过程。生活现象之历史的过程既为实质之差异的印显，就必定附丽于一定的“镜面钟身”。于是已出抽象概括的问题而入具体单独的问题。缘此世间的不平等性而有人生经过可说。镜面之大小，钟身之厚薄，于是都为差异之前因。镜与钟的来处，锻炼时的经过，又为其大小厚薄之前因。历史的过程因此乃得成就。

东方稚儿熏陶于几千年的古文化中，在此宇宙思潮流转交汇的时期，既不能超越万象入于“出世间”，就不期然而然卷入漩涡，他于是来到迅流瀑激的两文化交战区域，带着热烈的希望，脆薄的魄力，受一切种种新影新响。赤色新国的都城，远射万丈光焰，遥传千年沉响，固然已是宇宙的伟观，总量的反映。然而东方古国的稚儿到此俄罗斯文化及西欧文化结晶的焦点，又处于第三文化的地位，不由他不发第二次的反映，第二次的回声。况且还有他个人人生经过作最后的底稿。——此镜此钟置之于此境此界，自然断续相衔有相当的回射。历史的经过，虽分秒的迁移，也于世界文化上有相当的地位，所以东方稚儿记此赤都中心影心响的史诗，也就是他心弦上乐谱的记录。

《赤都心史》将记我个人心理上之经过，在此赤色的莫斯科里，所闻所见所思所感。于此时期，我任北京《晨报》通信记者的职务，所以一切赤国的时事自有继续的通信，一切赤国的制度另有系统的论述，不入《赤都心史》内。只有社会实际生活，参观游谈，读书心得，冥想感会，是我心理记录的底稿。我愿意读者得着较深切的感想，我愿意作者写出较实在的情事，不敢用枯燥的笔记游记的体裁。我愿意突出个性，印取自己的思潮，所以杂集随感录，且要试摹“社会的画稿”，所以凡能描写如意的，略仿散文诗。材料的来源，都在我莫斯科生涯中，约略可以分作几种：杂记，散文诗（“逸事”），读书录，参观游览记。“我心灵的影和响，或者在宇宙间偶然留纤微毫忽的痕迹呵！——何况这本小小的册子是我努力了解人生的印象。”

1921 年 11 月 26 日，莫斯科，集竟记

引　言

此本为著者在莫斯科一年中的杂记，继续于《饿乡纪程》之后（《饿乡纪程》已出版，商务印书馆改名为《新俄国游记》）。《饿乡纪程》叙至到莫斯科日为止，此书叙莫斯科生活中之见闻轶事。两书

均是著者幼稚的文学试作品，而决不是枯燥的游记，决不是旅行指南！——欲了解一国的社会生活，决不能单凭几条法律几部法令，而要看得见那一社会的心灵。况且文学的作品至少也要略见作者的个性。至于俄国革命之历史的观察，制度的解释，则我另有社会科学论文的体裁之《俄罗斯革命论》，在《世界丛书》里出版。

瞿秋白　1923 年 8 月 4 日

一　黎　明

沉沉的夜色，安恬静密笼罩着大地。高烧的银烛，光炧影昏，羞涩的姮娥，晚妆已卸；酒阑兴尽，倦舞的腰肢，已经颓唐散漫，睡态惺忪，渴涩的歌喉，早就阑漫沉吟，醉呓依微。兴高采烈，盛会欢情，极人间的乐意，尽人间的美态，情感舒畅，横流旁溢，“留连而忘返”，将当年“复生”的新潮所创造的“人间美”，渐渐恶化，怠化，纵恣化。清歌变成了醉呓，妙舞已代以淫嬉，创造的内力已自趋于磨灭。一切资产阶级的艺术文化渐渐的隐隐的暴露出他的阶级性：市侩气。地轴偷转，朝日渐起，任凭你电花奇火有几万万火焰，也都濒于夺光失采的危怖。几分几秒后，不怕你不立成“爝火”的微光。黎明来临，预兆早见，然而近晓的天色几微，鱼肚惨色渐转赤黑愁黯的霞影时，反不如就近黄昏的夕阳！游荡狂筵的市侩乐，殊不愿对于清明健爽的劳作之歌让步。何况夜色的威权仍旧拥着漫天掩地的巨力，现时天机才转，微露晨意，未见晨光，所显现的只是黎明的先兆，还不是黎明呢。鱼肚之光，黑霞之色，本来是“夜余”而又是“晨初”呵。

人类的文化艺术，是他几千百年社会心灵精彩的凝结累积，有实际内力作他的基础。好一似奇花异卉受甘露仙滋的培植营养：土壤的膏腴，干枝的壮健，共同拥现此一朵蓓蕾。根下的泥滋，亦如是秽浊，却是他的实际内力的来源；等到显现出鲜丽清新的花朵，人人却易忘掉他根下的污泥。——社会心灵的精彩，也就包含在这粗象的经济生活。根本方就干枯，——资产阶级经济地位动摇，花色还勉留几朝的光艳。新芽刚才突发，——无产阶级经济权力取得，春意还隐于万重的凝雾。

那将来主义，俄罗斯革命后而盛行的艺术上之一派，——是资产阶级文化的夜之余，无产阶级文化的晨之初；他是春阑的残花，是冬尽的新芽；凝雾外的春意暂时委曲些儿，对着那南风中的残艳，有无愧色？……固然！然而，夜阑时神昏意怠的醉荡之舞，看来已是奄然就息；那黎明后清明爽健的劳作之歌，还依稀微忽。当然仅觉着这目前沉寂凄清的"奇静"，好不惨惋。可是呢……悄悄地里偶然遥听着万重山谷外"新曲"之先声，又令人奋然振发，说：黎明来临……黎明来临！

莫斯科的德理觉夸夫斯嘉画馆里，陈列著名的俄国画家，如联萍等的手笔，旧文化沙砾中的精金，攸游观览，可以忘返。于此间突然遇见粗暴刚勇的画笔，将来派的创作，令人的神意由攸乐一变而为奋动，又带几分烦恼：粗野而有楞角的色彩，调和中有违戾的印象，剧动忿怒的气概，急激突现的表显，然而都予我以鲜，明，动，现的感想。前日，我由友人介绍，见将来派名诗家马霞夸夫斯基，他殷勤问及中国文学，赠我一本诗集《人》。将来派的诗，无韵无格，避用表词，很像中国律诗之堆砌名词形容词，而以人类心理自然之联想代动词，形式约略如此，至于内容，据他说和将来派的画相应，——他本来也是画家。我读他不懂。只有其中一篇《归天返地》，视人生观似乎和佛法的“回向”相仿佛。家乐剧院更取将来主义入演剧的艺术，一切旧规律都已去尽，亦是不可了解。新艺术中的有政治宣传性者，如路纳察尔斯基的《国民》一剧，我曾经在国家第二剧院，——旧小剧院看过，所用布景，固然是将来主义，已经容易了解些，剧本的内容却并非神秘性的，而是历史剧，演古代罗马贫民革命，且有些英雄主义的色彩。昨日到大剧院，一见旧歌剧花露润融，高吟沉抑，旧艺术虽衰落不少——据俄国人说如此，——却一切美妙的庄丽的建筑艺术都保存完好。

危苦窘迫，饥寒战疫的赤都，文化明星的光辉惨淡，然而新旧两流平行缓进，还可以静待灿烂庄严的将来呢。

1921 年 2 月 16 日

二　无政府主义之祖国

克洛扑德金夫人前日来莫斯科，她学生纪务立，外交人民委员会的职员，介绍我去见。夫人老态龙钟，听见远东的新闻记者都来吊克氏，非常之感动，表示许多欢忭的意思，——我并且送她一袋白面。纪务立当时问夫人什么时候回德美脱洛夫村，她说明天就走，可是这一次身体不大舒服，恐怕不能步行到车站，况且还有许多东西，因叫纪务立一早去送她。夫人回答时还笑着说：“今天最高经济苏维埃会长一定要派自己的汽车来，我不肯要他们布尔塞维克的汽车，——汽车夫却说，这不是他们布党的，这是我个人敬仰克氏，所以自愿来的。我回他说，他亦辛苦，感谢不胜。他才走了。”见了克氏夫人出来，纪务立对我说，这是真正的俄国贵族，王爵夫人而有这种克己复礼的精神。可是克氏的本性却非俄国的不务实际的智识阶级，他的主义亦不是俄国式的无政府主义。所以他的死后，墓前吊词中，竟有无政府党讥消克氏太迷信科学了。

我回忆，我们到莫斯科开始工作时，第一事就是克洛扑德金逝世。二月二日我们迁居于外交委员会公寓后，每天报载克氏的温度，派专车送医生到克氏那里去。等到九日已经听说克洛扑德金去世了。十二日我们到灵前参观，十三日一早去送殡，宗武忙忙的收拾照像器具，我们同着去。远远的就看见人山人海，各种旗帜招飐着。沿路有人发一张《克氏日报》，上面还载着许多吊文传志，并且还有克氏死后无政府团体通告全欧全俄全世界的无线电稿，列宁批准暂释在狱无政府党参与殡礼的命令。当日送殡的除种种色色无政府团体外，还有学生会，工人水手等联合会，艺术学会等；社会革命党，社会民主党少数派都有旗帜。最后是俄罗斯共产党，共产国际，还有赤军拿着俄罗斯社会主义联邦苏维埃共和国的赤色国旗。无政府主义者手持旗帜，写着无政府主义的口号，其余各团体也都张着"克氏不朽"的旗。人山人海拥拥挤挤之中，我远望着克氏的灵榇抬出来，面色还蔼然含笑似的，——宗武正拿着照相机呢，——猛听得震天动地的高呼"万岁"声。一时人丛中更挤得厉害，乱杂之中我只听得四方八面嘈杂的谈话和巡官的号令："请诸位保持秩序，不要往上挤，……""克氏科学上的功绩，道德上的廉洁，真可不朽，虽然他不是……""无政府主义大家殡礼，为什么要军队警察来参与？不用他们……""唉，挤死了！""哼……无政府主义，本来就是无秩序……"我好容易挣扎着走出人丛，站在一旁，远远的见克氏的灵榇拥着黑魆一片人影，无数旗帜慢慢的往南去了。

林德（Lind）女士，克氏的亲戚，曾经和我谈及克氏临死时的逸话。克氏病重的时候，温度非常之高，乱梦热呓，每每不能安寝，生平非常之喜欢音乐，所以每每对林德女士说："唉！我又看见许多埃及中国字的花花绿绿影子，似乎只想着书，要去看这些不懂得的字！请你弹琴解闷罢，省得我又乱梦颠倒。……"林德女士有一次拿一叫人钟到克氏床前去，克氏笑着说："我是无政府主义者，向来不发命令，用不着叫人钟，呵呵呵！……"

俄国无政府主义从八十世纪末年就和自由主义同时发生，至十九世纪七十年时代托尔斯泰的无政府主义即极盛。然而无政府主义的俄国性，东方文化性，在俄国社会思想朴实的农民之中比较的发展，俄国式的智识阶级尤其欢喜空谈的无政府主义。至于巴枯宁，克洛扑德金的科学的无政府主义，反而不为俄人所喜，而且比较的带有现代的国际的性质。克氏殡礼后一日，我曾遇一无政府主义者黑诃（Heiho），他说现时克氏既死，俄国的无政府主义还有三派呢。

三　兵燹与弦歌

清霜薄日的早晨，冻得凝凝的云色，映着半新不旧的赤旗，时时招拂，荡漾着四周霜枝玉树间的晨光，——这就是俄罗斯社会主义联邦苏维埃共和国的教育人民委员会。门前穿着重裘的看门的让我们进去；沿着扶梯上去，墙壁上处处画有宣传图画，经过一个小客厅，里面却挂着"无产阶级文化之华"等标题，一个赫尔岑的铜像。招待员伊凡诺凡女士殷勤的请我们进去参观，送我们许多书报杂志。我们要求见委员长路纳察尔斯基。秘书文葛洛夫说，路氏明天就上彼得城，恐怕没有工夫见了。我们再四请文氏打电话到克莱摩宫去问，谁知一问居然立刻说："请。"

我当日就同颂华，宗武准备好入宫券，同进克莱摩；经过两重卫卒，到宫里，巍然高大的城墙，古旧壮丽的建筑，令人神爽。宫城内地方廓大，有许多机关，人民委员大半都住在里面，我们问了一回，才有人指给我们："那绿房子里，就是路纳察尔斯基住的。"我们进去。灰尘积滞扶梯，电灯有些破毁的，空空的一大间，疏疏朗朗排着几张极华美的锦椅，有一人迎面进来说："等一等。"等了好半天，静悄悄的，似乎一个人也没有，那间屋子又不像是招待室，正在骇怪，东角的门一闪，露出一个人面，相片上看见过的路氏，招手请进。我们进办公室一看，排着好好的几张桌子，除路氏外，一个人影都不见。路氏招待我们坐下之后，我们就拿出问题请教：最近教育上的设施和东方文化的意趣。路氏是一演说的艺术家，谈吐非常的风雅，又简截了当，总谈不过十分钟，而所答已很完满不漏。他面色灰白，似乎不大健康，所穿衣服非常朴素。他的谈话大约如下："革命后我们即日促学校教育上的革新，扶植无产阶级文化的基础。然而初行非常困难，因为教员教授之非共产党者——立宪民主党，甚至于还有更右于立宪民主党的——都以怠工反对政府；好容易设了种种方法，现在这种怠工总算消灭了。何况兵燹之后，物质条件也窘迫到极点呢。可是最近几年来学术上的发明也还不少，比如：X光线，化学原子锂的成分，医学上癌病治疗法等。因此欧美各国对于俄国革命后学术文化上的进步，非常之引为有趣而大家想来研究。荷兰科学院曾经派过学生来。我们亦派学生到欧美留学，国内处于破坏状态，纸张印机都很缺乏，所以又设法在德国开了一个俄文书籍印刷局。我们在文化上能尽力的地方都已尽到了，然而不敢自满，——实在战争与革命的破坏力非常之大，创造新文化也不是轻易的事，还得努力做去。至于我们共产党对于东方文化的意趣，倒是一个很有趣味的问题。第一，因为俄跨欧亚，和东方古文化素有接触，第二，革命之前俄境内各民族也是被压迫的，对于‘东方’极有同情。况且苏维埃俄国，不像其他欧美各国妄自尊大，蔑视东方，我们是对于东方民族极端平等看待，对于他的文化尤其有兴趣。现在极注意于促进两民族的互相了解，采用他的文化，已经设一东方学院。东方文化之‘古’，‘美’，‘伟大’，‘崇高’，诗文哲学，兴味浓郁。不过对于他的宗教性，我们认为是已过去的东西，应当自然消灭的。”说完时，我看见有一女人捧着一小盘黑面包进来，还有好几个职员模样的坐在那边一张桌子旁等着，因此起身告辞，路氏握手道歉说：“可惜现在有一委员会要开会，我不能多谈了……”

过了两星期，教育人民委员会又派了汽车来，我们到好几处幼稚院，劳动学校去参观，规模虽然小，精神却很好，只是物质生活太苦些。今天到一林间学校，离莫斯科有二三十里，那地方空气清新，房舍清洁，专为有遗传病的儿童而设的，一切设备非常完美。小学生活泼之至，听见中国新闻记者来，大家唱歌跳舞的欢迎，拥着问话；有一学生，居然学会了写“中国瞿秋白”五字呢。

3月2日

四 秋意

——题画赠林德女士（Lind）

万树森疏，西风又紧，
拥落叶如潮做奇响。
独那月亮儿静悄悄地，
万籁中，自放灵光。

虽有些纤云薄翳，
原不碍，原不碍，
他那果毅沉潜的活力，
待些须，依旧是光华万丈。

渗透了，渗透了，
那宇宙的奥秘，
一任他秋意萧萧，秋云黯黯，
我只笑，笑君空扰攘。

3 月 12 日

五 公社

莫斯科生活开始，我们求学考察还正兴致勃勃，然而因物质生活的困苦，竟奄奄有些小恙。病中无聊，同寓一日本人新白介绍几个女友来谈，勉强解闷。一冬以来，足有四五个月，天天是凄清惨淡的天色，一片白漫漫的青影，到底使人烦闷，现在春天已经快来了，这四五月的“俄国生活”也当渐渐转出生意呵！莫斯科城市生活，经革命兵燹之后却很凄清，商铺都封闭着……病中无事，因与俄国友人闲谈，略略得知莫斯科城市生活，并及全俄布尔塞维克革命后草创的设施。

欧洲第一次无产阶级革命，要算 1871 年巴黎公社（LaCommune de Paris）革命，马克思亲与其事。公社大概的组织就是城市工人共同组织一消费社，分配一切需要品。俄国十月革命之后，每一城市作为一共产社。又一友人告我，俄国现在无物不集中，消费者都以团体为单位，个人名义很难领到需用物品。全国集权行得很厉害。譬如莫斯科公社——市政工会之类，每月为莫斯科居民运取食粮，消费者凭劳动券领取，劳动券以工作高下为标准分好几等，每等可得若干，十日以前在《消息公报》登载。其余一切用品都有相当的机关。友人还说这种集中制在军事时代很有用处：没有一人没有一天能浪费物品或偷闲惰怠的，固然有许多弊病，然而这本是列宁所谓“军事的共产主义”，这是军事的共产社制度，在“国内战争”期内，他的必要，却有一定的程度。至于乡村间呢，贫苦农民多分得土地，生活还像私有者。

日本人新白是一飞行家，年纪正轻，风流倜傥，屡次想回国，都没成功，现在莫斯科飞行学院及参谋部学院东方部做事，所领口粮还不错，他说莫斯科生活很苦，参谋部学院有一英国妇人——英法文教员，家里失窃，穷得可怜呢，丈夫在战线，还因交通不便，虽停战亦不能北返。

3月11日

六　革命之反动

今天报载克龙史泰（Kronstadt）之乱已平。

当三月初间公布在彼得城搜获社会革命党之煽动的机关，接着就发表二月二十八日在克龙史泰——彼得城的港口，向来是军事上的要塞，——有一军舰上水手等暴动，三月二日一早，旧步兵将军郭子洛夫斯基公然率领群众声言反抗“共产党的苏维埃”，克龙史泰的苏维埃议长顾子明及数职员均被乱党所捕，于是彼得城里也形势不稳。三月五日，劳动国防苏维埃议长列宁，革命军事苏维埃议长杜洛次基联名出布告剥夺郭子洛夫斯基将军的公权，宣布彼得城戒严，地方全权暂移交彼得城国防委员会。外面谣言数起，还有芬兰暗中助叛党之说，因为海冻未解，由克龙史泰还可直接步行经冰上到芬兰对岸。——三月六日杜洛次基又出要降布告，致词非常之动人。九日已经听说赤军节节战胜。到今天——三月十九日——报上载，居然已经完全平静，死亡却也不少，我初到莫斯科时曾经遇见一共产党，这次他去投充志愿军，也死在里面。

大概不得志的小商人，小资产阶级的农民，一九二〇年以来，都不满意于劳农政府，社会革命党所谓“代表农民利益”的政党，到处宣传鼓动。实际上“食粮均配法”，收取农民出产物之全量，为近时西伯利亚以及其余各处农民反抗的真因，——这种风潮，我们到莫斯科时已经很甚。现时正是俄共产党开第十次大会，商议改变策略，于是克龙史泰乱事趁此而起。

我还记得，二月底，华工会中，有人告诉我，莫斯科暗中正在戒严状态之中；共产党中有反对改变政策的，居民庸众同时却秘密的阴谋，所以形势不大稳当。那阴谋的口号是要求三端：（一）自由贸易，（二）开国会，（三）解散共产党。这次克龙史泰的口号却是“无共产党之苏维埃”。其实受资产阶级思想之影响是相同的。

3月19日

七　社会生活

教育人民委员会的职员刘白文纳女士送来好些书籍杂志，路纳察尔斯基的著作等，偶然有些白面包，我们请她喝茶，她吃了一个面包，又拿一个，很不好意思地说道："我们两三年没有吃着这样的面包了，我想带一个回去给我母亲，她一定高兴得不得了，……"我们赶紧答应，并且又送她两个，她很感谢。随后刘白文纳女士谈及家庭生活，颂华因问："共产主义的家庭怎样？"她笑着说："郭冷苔女士著书说家庭生活社会化——我们却还想不到这一层。"她走时又再三致谢，并因听说李宗武能唱中国戏，约着日子同到无产文化（Proletcult）的音乐会去。

无产阶级文化部——简称无产文化——是教育人民委员会所设的，一切图画音乐诗文戏剧的新作家都加入，凡有创作就大家详论研究。常开音乐或诗文晚会，有时自编戏剧以为工人娱乐。我们去时会员极端欢迎，宗武所唱汪调的《马前泼水》居然收入留声机。他们亦收着几张广东戏片。又给我们看一新式的意大利钢琴，可以不按自鸣，谱子从琴背插入，机括开时音调佳妙无比。说所奏乃日本女郎思夫之曲。音乐会会长问，日本调我们能懂不能，并且详详细细和我们讲那曲子的内容。——意大利一贵族游日本，娶了一日本女子，后来又到美国，竟忘日女，曲中所奏一大部分是日女怨泣之词。会长并说，旧文化的音乐人才，革命中未免凋零，新的还很幼稚，然而假使物质生活不这样困苦，我们的工作还可以强几倍呢……

俄友纪务立介绍托尔斯泰孙女苏菲亚来谈。托氏派在各地曾有一"真自由之结合"，每星期六开会演讲，并有一杂志，现在为政府所禁——因为他们反对征兵太厉害。苏菲亚说，现有以前托氏在莫斯科的住宅——托氏死在其中——改为陈列馆，因约我们去参观并到她家里叙谈。

托尔斯泰陈列馆离我们寓所不远。馆中非常清洁整齐。苏菲亚指示讲解各种图画照相，并有一小画，为托氏亲笔所绘，画中有一小马一大人，苏菲亚说，这是她小时，祖父赏她的玩物。到托氏家后，苏菲亚母亲很亲热的接待我们，并送给我们好几本书——其中有一本为《老子》的俄文节译本。

各种社会公共机关，——据苏菲亚母亲说——凡不是共产主义的，只要不带政治上的危险性质，如托尔斯泰陈列馆等，都不受什么妨碍，有时亦能稍得辅助。

4月3日

八 “烦闷……”

列尔孟托夫（Lermontoff）

烦闷忧愁，
和谁握手，
在这心神
不定的时候？

希望，希望，
绝无影响，
又何事

徒劳意想？
芳时易过
驹隙年光。

爱乎谁爱，
枉费心神，
暂时的——
不值得，
永久的——
不可能。

自视又何如？
陈迹都无。
苦乎乐乎？
一切比泡影还虚。

情爱呢？
可知，这甜情蜜意，
禁不起——
理性一闪，
迟早是—— 雨消云散。

生活呢？
你且……
冷眼相觑，
才知道：

人生空泛，
人生真太愚。

4月5日译

九 “皓 月”

——题画赠苏菲亚·托尔斯泰女士

皓月落沧海，
碎影摇万里。
生理亦如斯，
浩波欲无际。

4月10日

一〇 “俄国式的社会主义”

德国经济调查员兼外交代表史德勒（Paul Stähler）博士曾来访。他说德国革命后疮痍未复，现时协约国强迫德国赔偿巨款，——其实是枉然的。德国俄国经济恢复中必须互相辅助，他来此就是作正式缔结外交关系的预备的。最近德国共产党还要求政府与俄通商，德国或者就派公使。我们问他来俄的感想，他说资本家是可以推翻的，资本却不可以毁的，——无产阶级胜利后，那资本就是无产阶级国家的库藏，俄国革命中或者有这一类误点。至于政治关系却还有一层：俄国智识阶级向来与平民特异，隔离，不相了解，革命中种种经过，这一点未始不是一根本原因。德国社会情况不同，假使共产主义革命突现，他的过程一定不与俄国相同。

伦敦《Daily Herald》报的通信记者亚尔史孛葛（Alsberg）和我们说，他来此几月，确知道，苏维埃政府是现今俄国唯一的政府，至于共产主义的建设，因为战事和内乱的缘故，还没有什么成就。他又介绍我们见美国资本家房德列浦（Vanderlep）及《旅俄六周记》的作者朗塞（Arthur Ransome）。房氏说他此来乃是为堪察加订租约的事，愈速愈妙，新大总统哈定对俄政策还没一定，所以迟滞。堪察加租约如成，美国可以供给各种原料，及主要的工业品机器等，俄国方面，木材，皮货，矿产种种天然的富源亦可以开发。

今天我们又见着通商人民委员会副委员长列若乏。他告诉我们许多苏维埃政府的国际关系：

俄国与国外通商，是政府的专利。现在国外的关系已经很好，英国已经正式签约，德国就在这几天内，其余边境各小国及意大利，捷克斯拉夫，都已结通商关系，俄国代表在国外大概都尽先同无产阶级的组织，各生产协社，工人协社等接洽之后，再和资本家商量，外国商人在俄国的，暂时只在我们通商人民委员会里接洽，俄国政府担保他的利益。现在俄国还正努力协理各种租借地，借外国资本来发展俄国工业——社会主义的基础。战事革命，工业毁坏太甚。内战继起，令政府不得不注全力于战事，一切原料及工业生产品都用在军事上。机器不够用，技师非常之少，技术程度又太低——战争时俄国技师死者甚多。所以非聘用外国技师，购买外国机器来发展工业不可。不但机器，就是工业附属品，如工厂中所用电灯泡等，也须向外国购买，如此情形，自然不得不和外国资本家相接洽。

列若乏还着重的说：“没有工业就没有社会主义，况且决不能在隔离状态中实行新村式的共产主义……我们俄国革命史上十九世纪七八十年时代盛行的民粹派（Narodniki）主张无工业的农村公社社会主义。马克思派和民粹派的争执的焦点就在于此。你们想必很明白，我们是马克思主义者，决不能行这种俄国式的社会主义。……当然并且必须和暂时没倒的外国资本家相利用，——发展工业培植无产阶级社会主义的基本；……看罢，资本家胜呢，还是我们？”

4月11日

一一 宗教的俄罗斯

愁惨的阴云已经散尽，凝静的死雪已经化完，赤色的莫斯科渐渐融陶于明媚的春光。蔚蓝的天色，堆锦的白云，春气欣欣，冷酷的北地风雪已化为乌有了。基督救主庙壮丽的建筑，辉煌的金顶，矗立云际，依然昂昂突显神秘的奇彩。庙旁旷园，围着短短的灌林，初春的花草，鲜黄嫩绿，拂拭游春士女的衣袂。

俄友郭质生来谈，说今天是俄国旧历复活日曜日，家家都插“瘦柳”，教堂中行大礼拜呢，因邀我们去看。希腊教的仪式，却是中国人的基督教观念中所没有的。

莫斯科最大的教堂——基督救主庙，建筑伟丽，雕刻画像都有很大的艺术上的价值。我们进去的时候，人已很多，每人手中都拿着一握“瘦柳”。只见十余丈高的堂顶上，画着非常之伟丽的耶稣像，四壁辉煌金彩，中间成一十字甬道，甬道的一端，正中有大理石龛，龛前（十字甬道之前）二角有两台：一经筵，一歌筵；十字甬道之他端是庙门，此处和经筵歌筵相对又有两座：左为国皇座，右为神甫座。救主庙的神甫，是全俄最高神甫，革命前受国库供养，统辖全国教堂事务，所谓“国家中之国家”。十月革命后教制仍存，不过与国家政府绝对脱离关系，单受信教徒的供给。我们在教堂中站着不多时，人渐拥挤，最高神甫到了。只见一老者穿着银色长袍，仿佛中国的道士服装，旁有两侍者，服装相类。一侍者手执香炉，垂着银索，在前一面走着，一面荡着，领导最高神甫走向祭坛，歌筵上立刻就唱起圣歌来。大礼拜式就此开始。随后神甫走到堂中向众画三次十字，一侍者展开斯拉夫文《圣经》，放在他前，高声朗读。如此种种仪式，延长约有两小时余。

我们回到寓所，郭质生问我有何感想。我说仿佛不在欧洲。他笑着说俄国东方文化很深，大多数农民群众，迷信得很呢。——革命之后才稍好些。诚然不错，希望教仪式竟和中国道教相似。

农民因俄国旧文化的缘故，守旧而且愚昧。据郭质生说：十月革命初期，各地乡村中农民奋起，高呼分权万岁，各村通行须有当地地方政府的执照，如此者三月。后来国内战争剧烈，农民少壮都受征调，政府派遣食粮军收集食粮，农民才渐渐忘掉苏维埃政府分给土地驱逐地主的政策而起怨忿之心。现时新经济政策初实行，还时时听见农民反抗的事——他们还不十分相信呢。然而革命前俄国人民有百分之七八十不识字，如今识字者的数目一跃而至百分之五十。最大的原因有两个：（一）二月革命后政局上不断的起非常之巨大的剧变，虽然沉寂的乡僻地方也渐渐有得政治消息的兴趣，各党宣传者多四出散给报纸。（二）退伍兵士，从战线回家，思想已大改变。——因此现在农民对于宗教的关系稍淡，思想上的改造，已经要算大告成功了。

4 月 23 日

一二　劳工复活

夜深了。虽是俄国诗人的“五月天气”，晚寒还暗袭行人的衣袂。莫城稠密的街市，一时也稍沉寂，隐隐约约渐听着四处教堂的圣钟殷鸣——陡破夜神的深寂。巷口街梢，三三五五的人影渐现，一时多似一时。教堂钟声愈久愈多，愈晚愈洪，圣诗的歌声摇曳沉抑，萦绕天际。等到夜间一二时，教堂的圣阶前已聚着黑默默一大堆人，星星点点耀炫着信教徒手中的圣烛，画像的高门下排着神甫入庙的仪式，年老龙钟褴褛疲弱的乞丐双手拱着等候基督教徒的慈悲——复活节的夜祭开始了。我们挤在基督救主庙里，人山人海，至少也有两三万，一切仪式也不能十分看得清楚。好容易挤得出来，回寓已经四点多钟，很疲乏。莫斯科城却为一千五百余教堂的钟声——殷洪沉递——的震动飞颤。“异教徒”的清梦也受骚扰。

复活节是俄国旧历中最大的一佳节，家家户户都相庆贺，今年恰巧和国际的五一节同在一日。俄俗凡逢复活节的一星期，每家设着盛筵，种种食物，鲜美丰盛。儿童得受“复活鸡卵”——鸡卵染着种种彩色，并有玉琢木雕的，友朋亲戚往来宴请，人人相见，都以接吻相庆，即使未嫁的女郎在这几天亦可以和男友交吻。革命后战祸相寻，政府行集权制及劳动券，已经两三年没有大大的过这佳节，食物菜膳不容易取得。今年第一年行新经济政策，开放商业，民间值此佳节，突现活泼泼的气象。

五月一日的清晨，暖欣欣的朝阳，温和的春风，路上行人却很寂寞。——昨天晚上礼拜归去太晚了，市场又因佳节而停闭。只有莫斯科的中心——赤场附近，设着演坛，无产文化行农民跳舞种种新艺术庆贺五一节。全城电车通挂红彩，游行全城，演说五一节工人运动的复活。我们路过一场，许多教育人民委员会所办幼稚院的儿童穿着新衣呼号“万岁”，场的另一端，又有嘉里宁演说呢。

我们趁两重佳节的兴致，顺路一访女友。——可是没有接吻，因为东方人的羞态……

——啊呀，恭喜恭喜，今天在我们这里吃过节饭。

——你们正忙着做菜呢！我来帮你。肉是市场上买的，新鲜么？

——昨天买的。现在劳动券废了，东西容易有新鲜的。呀！——我们忘了问你，你们中国有复活节么？

我因此略略解释中国人的宗教观念，风俗，和对于基督教的关系，他们听得非常之有趣。

回忆二三月间，我到俄人家里，那冷淡枯寂的生活，黑面包是常餐便饭唯一的食品，中国茶是请客的佳味。现在丰富得多了，可是非得有钱不可，市场物价因投机商业之故很不稳。然而大概而论，大多数劳动人民也受许多方便利益——工厂工资大增，废劳动券而令得购买于市场的可能。——无大工业，或大工业破毁的国家里，那集权制的分配本不适宜；共产方法另有途径，集中的制度暂受技术上的困厄，——仅能为“军事的共产主义”时期暂时的奋斗方法。

假使俄国的市侩见布尔塞维克的让步，远东初醒的社会科学研究者于此证实马克思所谓社会关系中“经济现象”的现实力。假使莫斯科市民淡于五一节而热于复活祭，更见着经济落后国家的守旧性，小资产阶级心理的反映。

5月1日

一三 “劳动者”

马克思昂格思，凡遇着笼统言“生产者”，“劳动者”而不辨阶级的差异性的人，必定和他竭力辩论。没有笼统的“劳动者”或“工作者”，而只有：或是自有生产工具的“小经纪者”，他的心理，状态及一切生活习惯完全是资本主义的，——他亦不能有别样的心理——或是雇佣“工人”。

——列宁《俄共产党第十次大会演说辞》

清风朗日的春早，莫斯科天色已经非常和快，昼时而且很热了。游春士女都到郊外树林草地，一畅郁积。莫愁园畔，莫斯科河边，绿林荫下沐浴畅怀。青青的灌林，悠悠的池水，士女三五，携手并肩，尽着情话呢。我们同着俄友纪务立，苏菲亚·托尔斯泰女士，嘉德琳·亚尔奏莫维次女士（前俄最高法院院长的女儿）同着步出郊外，清风拂拭，全宇宙都在怀抱中了。纪务立却不十分高兴，对我们说道：“你看嘉德琳女士，以前的贵族，那倨傲之态还依然存在，不大愿意理我似的……”我说：“也不见得，你心上不舒服，因为她待你没有你所要的亲热样子罢了，怎说不理呢？她不是刚才还和路旁的农家女问话的么？……”

从莫愁园回来的时候，天色还早，稍微有些风，灰尘蓬勃；路上有一扫街夫，不用水洒，拼命乱扫，尘土腾得更高。纪务立问他为什么不用水洒。

——请你问列宁去！他们没有给水，教这样扫的，又怎么办。

回寓很疲乏，吃完饭在饭厅闲坐。饭厅的女仆坐在自暖壶旁斟茶给我们吃，静悄悄的看着窗帘微拂，随意谈着。

一女仆说她的兄弟在乡间耕地，今年春天收成或者还好，雨水若是不足那可没希望了。食粮年年政府收尽，乡间生活，也没有城里人说得这样好。我告诉她，今年实行课税法，不致于尽收食粮，很可以多下些种了。她说她兄弟不敢信政府公报上的政策，还不肯多种，恐怕枉费力呢。

公寓门首，阶沿上坐着两三个人，夕阳红艳，照着他们神圣的劳工颜面。晚风清利，令人回想日间莫斯科河里的沐浴。闲着在门首散步，只听得工人谈说得很高兴。

——唔，老兄弟，你知道“劳动义务”也改“劳动税”了。省得他们胡来，还是我们做得来工！

——你们新定薪水有多少？我们现在听说快得十倍的薪水呢。

——自然，一天一斤面包，一顿中饭，还不好？要什么钱！

——别慌！咱们国家工厂口粮还得发呢，钱亦加多，还有我们制的东西，也可以领……

5 月 20 日

一四　“死人之家”的归客

西伯利亚冰天雪窖中埋没了不少俄国青年热烈的“地底下的”亡命客，从笃思托叶夫斯基（Dostoevsky）以来到革命怒苗的爆发，五六十年，不知有了祖孙父子兄弟几代的志士呢！有一俄国共产党告诉我，他前天得见一很老很老的革命家——“西伯利亚的亲戚”。

这革命家就是芭烈澳斯基。他革命事业开始得很早，才学过人，政见虽和民粹派相近，而向来是无党的，政治运动中往往站在社会革命党和社会民治党之间。经济财政办实事的才干非常之敏捷周到详细，俄皇政府时屡次受通缉，亡命在国外。欧战时，俄政府从1912年之后反动潮流已息，又值战事，社会问题急迫，不得不俯就维新派稍稍采用革命党中的人才。芭氏返国当军事工务委员会会长。克伦次基政府时曾续为工商总长，十月革命后因阶级斗争的剧烈，卷入狱中。他怠工抵制受革命法庭判决下狱一载半。芭氏详悉欧洲商埠情形，对于俄国的工业——尤其于“采取工业”素有研究，全国实业经济状况了若指掌。所以他在狱中的时候，最高国民经济苏维埃屡次有人乘着汽车到狱中访问请教。监狱中他住的一间房和办公处差不离，地图簿籍满屋都是。当初共产党公布土地国有法，小农慌着出卖田地，农政弄得一时纷乱不已。苏维埃大会时特派代表去问芭氏，芭氏画定“田地仍按公社习惯法一概禁止买卖”，草了一稿，共产党才据此公布。——这是俄国农业经济客观的特点，没有办法！有两次俄劳农政府请他出狱，然必以为国任事做条件，——要委他做交通人民委员长。他不肯答应，说：“附条件的释放我不干。”后来又坐了一年半监狱才出来。现在在彼得城大学当教授。新经济政策实行，他来莫斯科，或者要接办协作社的事情呢。本来俄共产党对于俄技师的利用——智识阶级的才智，亦用集合的办法。芭氏向来是技师联合的首领。全国无论什么地方要用技师，都由那一联合会接洽，——人才的分配，报酬的多寡都由他们自己决定。此来芭氏已经大可有所供献于国家了。

小小的一间客厅，只有一盏桌灯光线暗暗的，映着窗帘旁的花影在壁上横斜飞舞。几个俄国女郎和东方少年坐着谈心呢。这是莫斯科托尔斯泰家的客室。苏菲亚和我说：

——今天有一很重要的布尔塞维克到我们这里来呢，——全俄中央执行委员会秘书长。

深夜一两点钟，街上人声稍寂，日长天“逛”的俄国士女大半归去了。听得门响，进来了一伟大的黑影。他脱了大氅，露出俄国式的朴素的服装。深沉和静的面貌——纯粹俄国态度。彼此相见，他很奇诧，“中国的新闻记者也到我们这里来了！”谈吐非常之风雅有礼貌，托尔斯泰母女都陪着他问长问短，他还殷勤细问：日常生活不缺乏否？教育委员会的托氏图书手稿整理委员会——苏菲亚母亲是会员，——口粮薪水还能做物质生活的保证不能？他又谈着革命前的回忆，兴致深浓。人也确谨慎老练。

——我们充军到西伯利亚去的时候正有意思，现在想起来都另有一种感慨呢。就在这样一辆车里，监差的和流犯同起居，也辨不出来，谁是犯人谁是公差。相待不能苛酷，他们明白。——这才真是所谓“俄罗斯的心灵”。英德监狱公差手中去试一试看！“公事公办”，那才残忍呢！一九一四年反对战争，流到西伯利亚的同伴更不少——杜洛次基也在内，——我们之中大概都是屡次三番发配的。可是那次我们同伴多聚在一起，居然，还在充发地集会结社演讲呢……

一五　安琪儿

列尔孟托夫

回飞安琪儿，
低吟绕天梁；
云拥星月惊，
神歌圣意昌。

清灵赞洪福，
天幕阖且张；
大哉我主宰，
竭诚为颂扬。

长抱赤子心，
悲泪盈洪荒；
歌声清且纯，
无言意自长。

此曲留人世，
历炼心志良；
天声自玄妙，
尘俗敢相望？

6 月 8 日

一六　贵族之巢

两三月前，《劳农公报》初发表开放商业的命令。小商人市侩欣欣然的露出头来。不但小商人呢！体力不能当工人的一班“念书人”，夫人，小姐，受不着职工联合会的保护，口粮所领太少，消费的欲望又高，——这才有了机会。

十字街间，旷场两面，一排一排小摊子。……人山人海，农家妇女，老人，工人，学生……种种色色人，簇拥在一处。这里一批白面包，香肠，火腿，牛奶，糖果点心，那里一批小褂，绒裤，布匹。一堆一堆旧书旧报，铁罐洋锅，碗盏茶杯，……唔！多得很呢！再想不着：严冬积雪深厚，——我们初来时，劳动券制之下，——这些丰富杂乱的“货物”，都埋在雪坑里冰池底么？经济市场的流通原来这样。可是开端的原始状况还很可怜。学生服装的一两个人或是拿一条裤子，一双旧鞋也算做生意呢。

远远的日影底下，亮晶晶耀着宝石，金链；古玩铜器，油画，也傲然一显陈列馆的风头。有华丽服饰，淡素新妆的贵妇人，手捧着金表，宝盒等类站在路旁兜卖。有贵族风度的少年，坐在地下，展开了古旧贵重的红氍毹，等着顾主呢……

现在又过了两月了。亚尔培德街前，许多小孩子拿纸烟洋火叫卖，汽车马车穿梭似的来往，街窗里红玫瑰绣球花欣欣的舞弄他的美色，一处两处散见着新油漆的商号匾额，——啊哎！热闹呢！再不像“冬时”，军事的共产主义之下，满街只有茫茫的雪色，往来步行的“职员”，夹着公事皮包的人影了。

一间大玻璃窗，染着晶亮的银字：“咖啡馆”。窗里散排着几张小桌藤椅。咖啡馆小室尽头账台上坐着一素妆妇人，室中间站着一半老的徐娘，眉宇间隐隐还含贵倨之态，却往来招呼顾客。

——请问，是不是要咖啡，还是中国茶？

——两块点心，糖果多拿些！—— 一男子粗鲁的口音回答着，翘着双腿，笑嘻嘻的和同伴谈天呢。

——就来，就来！咖啡一杯，中国茶两杯，点心两块，这里的客人要。……

馆门开处，一位“美人”走进来了，红粉两颊，长眉拂黛，樱唇上涂着血滴鲜红的胭脂，丝罗衣裙，高底的蛮靴，轻盈缓步的作态坐下，眼光里斜挑暗视，好像能说话似的。拈着一枝烟，燃着了，问道：

——咖啡牛奶一杯，有好点心么？

贵倨的半老徐娘和声下气的答应着。咖啡点心都拿来了。忽然又进来一女郎，服装虽不华丽，神态非常之清高，四处一看，见有那一“新妓女”神气的女人坐在那里，于是不多看，忙找着店主人，问好之后，接口就咕噜咕噜用德国话谈了半天。店主人拿出几万苏维埃钱交给女郎，她就匆匆的走了，新妓女那时已吃完：

——你们这里没有牛肉饼么？几万钱一碟？

——没有，对不住，可是可以定做，晚上就好，要多少呢？请问。两万钱一碟。

——要两碟，浓浓的油。

说完她就站起来，扭扭捏捏地走出来，走到门口，懒懒的说一句“再见”。店主人忙答应着，回头笑向那半老徐娘，用法文说道：这又不知道是哪一位“委员”的相好，看来很有钱呢……

假使屠格涅夫（Turgeneff）的《贵族之巢》在地主华美的邸宅，现在五十年后，苏维埃俄国新经济政策初期的贵族之巢却在小小的咖啡馆。——原来革命后贵族破产，所余未没收的衣饰古玩，新经济政策初行，流到市场上，过了这两月他们便渐渐集股积聚，居然开铺子了。其实新经济实行，资本主义在相当范围内可以发展。而资本集中律一实现，这班小资本的买卖不过四五月就得倾倒。我初见街头所卖白面包，这是小生意家家里自己零做的。现在已经看得见一两种同式同样又同价的白面包，打听起来，原来已有犹太旧商人复活，做这大宗批发生意，替他算起来，一天可得利几千万苏维埃卢布呢。资本的发展——按经济学上的原则——真是“速于置邮之传命”。

俄国贵族的智识阶级向来最恨资产阶级的文化，——赫尔岑说西欧文明不外一“市侩制度”而已。现在却都要成可怜的资产阶级中的落伍者呢。虽然……虽然……那“忏悔的贵族”，——“往民间去的青年”，一世纪来在社会思想上为劳动人民造福不浅。共产党领袖中磊落的人才也不少过去时代的贵族呵。前一月我曾遇一英国共产党——很研究俄国文学。他说俄国文化中资产阶级一分都没创造，历来文学家社会思想家差不多个个都是贵族。……

我的俄国历史教授纪务立说：大俄罗斯民族东方性本重，个性命发达，——固然有许多特点优良的国民性，然而缺点也就不少。老实说，一切艺术科学文学的文化不是西欧输入的么？未欧化的大俄罗斯人污秽迟钝，劣性很可见，至于贵族青年有志的，那又是一件事——他们欧化虽不纯粹，始终在历史上占了一过渡西欧文化的地位。如说到小俄罗斯人——乌克兰人，已近西欧，东方色彩就淡得多。平民之中也可以看得文化性。

初到莫斯科时，我们认得一英国人——共产党，外交委员会的职员威廉。威廉夫人是生长在小俄罗斯的。他曾说小俄罗斯贵族的地主制——封建遗迹，破坏的较早。那地农家妇女爱清洁，有条理，——日常生活之中才真见得文化的价值。往往在大俄罗斯及乌克兰边境，小俄农家女有嫁给大俄人的；新媳妇进门不到两三天，立刻就要把大俄农村家庭整理一番，油刷裱糊都是新媳妇极力主张的，——她根性就不能忍耐那半东方式的污糟生活。

6 月 13 日

一七　莫斯科的赤潮

十月革命爆发，莫斯科成了世界革命的中心。这几天正是赤潮高涨的时候。1919 年以来万国革命的社会党已经屡次会集于此。现今，1921 年的 6 月，在此城里又要开四个国际大会：共产国际第三次大会，共产国际妇女部第二次大会，少年共产国际第二次大会，赤色职工国际第一次成立大会。

十七日，各会各国代表差不多都到齐了；在赤场行阅兵典礼欢迎代表团。广大的旷场，几千赤军，步马炮队，工人军事组织，共产党军事训练部，男工，女工，儿童，少年都列队操演。杜洛次基洪亮的声音，震颤赤场对面的高云，回音响亮，如像声声都想传遍宇宙似的。各国代表都致祝词。……“万岁”声……

昨天共产国际行第三次大会开会式。大剧院五千余座位都占得满满的，在台上四望，真是人海，万头攒动，欣喜的气象，革命的热度已到百分。祇诺维叶夫（Zinovieff）致开会词：“我以第三国际执行委员会的名义宣布第三次的‘为全世界所嫉视的’共产国际大会开会……”下面鼓掌声如巨雷，奏《国际歌》……

各代表演说庆祝完了之后，还聘请全俄全世界负盛名的名伶沙略屏（Sholiapin）唱歌曲余兴，……歌声入云际。

沙略屏歌完笑着说：“我虽不是国际主义者，而是国家主义者，今天却有一歌，普希金的词，四国（俄德法意）文字都有译本，请为共产国际代表诸君一歌，恰好应景呢。”歌竟，四座鼓掌不已，坚请沙氏再唱。沙氏说我们唱时行的《劳工歌》，请诸君相和，……于是五千多人的全剧院都卷入《劳工歌》的声浪中了。

6 月 23 日

一八　列宁杜洛次基

克莱摩宫十三世纪的宫墙，七百年前的教堂——朴素古旧，建筑奇特，当时必是国家中央最大的圣地，而今比着后代西欧式的新殿宇，已竟很低很狭了，累世纪的圣像画壁——人面衣饰，各画之间还留着古艺术的“条件性”，好一似中国的关帝像，希伯来君士但丁文化的遗迹还显然；中央执行委员会，人民委员苏维埃的办公室，都在新殿宇内：巨大的跳舞厅，光滑雪亮的地板，金碧辉煌的壁柱，意大利名艺术家的雕刻，有一部分宫殿，彼得大帝以前的俄皇起居，还另设陈列馆人员指导游览，西欧化后俄国的文明已算会集希腊日耳曼的精髓糟粕；现今则安德莱厅赤色光辉四射，全宇宙映耀，各国劳动者代表的演辞，声音震及环球，——第三次大会的共产国际；今日之克莱摩宫真做得人类文化三阶段的驳杂光怪的象征。

第三次大会第一天，杜洛次基提案《世界经济现象》，指呈当时经济恐慌稍缓，渐有改善，劳动运动由进攻一转而为防守——资本家反乘机进取，然而这不打紧，共产国际可藉此深入群众，正是历练巩固革命力的好机会。丰采奕奕的杜氏，演说辞以流利的德语，延长到三小时余，……后来讨论时，法国共产党有许多疑问，争辩很久。我们新闻记者中有不十分懂的，因约着布加利亚代表同去问杜氏。杜氏见中国新闻记者很欣喜，因竭力和我们解释，说话时眉宇昂爽，流利倜傥。他说，经济状况窘迫——就是“恐慌”到时，并不一定是革命的时机，有时一部分小资产阶级的无政府派之激于意气，冒昧暴发，反丧群众的元力；经济状况改善时，工人资本家冲突渐入“经济要求”的狭轨里，然而即此可鉴“社会党人”和群众的密接训练程度增高……“法国同志就是不赞成我这一层意思……”他说得兴高采烈的时候，手里一枝短铅笔，因他指划舞弄，突然失手飞去，大家都哄然笑起来了。……

列宁出席发言三四次，德法语非常流利，谈吐沉着果断，演说时绝没有大学教授的态度，而一种诚挚果毅的政治家态度流露于自然之中。有一次在廊上相遇略谈几句，他指给我几篇东方问题材料，公事匆忙，略略道歉就散了。

安德莱厅每逢列宁演说，台前拥挤不堪，椅上，桌上都站堆着人山。电气照相灯开时，列宁伟大的头影投射在共产国际“各地无产阶级联合起来”，俄罗斯社会主义联邦苏维埃共和国等标语题词上，又衬着红绫奇画，——另成一新奇的感想，特异的象征。……列宁的演说，篇末数字往往为霹雳的鼓掌声所吞没。……

大会快完，政治生活的莫斯科这次才第一次与我以一深切的感想呵。

7月6日

一九　南国

——“魂兮归来哀江南”（庾信）

阴晴不定的天色，凄凄的丝雨，心神都为之忧黯……污滑的莫斯科街道，乱砌的石块，扰扰行人都因之现出跛相。街梢巷尾小孩子叫唤卖烟的声音，杂货铺口鱼肉的咸味，无不在行人心理上起一二分作用。

钟表铺前新挂起半新不旧的招牌，也像暗暗的经受愁惨的况味。我走进铺门，只见一老者坐在账台旁，戴着近光眼镜，凄迷着双眼，在那里修表呢。旁坐一中年妇人接着我的表嘻嘻的说道：

——呵，你们来开“大会”的，预备回去宣传无产主义么？

我笑着回答她不是的。她还不信呢。后来又说：“不错不错，中国也用不着宣传，——在中国的资本家都是英国人，和我们从前一样，德国人在此占‘老爷’的地位，咱们大家都当小工！现在又兴租借地了，和你们中国差不离。”我说，你们有苏维埃政府呢。他默然一晌，笑一笑，就不言语了。……

我回寓来觉着更不舒服。前几天医生说我左肺有病，回国为是。昨天不是又吐血么？七月间病卧了一个月，奄奄的生气垂尽，一切一切都渐渐在我心神里磨灭……还我的个性，还我为社会服务的精力来！唉，北地风寒积雪的气候，黑面烂肉的营养，究竟不是一片“热诚”所支持得住的。

万里……万里……温情的抚慰，离故乡如此之远，那能享受。习俗气候天色，与故乡差异如此之大，在国内时想象之中都不能假设的，漫天白色，延长五月之久，雪影凄迷，气压高度令人呼吸都不如意。冰……雪……风暴……那有江南春光明媚，秋花争艳的心灵之怡养。

可是呢，南国文物丰饶也不久（其实是已经）要成完全的殖民地，英国“老爷”来了……想起今晨表铺主人的话，也许有几分真理。……

梦呓模糊，焦热烦闷，恍恍忽忽仅有南国的梦影，灿黄的菜花，清澄的池水……桃花……

唉！心神不定，归梦无聊。病深了！病深么？

8 月 5 日

二〇 官僚问题

俄国社会问题从十九世纪的以来，除九十年时代勃然兴起的劳工问题外，向来在社会思想中占极重要而不得解决的还有三个问题：智识阶级问题，农民问题，官僚问题。封建遗毒，东方式专制政体，使官僚问题种得很深的根底。葛葛里（Gogol）的《巡按》，俄国官僚社会的肖像，几十年，因有社会经济的根源，只在变化不在消灭，革命的巨潮如此汹猛尚且只扫刷得一些。无产阶级新文学中已有“新葛葛里”出现，共产党报纸上努力的攻击官僚主义呢。

一小学女教师值学校停课，所领口粮不够生活，因就一临时讲席，原来的口粮也没辞去。农工检察人民委员会，委派整理职员予以考核的时候，这位女教师不得不受审判，争辩的结果，反得知审判官中每人至少也得七份口粮呢。

郭质生和我说：有一营官兼营中政治文化委员会会员，不知怎么样作弊得五百万苏维埃卢布，营长及委员长两人最初假装着不知道。此后营官赂赠营长妻以地毡，却骗了委员长。营长及委员长两位长官的夫人彼此谈起来，委员长夫人吃起醋来了！于是这件事就此发作。营官的老母托质生去看他，他对着质生凄然地说道：

——听说判决死刑……枪毙，……枪毙……难道我的命只值五百万……五百万么？……

8 月 12 日

二一　新资产阶级

无产阶级政府命令如箭的飞来，“店老班”的肚子如牛的胀起。

一月半前有一共产党的亲戚开了一咖啡馆，托一朋友雇跑厅的女郎，道：

——每月十五万卢布，每天两小时的工作，……嘻……嘻，额外钱“在咖啡馆”里他们自己还可以另赚，只要会……请你留心替我找一找。

郭质生——虽是“非政治主义者”，然而始终是热烈的“忏悔的贵族”；嫉视市侩主义的文化——他听说这件事，暗含隐语地说道：

——现在又多一出路了。你中国的道学家！以为资产阶级，上等社会清高得很呢，你看，现在俄国机关有多少女郎！战前向来没有过。第一次外交部有女官，大家还诧异呢。现在这班“女官”你想她们怎么样。早晨上衙门，外交委员会呀，教育委员会呀，下半天“公余”，赶紧重新梳掠涂抹起来，上咖啡馆当女役去！又是一条出路！你还不知道，革命时资产阶级破产，这些女孩儿家，速记生，打字生……怎样得上衙门去的呢，革命了，炮火连天。家里一个钱也没有，生意做不成，工厂没收了，丈夫在战线上不得回来，一个女人家年纪又老了，……要吃要用，怎么办呢？唔！哼……女儿十八九岁了，……一清早梳掠同着女儿去看一看“熟人”新任的委员，主任，“怎么样呢！困难得很……想一方法，请你给女儿弄个位置罢，啊哎！”……委员长看一看，眯细着眼说：“好……好，哈……哈！我给你们想法，给你们想法。……”于是成功了，有口饭吃。现在呢……现在呢……新经济一开放商业，哼……“旧的”更倒到“底下”去，新的更爬到“上头”来。

说得好急激，好急激，……未免刻毒。

和质生说完之后，顺路出来，天色已竟薄暮，暗地里隐约见前面两个人影，一面走着谈天呢：

——啊！我今日忘了带“白手套”，出得手汗，好不难受。……你的事怎么样？“得意”么？

——我给他二百万卢面股分，他还请加。我想他那买卖利钱太少，算了罢。

新资产阶级发生起来，应着“资本最初积累律”，社会生活的现象中也就随之发见种种“新式”。戏院（私人的），咖啡馆，饭馆，照相馆，市场经济越发扩张了，技师就私人企业家聘请的每月动辄百余万了。

国家工厂企业也完全改成“每一企业为一法人”的原则，竭力增加生产力，设许多国立托拉斯，种种专利制，——以与私人经济竞争。不但如此呢，政权把得稳稳才好。

前一月小商人自由集会于赤场，要想立新提嘉（syndicat），当时被苏维埃警察驱散。又一次选举商会，会长每月薪金一百五十万，会员一百万。——总共五人，说要“整理”市价，想做投机总机关，又被政府禁止，听说不久就要有合法的商人组织起来呢。——非得使他在国家市政监督之下不可。

8 月 15 日

二二　饥

东俄旱灾非常之甚。俄国产麦最多的北方，除乌克兰及西伯利亚外，本部向来要算黑壤区，向来运输关系上乌克兰及西伯利亚离中央太远，全靠大俄本部黑壤区的出产。今年却刚刚是这一区旱灾，灾区非常之大。值此劳农政府努力于提高农工生产力之时，又受一大大的打击。革命战祸连年以来饥寒交迫，今年又是如此，真可见俄国无产阶级创业的艰辛。

劳农政府设着种种方法力图救济。各机关实行赈捐，没有被灾的农村，都派人募收志愿捐助的食粮。各城市中呢，举行音乐会，演剧，募捐；学生，赤军，医生，看护妇热心参加。职工联合会组织募捐队，又到灾区去调查。请外国红十字会来俄考察赈助，——美国还特派一机关来此。

俄国中央及各省报纸上载灾区通信："一堆一堆饥疲不堪的老人幼童倒卧道旁，呻吟转侧。……啮草根烂泥。……竟有饥饿难堪的农家，宁可举室自焚。……还有吃死人肉的呢。……"真是惨不忍睹。政府茹苦含辛派遣火车去办移民，一切一切……

莫斯科城市新资产阶级开着辉煌的咖啡馆，饭馆；哼，募捐队去时，大大的商铺，只出得几万钱。"利"……"利"，麻木的神经，暗黑的良心……是市侩主义的标帜。

欧洲的资本家还想借此鼓弄阴谋，几百万人的性命在文明人眼光里算得什么！俄国经济破败没得法想，也就将就几分。——资本家说"不信"布尔塞维克办赈灾，于是全俄中央执行委员会组织一无党的赈灾会，——就是欧洲政客的同类，他们所认为有名望的立宪民主党呀，社会革命党呀，都加入。自然，有良心的，无资产阶级党派臭味的，廉直的“上等社会”也欣然来做此救济祖国的事业。——葛里基（M.Gorky）还预备亲自到伦敦巴黎去募捐。

昨天我到托尔斯泰家里，遇见托氏的幼女亚历山大（Alexandre Lyvorna）忽然说，赈灾会被解散了。原来赈灾会决议要分到外国及灾区去募捐或调查。实行时，这些贵族老爷都想借此出境，却不肯到困苦的灾区去，亚历山大亦是会员，当时一同被捕，审知无阴谋关系即刻就放出来了。据说不但是执行不执行那议决案的问题，有几个人还有凭藉这一联合组织作政治的诡谋呢……唉！

8 月 29 日

二三　心灵之感受

一间小小的屋子，以前很华丽的客厅中用木板隔成的。暗淡的灯光，射着满室散乱的黑影，东一张床，西一张凳，板铺上半边堆着杂乱破旧的书籍，半边就算客座，屋角站着一木柜，柜旁乱堆着小孩子衣服鞋帽，柜边还露着一角裙子，对面一张床上，红喷喷的一小女孩甜甜蜜蜜在破旧毡子下做酣梦呢。窗台上乱砌着瓶罐白菜胡萝卜的高山；一切一切都沉伏在灯影里，与女孩的稚梦相谐和，忘世忘形，绝无人间苦痛的经受，或者都不觉得自己的存在呢。那板铺前一张板桌，上面散乱的放着书报，茶壶，玻璃杯，黑面包，纸烟。主人，近三十岁的容貌，眉宇间已露艰辛的纹路，穿着赤军的军服，时时拂拭他的黄须。他坐在板桌前对着远东新客，大家印密切的心灵，虽然还没有畅怀的宽谈。两人都工作了一天，刚坐下吃了些热汤，暖暖的茶水，劳作之后，休息的心神得困苦中的快意；轻轻的引起生平的感慨回忆。主人喝了两口茶，伸一伸腰站起来，对客人道：

“——唔！中国的青年，哪知俄罗斯心灵的悠远，况且‘生活的经过’才知道此中的意味，——人生的意趣，难得彻底了解呵，我想起一生的经受，应有多少感慨！欧战时在德国战线，壕沟生活，轰天裂地的手榴弹，嗞……嘶……嗞……嗡……哄……砰……硼，飞机在头上周转，足下泥滑污湿，初时每听巨炮一发，心脏震颤十几分钟不止，并不是一个‘怕’字；听久了，神经早已麻木，睡梦之中耳鼓里也在殷鸣，朝朝晚晚，莫名其妙，一身恍荡，家，国，父母，兄弟，爱情，一切都不见了。哪里去了呢？心神惫劳，一回念之力都已消失了。十月革命一起，布尔塞维克解放了我们，停了战，我回到彼得堡得重见爱妻，……我们退到乡间，那时革命的潮流四卷，乡间农民蠢蠢动摇，一旦爆发，因发起乡村苏维埃从事建设。一切事费了不少心血办得一个大概。我当了那一村村苏维埃的秘书，家庭中弄得干干净净，——哪有像我现时的状况！不幸白党乱事屡起，劳农政府须得多集军队，下令征兵。我们村里应有三千人应征。花名册，军械簿，种种琐事，我们在苏维埃办了好几天。那一天早上，新兵都得齐集车站，我在那里替他们签名。车站堆着一大堆人，父母妻子兄弟，牵衣哀泣，‘亲爱的伊凡，你一去，别忘了我……’‘滑西里，你能生还么？……’从军的苦情触目动心。我们正在办公室料理的时候，忽听得村外呼号声大起，突然一排枪声。几分钟后，公事房门口突现一大群人，街卒赶紧举枪示威，农民蜂拥上前，亦有有枪械的，两锋相对；我陡然觉得满身发颤，背上冰水浇来，肺脏突然暴胀，呼吸迫促，昏昏漠漠不辨东西，只听得呼号声，怒骂声，‘不要当兵’，‘不要苏维埃……’哄哄杂乱，只在我心神起直接的反射，思想力完全消失，胡……乱……——我生生世世忘不了这一刻的感觉，——是‘怕’，是‘吓’，是‘惊’？……不知道。”

主人说到此处换一口气，忙着拿起纸烟末抽了一抽，双手按着心胸，接下又说道：

“——然而……然而……过了这几分钟，我就失了记忆力了。不知怎么晚上醒来，一看，我自己在柴仓底里。什么时候，怎么样子逃到那地，我实在说不出来。自然如此一来，我们乡间生活完全毁了。来到一省城里，我内人和我都找了事情。过了几月才到莫斯科这军事学院里。我内人留在那省里，生了这一个女孩子，”——主人拿手指着床上，——“不能去办事了，口粮不够吃，我一人住在莫斯科，每一两星期带些面包（自然是黑的）回去，苦苦的过了一年。什么亦没有，你看现在内人亦来此地，破烂旧货都在这屋子里，俄国现在大多数的国家职员学生都是如是生活呵。可是我想起，还有一件事，是我屡经困厄中人生观的纪念。有一次，我上那一省城去，——那时我家还没搬来，——深夜两点钟火车才到站。我下站到家还有二里路，天又下雨，地上泥滑得不了，手中拿着面包，很难走得，况且坐在火车上又没有睡得着，正在困疲。路中遇见一老妇背着一大袋马铃薯，竭蹶前行，见我在旁就请我帮助。我应诺了她，背了大袋，一直送她到家，替她安置好。出来往家走，觉着身上一轻，把刚才初下站烦闷的心绪反而去掉了。自己觉得非常之舒泰，‘为人服务’，忘了这‘我’，‘我’却安逸，念念着‘我’，‘我’反受苦。到家四点多钟，安安心心的躺下，念此时的心理较之在战场上及在苏维埃的秘书席上又如何！”

主人说到此处，不禁微笑。女孩的酣睡声，在两人此时默然相对之中，隐隐为他们续下哲学谈话的妙论呢。

9 月 10 日

二四　民族性

旱灾非常之可惊；要征取新资产阶级的慈善捐，不如使他们自掷“缠头”，“孤注”，国家跑马厅因此又开跑马赛会，抽头赈济灾民。

我因病懒懒的不能去看，宗武去参观归来，告诉我许多很有趣味的事。

跑马厅中赌注下得很大，竟有百余万[①]一次的输赢，——新资产阶级的生长竟如此之敏捷，豪举胜事，固不必说，只要真有益于饥民。

座中有一老妇，和宗武谈起，她怎样知道马的好坏；每次她都说得中，谁胜谁败；并说，现时居然留着几匹名马，革命前她就看她们跑的，——她是一跑马厅赛赌老内行；宗武因听她口音别致，问起来，原来是匈加利人。——不知道怎么样，流落在俄的匈加利资产阶级，在此经过两次革命，受尽磨折，难怪她肆评俄国民族：

——我不是俄国人。俄国人还了得，弄了个劳农政府，教人表亦随便带不得，真正有趣！……唉！不必说起。你瞧，这沿街的小孩子，卖纸烟，不受教育，哼，农村里去看看，农民蠢得像猪一样，个性不发达，有事一哄一大群，谁亦不知道究竟怎么一回事，可是居然哄起来了；再则他们一面要地，怕地主，地到了手，政府问他要食粮，又舍不得了！真奇怪的民族。……

9月13日

① 那时，一万苏维埃卢布，约值中国一角钱。——作者原注

二五 “东方月”（中秋作）

一

万里奇游，饥寒之国。
闻说道“胡天八月雪”，
　　可也只萧萧秋意，依依寒色；
只有那赤都云影，掩没了我“东方月”。

二

月圆月缺人离别，
人离别，长相忆。
万古“中秋”，未入欧人诗思词说
原万族共“婵娟”，但愿“婵娟”年千亿。

三

又何必，人相念，月相望，细问太阴历？
　　欧亚华俄——情天如一。
团圞梦影，灯囚前因不堪回忆，
独恨那凝云掩映，希冀一线俱绝。

四

秋原黄叶，才领略别离滋味，
怎知道，有灾祲流乱，更饥寒万里。
只听那琐碎的蹄声，凄凉的雨意，
催嫦娥强现半面，掩云幕，永诀矣！

9 月 16 日（阴历八月十五）

二六 归欤

中秋来了，陶怡情性的佳节到欧洲一变而成伤怀感慨的因由，——也许是我心理的病状。偶然和俄国人谈起“中秋”的意义，他们却引为奇趣，说这团圞的象征，大有诗意，怂恿我们借他们地方一为庆祝。女主人赶着做点心，欣欣的嬉笑，也强勉一解烦闷。

——恭喜恭喜，点心做好了，你们瞧一瞧。中国过这节通常吃什么？

——月饼。特为要圆的，才像“团圞”呢。

——呀！为什么不早说，我亦做圆的，那多有趣！

中国的一个中秋节也能在莫斯科过，意兴萧条中，未始不是一件乐事。后来谈到我的病，嘉德琳女士竭力劝我回国，——我亦知道，夜夜虚汗咳嗽吐血，难怪心绪不能好。可是回去罢，又怎么呢？……

座中忽来一新客，我们的谈话中断了。客从苦尔斯克（Kursk）来，向来是办粮食事务的。谈起来，据说：“苦尔斯克（莫斯科南）农民对于新经济政策中的食粮课税法很满意，——今年办征收顺手得多，有的人家麦粮不够的，就教他们用马铃薯到市场上去换了麦粉交纳租税，他们也很赞成，再没以前倔强的态度了。农民兵士本来大多数是无意识的群众，向来不知道问‘为什么’，只要‘会’办事，政策妥当，原没什么难处。”

夜深散宴归来，又过质生处一谈，在莫斯科物质生活太困苦，还“不如归去”，或者有“可为”。……病体支离，要做的，应当做的，也都不能做。况且心理的病状，情感易动，感慨低徊，抛一滴无意的热泪；家园，故乡，人生的意趣，将来的责任都拚在泪花里，映着灯光，陆离万象，化作一“宇宙外的宇宙”了。

今天我写信与俞颂华，归计暂决，我们三人同来，未及一年，都已四散，——颂华五月就上柏林去了，我现在决计要归国，宗武还留此地，——三人此行的成绩，千辛万苦，报酬又何如呢？致颂华信中有几句话，聊且记下：

> ……我一个病人，为精力所限，为才力所限，为学识所限，在这八个月内的成绩如此而已！……是成是败？以我这样学识浅薄，精神疲敝的人，来做开天辟地研究俄罗斯文化（在我以前俄国留学生有一篇好的文章出来过没有）的事业，勉强有这一些成绩，能否算得最高限度？……
>
> ……总上三种原因：（一）求学问题，（二）通信问题，（三）经费问题，再加我现时的病状，不能不决定回去了。现在我已着手进行，可是旅途困难，行李笨重，还不知道什么时候才走得成功呢。……

9 月 25 日（中秋后九日）

二七　智慧劳动

西伯利亚行旅现时非常困难，而我带的书籍太多，又不能走了，——总要等一“便”的机会才好。

病亦似乎轻了好些，最好能进医院，……肺痨是要“养”的。可是我一天不读，一天不“想”，就心上不舒泰，——不能不工作；要工作。

工作？我现在的工作纯粹是非体力劳动，片面的智力劳动更使健康受损，性情怪僻，再加之智识劳动所必须的“精神娱乐”，我也看得非常之淡，自然没有生趣了。

前天购书时偶然遇见德尔纳斯嘉女士，他约我赴他的家庭音乐晚会，聊一散心畅怀！

音乐会中到客亦有二十多人，大家肆谈种种问题，从家常琐事到文学哲学。有一女郎和我大谈其中国诗，——他本来是研究文学和科学的，他说无论如何听不出中国诗中的韵；我给他说，中国文的单音，如其照欧文押韵法，势必至于字字相同，所以“韵”，在中国文中只是“两字母音相同”，而子音难得相符。他们又都说中国读诗声如犹太教的祈祷词呢。

披霞娜声忽动，大家聚在厅里来。有一人奏携琴，一人奏繁华令（西洋胡琴）相和。风雷疾转，泉漏铿锵，固然已经怡神心会，最动人处却在抑扬迢递间写得人心弦上的言语。一中年妇人且吭喉高歌。……我总觉得欧洲音乐，比较的能传达人的情感于外；我虽中国人，听中国乐却没听外国乐的易于感动怡悦。乐竟，大家聚着几位少年人，——老年的吃完晚饭，都已告辞归去，——于是假作演剧，一直到早上六时才散。

欧洲人的精神娱乐，高尚雅致，而且不一定是上等人间，……智力劳动之暇尤其必须，——比打麻雀总好些！一笑。

哼！智力劳动，智力劳动，——一天一小块黑面包，还要娱乐……

今天一中国工人林扬清请我们吃饭；他是皮包匠，每天在工厂里做工八小时，一月得钱二百多万呢。

小小的两间屋子，女主人围着厨裙出来相见，问道：

——诸位说俄国话不说？请坐，请坐。

过不一忽儿，厨房里拿出牛肉汤，面条，我们道了谢，吃着，因说起工厂情形。据林扬清说，工人生活就是如此，也不算得坏了。每天工作完，归来有俄国妻子谈谈心，有时上戏院。当时还有好几位林扬清的同伴，热热闹闹谈天。

我看来暗暗的想，他们——非智力的劳动者，——即使有困难苦痛，大概永没有我这一种……“烦闷”呵。

10 月 12 日

二八　清田村游记

（一）　游　侣

托尔斯泰的邸宅，所谓清田村（Yasnaya Poliana），离莫斯科约四百余里；革命时还保存得完完全全，现在归教育人民委员会经管，已改作托氏邸宅陈列馆，另设一事务所管理他。托氏幼女亚历山大为陈列馆事务所的主任。苏维亚·托尔斯泰女士曾屡次邀我们去游。这次刚好莫斯科教育厅第一试验模范学校有一班学生读托氏文学事迹后，特赴清田村旅行游览；我们趁此专车一同前往。

游侣小学生二十余人，女教员二人，一德维里（Tver）人——老者，托氏亲戚嘉德琳等数女士，一少年；此外还有一所谓“苏维埃小姐”[①]顺路趁便车回家乡，他对我们说：“我在嘉里宁那里办事。嘉里宁！你知道么？现在我们最大的伟人，全俄中央执行委员会会长。……”

我们三十多人同坐一辆专车。十三日晚我同宗武乘月到苦尔斯克车站，会着学生旅行队，他们都很高兴，一同上车，十四日一早到都腊（Tula）车站。由此到清田村不满四十里地，火车忽然停住，派人上去交涉半天毫无影响。我们因下车散步，宗武还替学生队在车旁照了一张照片。当时托氏亲戚等得心焦，先下车步行前去。我们闲着无事，因和德维里老者谈天。他是一个托尔斯泰派，此来也是特为趁车进谒托氏遗泽的。他是德维里地方一牛奶坊协作社的职员，那地从新经济政策实行以来，协作社已经由德维里省经济苏维埃出租于私人，不比国立时候了，——从此工人生活还要职工联合会来整顿呢。老者谈吐朴实，是中下社会的人，蔼然可亲，俄国风度非常之盛，谈及托氏主义，那一种宗教的真诚，真也使人敬仰俄罗斯民族的伟大，宽洪，克己，牺牲的精神，“第一要知道怎么样生活，人生的意义，唔，操守，心地……”谈及历年经过，不胜感喟地说：

——唉！俄国人根性就是无政府的。二月革命后，农民间无政府党非常之盛，反对克伦斯基政府急激得不了。比如北部诸省，就是十月革命后还延长许多时候才平定的，至今时起消极的抗拒，所谓人民委员，去都不敢去呢。那十月十一月时布尔塞维克“面包与和平”的

① “苏维埃小姐”，革命后，女人在苏维埃机关当差非常之多，常戏称苏维埃小姐。——作者原注

口号，反对与德战争，大得全国农村的同情。后来才明白，军事不是空口停得的，都市里人也是要面包吃的……说起当时的政情来！唔！我们不谈共产党的政策。单说克伦斯基，他那里是一政治家，更不是政客，……谁知“自由与土地”的口号，呼号的那么高，“只听楼梯响，不见人下来，”谁知道他是一个“好人”呢。农民要土地，不是要社会革命党党纲的宣言书——是要实实在在的田地，没有什么神妙科学！他真不过是一个空想的智识阶级，譬如开国会问题，延长又延长，在那种政潮的时候！可见他丝毫政治作用都不懂得呵。说起智识阶级来，——你知道俄国几十年来的潮流？——革命之中智识阶级负罪不小。俄国人的心念中，智识阶级向来和普通平民分得清清楚楚，革命初起，他们就已谈什么宪法，国会，人民看得他们和皇上一样的高高在上。等到事情急了，他们又都抛弃了人民逃到外国去了，——不来帮着人民共负大业。怪不得无产阶级也走极端：那几月风潮汹涌的当口，看见带眼镜的人都指为智识阶级，怠工者，拼命排斥；于是智识阶级更逃得厉害，至今弄得要人办事的时候，人手又太少了。

我问现时俄国的宗教怎样，像托氏学说，传布得深远么？

——宗教么？俄国人是有名的宗教民族。一派市侩式的教堂宗教本是迷信，就是托尔斯泰派也很反对他的。革命前社会运动中反对教堂，以及绝对的否认宗教，本是很甚的。现在呢，政府和教堂分离了，宗教，及有宗教色彩的学说，未免大受打击。无意识的群众、农民却又起心理的反动，更去迷信起教堂来……托尔斯泰派呢，绝对不问政治，不过一种讲学的道德的宣传罢了，“人应当知道怎样生活”，唔！我这次有事到莫斯科，见着白尔嘉诺夫[①]，据说在清田村组织了一托氏派公社，所以特地去参观参观。听说这一公社组织得太晚了

[①] 白尔嘉诺夫，托氏老友，现为托氏派之首领。——作者原注

些，——现在新经济政策一行，一切都本商业办法，一切农具牛马，种籽，都要买去，哪里来许多钱呢？要是早得半年，虽说是“军事的共产主义”，却一定可以得到政府帮助，——集体组织，公共事业向例共产党还算赞助的……

我们在站等到晚上八点钟才开车离都腊。——“都腊”这一字俄文原意为“拦阻”，据说当时鞑靼人从南进攻莫斯科，追到此地，俄国人藉此地的森林，乱斫柴木堆积成山，以挡鞑靼的来路，所以称做都腊，近代却是出产“自暖壶”的名城。

到清田站的时候，已经晚上九十点钟，不能到托氏邸宅去，——托氏邸宅离站约六里。我们两人和小学生同住站边一旧别墅中[①]，别墅虽破旧，小小几间木屋，却也清雅，当天晚饭时，学生旅行队所带干粮牛乳还很殷勤的请我们吃。小学生嬉笑天真神态真使人神往。晚上将就在板床一宿。清早四时即醒，早饭前又替学生照了一相。问起那德维里老者来，说昨晚早已往公社去了。

（二） 托尔斯泰邸宅

秋云微薄，桦林萧瑟的天气，自清田站步行，向托氏邸宅行来。小桥转侧，树影俯窥溪流，水云映漾，轻步衰草上，如天然的氍毹，心神散畅，都市心绪到此也不由得不自然化了。转向北，直望大道，两旁矗立秋林，红叶斑斓，微风偶然奏几阙仙乐；遥看草间车辙，直行远山，有如川流——旷阔的村路一变而成“流水道”影。黯淡秋云，却时时掩隐薄日，日影如伞盖迎人，拂肩而过。偶然见一二农夫乘着大车，纵辔遄行，赶着马，“嘟嘟嘟”飞掠而过。抵托氏邸宅栅

① 别墅向为都市中人避暑时所住。——作者原注

门，就见中世纪式半垒；——这邸宅原是托氏母家复尔广斯基王爵的遗产，地主制度的遗迹还可以看得见。进栅门后，转侧行数十步，遥隔花棚已见托氏宅，犬吠声声报客至，宅中人有出来探望的呢。

一进宅门，前室中就见五六架书橱；上楼时亚历山大出迎，指示解释室中陈设，说是托氏死后一切设置都还仍旧丝毫未动呢。两间图书室，也满放书橱，托氏生时屡次想整理一大间，专设图书室，始终以邸宅太小没有成功，所以散置楼上楼下；如今还是仍旧。看一切陈设，托氏生前的生活确很朴素，——贵族生活如此却也在意想之外。就只饭厅里有一钢琴；四壁挂着画像，——有名画家联萍的托氏像。再转往东有一小过室——读书一周记室，一小圆桌，上放《读书一周记》，托氏生时每早起先到此室，记日记语录数则后，才出吃早饭呢。进一间就是书房，满架书籍，而突然投入我们眼帘的却是几个中国字，——原来是芝加哥出版的汉英对照老子《道德经》；书桌上文具很简陋；有一大块碧晶石，上刻金字，是托氏被希腊教堂除名时，马尔切夫斯基工厂工人公送托氏的贺礼；壁间满挂照相，托氏世代的遗像，安德莱·托尔斯泰夫人——苏菲亚女士的母亲，指示我些托氏兄弟伯叔的照相，中一框空着，据说，是托氏叔，因酗酒赌博，堕落子弟，所以除去，不使和诸兄弟相并而立。还有美国人克洛斯倍（Crosby）的肖像，他是美国候补总统，特来谒托氏，托氏劝他一番，他居然放弃候选之职，从此和托氏为至友。再进便是托氏卧室。

小小一间屋子，床头小几上还放着烛台，半枝残烛——托氏出走那天，半夜起来所点的最后一枝烛。床前窗下一小桌，屋角一洗脸架，旁有一马鞍，如此而已。壁间却有一托氏夫人芳年时的肖像，——不愧为名美人呢。

参观时，大家——小学生，教员及德维里老者都格外注意托氏出走轶事，频问亚历山大。亚历山大说：

——你们看这样的家庭布置，就是三十年前也算不得奢侈，然而我父亲晚年，时时刻刻总觉不安心，屡次想出走抛弃一切。再加之家庭恶剧，我母亲处处阻挠他的计划，如分地与农民等事。历此忏悔之心益切，也不得不走了。那天晚上，二点钟起，下楼叫我，同整理行装，叮嘱千万不告家人。父亲走时只肯带得最要紧几件物事，一切奢侈品都不肯用，还是我强勉把一手携灯纳在袋中……唉！你们不知道托氏晚年，心灵之经受多痛苦呵！

参观的小学生都很感动。当时他们散去，到托氏墓前并公社游览。

我们出来，安德莱夫人请我们再周观一次，宗武照了好几张照相，——中有一托氏生时之榻。安德莱夫人又说：

——你们还到楼下一看。那里有托氏早年时的书室呢。

楼下书室中，安德莱夫人还指示我们看一小栋，是当托氏初起忏悔，屡思自缢之处。

（三） 俄罗斯的农家

天色忽然阴沉，微有雨意，安德莱夫人说恐雨后不能出游，趁此时散步一周，再回来吃饭。

从后院走出，院中一大树，漫散四出，残叶时堕，安德莱夫人指着说，托氏生时每每坐此树下招待贫农谈话，村人都称此树为“贫者树”。出院后，一带果树，绕小径出去，经托氏宅前草场，入疏林蹊路，到托氏墓前，林中有一树椅，托氏散步时，常常坐此休息。我们在托氏墓前，看着小学生用落叶穿成一圈挂托氏墓上。满天湿云飞舞，瘦叶时时经风细吟，一仰首满目清朗，乡野天地，别有会心，托氏的遗泽更使人想起古人浑朴的天性，和此自然相交洽。

返托氏家午膳。托氏妻妹，托氏幼女亚历山大，托氏媳安德莱夫人，还有一中年妇人——托氏亲戚，及一老者——旧时军官，因托氏一语而弃职归田的，他们有的是教育人民委员会所委任，有的是借住于此，大家聚齐吃饭，殷勤问及中国政象，老子学说等。

饭后安德莱夫人又约游园。法国式的芳径，树木夹路，秋末残叶满地，踏步行来胜于毡茵。小池一角清漪如画，那时已萧萧微雨，浪纹都画秋痕。我问安德莱夫人乡居如何，为什么比在莫斯科时越发清瘦了？安德莱夫人说，乡居也不过因为有事罢了，此间人愚蠢，无可谈心，未免焦闷。“你看，那些人，老军官现在已反成希腊教徒，我们两位亲戚女太太们，成天的骂革命政府，俄国平民对着他们都有罪似的，——难道这是托尔斯泰的主义？……”所以他说很乏味，在乡间住着，说还是偶然到农民家去走走，倒可散心。

我们谈着话，信步行来已出托氏栅门，远望三五村落，烟雨迷闷，一片秋原寥落的光景。

安德莱夫人道：

——可惜今天天气如此，不然，还可以同你们到田间一散步呢，我们现在且到那边几家一坐，一看俄罗斯的乡间生活。

我们走过两畦到一木屋，小小巧巧四五间，也有电灯，玻璃窗……安德莱夫人笑着高声说：中国人来访“俄国农夫”了。

——呀，远客来了！——只见一农家女掀布帘出来，——原来中国人也来看俄国乡下人呢，……我们此地近着地主邸宅，向来比寻常农民讲究些；新近装了电灯……啊呀，天气不好，不然诸位可到那边村庄看一看，纯粹的俄国生活。请坐请坐。

安德莱夫人和我们介绍相见，女主人是以前托氏的农奴，还有一位客是安德莱夫人以前的陪嫁丫鬟。坐着吃了几口茶。屋中板桌板凳，屋角挂着希腊教神像，壁上居然有一张半新不旧的油画。四间住房，后面一小小院落，牛羊的兽栏，草仓。四间屋之间，一火炉制在墙壁里，一面临门处有铁板，中可烤面包煮菜；炉顶高及屋梁，上铺床铺。女主人指着炉子道：

——你们中国没有这样炉子罢！呵，冬天冷的时候，才好呢。睡在炉顶上，深夜时分，满身裹得紧紧，烘得暖暖的，将睡未睡的时候，拥着枕头，听着屋顶风暴绞雪，“呼……呼……呼”——真有趣呢。

（四） 托尔斯泰派公社

自农家出来，顺路到公社一游。

“托尔斯泰派都是非常之有道德的人，可是大概不是务实的人，经营事业，没有经验。”——这是嘉德琳女士和我在莫斯科谈的。现在我亲见托氏派的公社了。他们见我去，非常之欢迎，谈及中国托氏运动，恶战的风俗等等。

据说，托氏派抗拒征调往往被捕；出狱后大家组织起来，仍决然不去当兵，得了教育委员会允许在此组织一公社经济，——田地就用托氏遗产分给农民后所余的。现时社员大约十八九人。有麦田四十七俄亩[①]，菜圃二俄亩，另有三十五俄亩果园，中有一半与村农共有的，……其余产业还有马六匹，牛七匹，羊十头，—— 一年的生产，预算当可足用，今年还是第一年。社员男女都有，都自己下田工作，——只有农忙时可以雇人，——女社员还缝工织网。

恬静的生活，一切“人间乐”都抛弃。劳作的神圣，自然的怡养固然胜似他百倍。

生产品完全公有，各取所需……今年第一年的成绩还未见出。每年只公付国家五十铺德的食粮税，其他一切自由，几与外界绝无系连。

---

① 一俄亩抵中国 18 亩。——作者原注

彼此谈着非常有兴，临走时还说：

——今天下雨，上站晚上简直走不得，我们借一匹马给你们……

那天深夜，我们走之前，公社中还特派一人送面包及豆来，殷勤诚意，使人感动。

（五） 清田村之残梦

托尔斯泰邸宅的饭厅里，窗上已乱投秋林晚色，我们望着，正吃过晚饭之后，等着车子，预备返站。

桌上的自暖壶嘶嘶的响着，沸沫细吟，偶破一室的岑寂。老年的贵妇人——托氏妻妹，坐在桌旁做着女工，她的孙子，天真活泼的小孩子默然静坐在那里读龚察洛夫（Gontcharoff）集，还有一中年妇人——托氏亲戚闲坐读旧杂志。我偶然问那小孩读书几年了。托氏妻妹回道：

——他？他读的书不少，一直在家里，没进学校，——现在的苏维埃学校，……哼。

她说完忽看见小孩子一面看书，一面手里玩着纸牌呢，掀一掀眼镜，欣欣然抬起双眉，暗中流露那贵族派调的礼貌，她问：

——呀！你们中国有赌具么？我非常之爱玩，你知道，我巴黎时一夜输多少！——少年妇人插嘴道："呵！她年轻时才爱赌呢。"中年妇人见我们闲着无事，拿出一大盒照相，托氏当年家庭亲友的肖像，克留摩的风景，末后指着一张学生模样的照片说："这是我的儿子，唉！真伤心呵！革命时被可恶的布尔塞维克杀了。我们家许多房舍，邸宅，田地一概弄光了。我还坐过三个月牢狱呢，……呵哎……"托氏妻妹忽然向中年妇人道：

——现在，革命之后，什么事都翻过天地来了。你昨天用心没有：某小姐和那一少年，还有几位，唔，都是年轻女郎，挤坐一张沙发上，一点嫌疑，礼貌也不顾。——正说话时一女郎走来，托氏妻妹起初愣了一愣，仍接下笑着说道：

——不怕你恼，小姐，“说到曹操，曹操就到”，我们正在说你呢。

那女郎看着我们，很不好意思似的，半晌才说道：

——怎么为这样的事发恼呢，我们正盼望有人指教呢……——说着，口齿渐渐模糊，底下的几个字都吞在肚子里去了。

——哎唷唷！现在风俗不成话了。男女同学！男女同学！你们还不知道，现在中学校里男女学生成了什么样子呢！近廿年来的新教育！——中年妇人接着说道：

——你可不要冤枉人，她们几个小姐，倒都不是中学校出身，是受家里的贵族教育。

——可不是！生来世道人心如此，有什么法想。我们年轻时，不用说实际上，哪怕没有一件两件风流奇闻；可是终还顾着脸子。我就不懂，怎么一二十年变成这样的世界！

——说来也奇怪，为什么在英法“男女同学”就不要紧，我们俄国却不行？

我听着禁不住插嘴道：

——那又更奇怪，我们中国也是这样说：“为什么在外国就不要紧，一到我们中国就不成样子。”

车马预备好了，我们同几位女郎一同坐车往车站去。秋夜雨过，马蹄得得，仰看着流云走月，光芒四射；雨余小寒，凝露满裳，也和清田村中贵族的残梦似的，勉强固结“旧时代的俄国”。

清田村当革命怒潮时，农民中的少壮，哄哄俗动，要瓜分财产田地；老年人念托氏的遗德，不忍动手；后来还是中央政府派员保护了这历史的伟迹。

（六） 大学生

十五日晚，本来说晚上二时开车，我们赶到车站，睡下，——一觉醒来，仍旧是清田站。早起奇饿，德维里老者约着下站一行，同到前天过宿的别墅中。和看别墅的农夫商量着，请他去买了些牛乳，煮些马铃薯，就在农夫屋里烧着自暖壶喝茶。主人殷勤询问中国生活。谈及托尔斯泰，主人还说：

——我是托尔斯泰初办学校里的小学生，我还会算加减乘除呢！

主人儿子坐在一旁，手里拿一本俄文启蒙读本；我问他要了看一看，因问现在农村学校怎么样。据说，每天小孩子都去上学，不要学费，“上半天去下半天就回来了！”学习算学，俄文。我试和那小孩子谈谈，小孩子很害臊似的，宛然一中国“乡下孩子”。德维里老者还问许多托氏生时的轶事。主人忽道：

——那又怎么样？托尔斯泰生时，我们去总还有许多书，——我们得了又读着，又卖几个钱。要帮助却难了：有熟人去，一块两块卢布，平常三角五角。

自暖壶水沸了，女主人倒茶给我们，咕噜着道：

——托氏自己是很要帮助人的，都是他夫人横在里面……

我问道：

——革命时，你们分着多少地呢？

—— 一亩半田。这两年勉强还够。今年又有什么“食粮税”，我们也担负轻些，—— 一年付三分之一，十二铺德。生活要说宽余是说不得呢。我们革命前也从没见过三块卢布以上的钱。现在罢，管着别墅，每月经亚历山大·托尔斯泰的手，由教育委员会得八九十苏维埃卢布，——算得什么，几角钱！

说着话，宗武也从车上带着照相机来了。主人又请他照了一相。村里小孩有的嚷："来看美国照相机呵！……"我笑向宗武说：

——再想不到中国人到了乡间，变成了西欧文明的宣传者。

主人还说，现时到城里去照一相，出一个月的薪水也不够呢。他又很热烈的送我们走，一面说道：

——我们这两天吃的面包都不够。公社里剩的面包，——现在可以出卖了，——我们去买也得出四五千钱一斤。他们都是大学生，虽说什么集合生产，究竟不大会种田。那四五十亩田，据我看来，还不如分给我们小农好些。……唉！穷人还是穷，富人还是富。……

我们回到车上已是十点多钟。十一点开车，到了都腊，不知怎的又停住了。天色阴沉，又不能下车散步。沉闷得很。回想此游所见，历历犹在心头；一见俄国乡间生活，也有无限感触。

一直等到晚上九点钟，才从都腊开车。

（七）归途

一辆车中，暖暖的炉火，暗暗的车窗，笑语呼吸声中，隐隐的画出三幅杂色斑斓的奇画。——三种不同的文化：

车的南头，坐着几位清纯修洁的女郎，文秀的俄国少年，生意活泼，——都是托氏一家的亲友，贵族的遗裔，——可是他们现时虽已尽成平民，苏维埃机关的办事员，学校的大学生，而贵族式"敻不顾人"的派调，无意之中隐隐流露。只听着谈笑自如，深夜起坐，"呀！我一把梳子忘在乡下了，……""马丽答应借普希金集给我，临走时又忘了，"叽叽喳喳笑语不断。

车中间坐着两位中国人，天色已黑，又不能看书，只是默默的坐着，守那东方式的规矩，偶然有人请他们吃马铃薯，还回说：“谢谢，不要，……不用客气，自己请罢。……”

车的北头，学生旅行队占着，傍晚的时候，男学生取柴，烧炉子，女学生洗碗盏。车开之后，大家围坐猜谜，说笑。十时余，教员说“可以睡觉了”，过不了二十分钟，小学生都已声息俱无。

只听车行震荡，渐渐往莫斯科去。晚上一二时光景，车南头忽然烛光一亮，又听得低低谈话，过了几分钟，嬉笑声浪，渐渐放纵。猛听得一小孩子声音说道：

——天晚了，人家要睡觉。请显些文化较高的身分出来……

突然烛影寂灭，车中又只听得均匀的轮轴颤动了。偶然露出一句含糊不明的低语：“谁也不是文化程度高的人……”轮声震厉，再往下也听不清楚了。

酣然一梦，醒来已抵莫斯科苦尔斯克车站。

晓霜晴日，伴着归人，欣欣的喜意，秋早爽健的气概送我们归寓。

清田村一游，令人畅心满意，托尔斯泰——世界的伟大文学家，遗迹芳馨。旧时代的俄国，——贵族遗风还喘息于草间，依稀萦绕残梦。智识阶级的唯心派，新村式的运动，也有稀微印象。俄罗斯的农家生活，浑朴的风俗气息，而经济上还深陷于小资产阶级。平民农夫与智识阶级之间的情感深种社会问题的根蒂，依然显露。智识阶级问题，农民问题经怒潮汹涌的十月革命，冲动了根底，正在自然倾向于解决。——新教育与旧教育的过渡时期。

此游感想如此；其他乡间秋色，怡人情性，农家乐事，更饶诗意，生活的了解似乎不在远处……

10 月 18 日

二九 “什么！”

1917年之秋，俄罗斯红光烛天，赤潮澎湃，虽然深寂的僻乡，余波荡漾，犹与沙岸石砾相搏击，激厉清刷。革命的风暴时期，群众集会的社会心理现万丈光焰，不可阻的伟力。——二十世纪历史的事业之第一步。

德维里省一牛奶厂主谢美诺夫，闲坐在办公室里，一手捻纸烟，呆呆的想着。忽然门响，进来两人：“哼！请上苏维埃去！”谢美诺夫耸然站起来，突然的问道：

——苏维埃？苏维埃？什么样的苏维埃？

——去罢！不要多话了！

旧时王爵的邸宅里，短衫破袄，军帽毡靴，颜色憔悴，精神奋发的大群人，正在开会呢。谢美诺夫进来，大家都回头瞧看，人影簇动几分钟，又复静下。主席命谢先生，当众宣读议决案：

——德维里劳农兵苏维埃决议：宣告谢美诺夫之工厂，财产，房屋，一律没收，充作德维里省劳农地方政府公有。凡剥削者，——当劳农以革命之伟力取得政权时，当然一概剥夺权利，对于谢美诺夫工厂主自当遵例照办。

谢美诺夫颤巍巍的站起来，向四屋角一看——并没有神像，——他也不管，仍照例先画十字三次，当众寒抖抖的开言道：

——诸位“老爷”[①]。

---

① 革命前俄国人相称以老爷（gospodin），革命后都以伙计（tavarichtch）相称，现在新经济政策实行，发生新资产阶级商人，始以公民（grazdanin）相称。——作者原注

——谁是你的老爷！——台下议场里有人出言斥责。

——诸位伙计，老爷，……我……我亦亦是农民出身，咱们却都……是平民。就是说说咱们都平等，我亦亦赞成革命。可是，可是，……我，啊哎，原谅，原谅，……我从小辛苦到大，劳动者，真正的劳动者，现在现在……得有这一些财产，原是大家的，……不过，不过，挣到这步田地也不容易。……

说到此处，台下又起呼声："你是劳动者！还想抵赖么？……

——不，不，不，我是说，挣得这些财产也不容易；现在我心服情愿充公，充公，……苏维埃一定给我些保证，有块面包吃就好。

当时宣布之后，就派人去搜查封闭，一大半不动产都充公了。谢美诺夫还总是和声下气，没有车坐就步行，没有白面包就吃黑面包。后来通国又行动产没收法，名为"革命税"，谢氏被判出六万卢布，他迟延抵赖。搜查的时候，他把几千张卢布纸币尽行拿出来，说："再也没有了，再也没有了。"革命政府说，如不拿出，立即枪毙，限了六天的期限；他如无其事。后来还是他夫人害怕，供出有现钱存亲戚处。搜出充公，才罢。现在谢氏又成了承租小工厂的新资产阶级了。

某乡有一地主，没收之后，他到处询问，向各机关去申诉："我没有犯罪，为什么没收财产？"——他始终不明白是革命。特地跑到彼得堡中央劳农政府，又撞了一个钉子。——精神病更厉害了。房屋已被没收，移住一小木屋中，有人可怜他，给他讲解这是"革命"，他已不是地主了。

——什么！什么！……啊！……不是地主？没收？房子，田地？……呀！什么！……什么！

小村落的尽头，一间木屋外，残枝堕叶，雪影稀微之处，常常可以看见一人，有时背着手，有时叉着腰，独行踽踽，来去踯躅，不时指手划脚，呢喃自语：

——呀！什么！

这是革命时期的逸事，一德维里人所告诉我的。

10 月 25 日

三〇　赤色十月

第三电力劳工工厂——旧时的奇纳摩工场。

十月革命的纪念。工厂中人集合无数，……晚会。劳动神圣的工人，他们所见所受已不少了：凶恶的哥萨克驱逐工人，风暴似的罢工运动，势不相敌的对垒争斗，今天却有多少人庆祝他们来，——十月革命，——职员，工人，家族，一群一群往工厂里去。

工厂管理人现在是乌哈诺夫，宣布开会，用简短的演说辞，略述十月时的经过，吊革命中之战死者，——大家都站立致敬，奏哀歌之后，一个一个陆续发表热烈的祝辞。

集会的人，看来人人都异常兴致勃发。无意之中，忽然见列宁立登演坛。全会场都拥挤簇动。几分钟间，好像是奇愕不胜，寂然一响，后来突然“万岁”声，鼓掌声，震天动地。……

工人群众的眼光，万箭一心，都注射在列宁身上。大家用心尽力听着演说，一字不肯放过。列宁说时，用极明显的比喻，证明苏维埃政府之为劳动者自己的政府，在劳工群众之心中，这层意义一天比一天增胜，一天比一天明晰：

——“拿着军器的人”，向来是劳动群众心目中一可怕的东西；现在不但不觉他——赤军——可怕，而且还是自己的保护者。

列宁末后几句话，葬在热烈的掌声中。还没来得及静下，演坛上突然又现杜洛次基的伟影：

——我很愿意不到这演坛上来，而只愿意坐在你们中间，听一听你们的回忆辞。

杜洛次基说着经济状况道：“天下没有完全满心足意的人。随便哪一集会，都可以有人说困苦，不满意。有一次我听见农民抱怨经济的破产，我问他们：一被火灾的农夫，他大约要多少时候，才能盖得起一座新木屋来？——‘也许积积聚聚，得三四年罢。’那么，怎能指望在短时期中，我们这样大的国土，经过大火灾后，立刻就能恢复呢？这是好几年，好几年的事。譬如说罢，我刚才乘升降机上来。我按着电纽，升降机动了，我一放手，他又停住了。问起来，倒说是：‘他生来这样的坏脾气。’哈哈……而这样的缺点，我们多得很呢，必需努力奋斗，研究我们自己的错误过失，改正他。那时我们才能胜利。”

鼓掌声，“万岁”声，《国际歌》乐声，工厂的墙壁，都显得狭隘似的，——伟大的能力正生长。……

——万岁！莫斯科工人女工万岁！——杜洛次基最后的呼声。

——万岁！——全场震动天地的回应声浪四散。

——革命伟人万岁！

会完了。一大半到饭厅晚宴。有一群工人到工厂管理处去说：“唔，谢谢你，乌哈诺夫伙计，我们又见着了伟人了。”

听说那管升降电机的女工，四处向人说，关于升降机电纽的事，他并没有说错话。

赤色十月工厂中的庆祝晚会，确有无限盛意。但愿那“有坏脾气的电纽”一天少似一天。

——十一月七日为彼得城无产阶级爆发的纪念日，适俄旧历十月二十五日，故称十月革命。

11 月 8 日

三一　中国人

半载不得家书，只身孤影，心灵中无穷奇感。“我”的一部分渐起变态，暗昧之中常有社会的“我”的意识冷嘲热笑。

前两天（十一月六日）听说华侨吕某从哈尔滨来，带有我老弟的信，等不及，就去访他。晚上八九点钟去，吕某还没归来。同居王某留我略坐，——我因为亟欲一见家书，也就坐下略喝几杯茶。王某道：

——先生在此处还好？听说莫斯科的中国领事走了，到底是怎么一回事？

——我也不大清楚。

——哼，陈广平在莫斯科刮了一大层地皮，跑了；我们新从赤塔回来，昨天前天听此地的华侨说来，没有一个不骂他。中国官僚，官僚几时就杀得尽了！赤塔的领事也是如此。

旁一中国工人问道：“现在赤塔的是谁？他妈的……”王某道：

——新领事沈崇勋，一到任就有人粘无名揭帖骂他。一张护照要卖多少钱！赤塔中国小工说得好：“沈崇勋这鬼子，不知道把自己的妹子押了多少钱，在外交部运动来的差使；现在赶紧要来赤塔刮一批回去，赎妹子，预备嫁妆呢。”赤塔华侨会也因领事到后，大家争权。领事自己把一切交涉——甚至琐屑的华人搬住注册等事，都一箍脑子抓在自己手里：好一张一张执照呀，护照呀的抽头。——弄得华侨会一件事也办不动。有一天，好几个工人小贩去见领事领执照，偶然说了一句：“华侨会现在不能办事，——都叫领事办去了。”沈崇勋开口就骂：“放屁！”当时激愤了工人，挥起拳来就要上去打；他那鬼头，也只得抱头鼠窜了。

喝着茶，谈笑着不觉已到十时，吕某还不曾回来。我想走，却来了几位客，因此又坐下。来客有一中国小贩同着俄国妻子，彼此介绍。那小贩的妻子戏问我道：

——你们中国，是不是有娶几位妻子的风俗？

——有是确有的，不过富人才养得起呵！—他听我说这话，回身向她丈夫道：

——可不是，你还赖呢！我知道，你家里另有一位中国女人呢。——她丈夫也笑着道：

——不错，不错，家里另有一位心爱的呢。

另有一位女郎，忽然想起，嚷道："呀，明天11月7日，过纪念节呢！"一俄国商人插嘴道：

—啊哎！明天一天又不能做生意了！现在是少做一天，少一天的进项……

女郎道："唔！发了四年的口粮，不要钱，大家还是嫌少；现在不发了，请你们自己去赚钱过活罢。……"

吕某夜深不回来，我约着日后去取信，就归寓了。今天呢，信已取来，不禁想起那天的谈话，聊以一记，以见中国人的俄国生活。

11月16日

三二　家　书

前几天我得着北京来信，—是晌弟的手笔，还是今年三月间发的，音问梗塞直到现在方来。他写着中国家庭里都还"好"。唉！我读这封信，又有何等感想！一家骨肉，同过一生活，共患难艰辛，然而不得不离别，离别之情反使他的友谊深爱更沉入心渊，感切肺腑。况且我已经有六个月不得故乡只字。于今也和“久待的期望一旦满足”相似，令人感动涕泣，热泪沾襟了。

然而，……虽则是如杜少陵所言“家书抵万金”，这一封信，真可宝贵；他始终又引起我另一方面的愁感，暗示我，令我回想旧时未决的问题；故梦重温未免伤怀呵。问题，问题！好几年前就萦绕我的脑际：为什么要“家”？我的“家”为了什么而存在的？——他早已失去一切必要的形式，仅存一精神上的系连罢了！

唉！他写着“家里好”。这句话有什么意思？昀白，昀白，你或者是不愿意徒乱我心意罢了？我可知道。我全都知道：你们在家，仍旧是像几年前，——那时我们家庭的形式还勉强保存着，——那种困苦的景况呵。

我不能信，我真不能信……

中国曾有所谓“士”的阶级，和欧洲的智识阶级相仿佛而意义大不相同。在过去时代，中国的“士”在社会上享有特权，实是孔教徒的阶级，所谓“治人之君子”，纯粹是智力的工作者，绝对不能为体力劳动，“手无缚鸡之力”的读书人。现在呢，因为中国新生资产阶级，加以外国资本的剥削，士的阶级，受此影响，不但物质生活上就是精神生活上也特显破产状况。士的阶级就在从前，也并没正式的享经济特权，他能剥削平民仅只因为他是治人之君子，是官吏；现在呢，小官僚已半文不值了，剥削方法换了，不做野蛮的强盗（督军），就得做文明的猾贼（洋行买办）；士的阶级已非“官吏”所能消纳，迫而走入雇佣劳动队里；那以前一些社会特权（尊荣）的副产物——经济地位，就此消失。并且，因孔教之衰落，士的阶级并社会的事业也都消失，自己渐渐的破坏中国式的上等社会之礼俗，同时为新生的欧化的资产阶级所挤，已入于旧时代“古物陈列馆”中。士的阶级于现今已成社会中历史的遗物了。

我的家庭，就是士的阶级，他也自然和大家均摊可怜的命运而绝对的破产了。

我的母亲为穷所驱，出此宇宙。只有他的慈爱，永永留在我心灵中，——是他给我的唯一遗产。父亲一生经过万千痛苦，而今因“不合时宜”，在外省当一小学教员，亦不能和自己的子女团聚。兄弟姊妹呢，有的在南，有的在北，劳燕分飞，寄人篱下，——我又只身来此“饿乡”。这就是我的家庭。这就是所谓“家里还好”！

问题，问题！永不能解决的，假使我始终是“不会”生活，——不会做盗贼。况且这是共同的命运，让他如此，又怎么样呢？

总有那一天，所有的“士”无产阶级化了，那时我们做我们所能做的！总有那一天呵……

11 月 26 日

三三 “我”

秋白的“我”，不是旧时代之孝子顺孙，不能为现代“文明”所恶化；固然西欧文化的影响，如潮水一般，冲破中国的“万里长城”而侵入中国生活，然而……然而这一青年的生活自幼混洽世界史上几种文化的色彩，他已经不能确切的证明自己纯粹的“中国性”，而“自我”的修养当有明确的罗针。况且谁也不保存自己个性抽象的真纯，——环境（亦许就是所谓“社会”）没有不生影响的。

然而个性问题有渊深的内性：有人既发展自我的个性，又能排除一切妨碍他的，主观的，困难环境而进取，屈伸自如，从容自在；或者呢，有人要发展自己的个性，狂暴忿怒面红耳赤的与障碍相斗，以至于失全力于防御斗争中，至于进取的创造力，则反等于零；或者呢，有人不知发展他的个性，整个儿的为“社会”所吞没，绝无表示个性的才能。——这是三种范畴。具体而论，人处于各种民族不同的文化相交流或相冲突之时，在此人类进步的过程中，或能为此过程尽力，同时实现自我的个性，即此增进人类的文化；或盲目固执一民族的文化性，不善融洽适应，自疲其个性，为陈死的旧时代而牺牲；竟或暴露其“无知”，仅知如蝇之附臭，汩没民族的个性，戕贼他的个我，去附庸所谓“新派”。三者之中，能取其哪一种？

如此，则我的职任很明了。“我将成什么？”盼望“我”成一人类新文化的胚胎。新文化的基础，本当联合历史上相对待的而现今时代之初又相补助的两种文化：东方与西方。现时两种文化，代表过去时代的，都有危害的病状，一病资产阶级的市侩主义，一病“东方式”的死寂。

“我”不是旧时代之孝子顺孙，而是“新时代”的活泼稚儿。

固然不错，我自然只能当一很小很小无足重轻的小卒，然而始终是积极的奋斗者。

我自是小卒，我却编入世界的文化运动先锋队里，他将开全人类文化的新道路，亦即此足以光复四千余年文物灿烂的中国文化。

“我”的意义：我对社会为个性，民族对世界为个性。

无“我”无社会，无动的我更无社会。无民族性无世界，无动的民族性，更无世界。无社会与世界，无交融洽作的，集体而又完整的社会与世界，更无所谓“我”，无所谓民族，无所谓文化。

12 月 3 日

三四　生　存

仅只一“生存”对于他（腊斯夸里尼夸夫）总觉不足，他时时要想再多得一些。

——《罪与罚》，笃思托叶夫斯基

电灯光射满室，轻轻的静静的回舞他的光线，似乎向我欣然表示乐意。基督救主庙的钟声，在玻璃窗时时震动回响，仿佛有时暗语，我神经受他的暗示。我一人坐着，呆呆的痴想。眼前乱投书籍报章的散影，及小镜的回光。我觉得，心神散乱，很久不能注意一物。只偶然有报上巨大的字母，乌黑的油印能勉强入我眼帘。

我想要做点事情，自己振作振作，随手翻开一本钞本，上有俄文字注着英法中文，还有我一年半以前所钞写的。随意望着钞本看去。当然，我看这钞本并不是因为我又想研究这些俄文字，不过想有点事情做，省得呆坐痴想，心绪恶劣。然而……然而你瞧，我又出神。我竟不能正正经经用功，怎么回事？……

我看见钞本上有：——mentir，lie，讹言等字，不禁微微的一笑，——想必当时也没有知道“为什么而笑”。

——什么，你笑么？——忽然听得有人在背后叫我。我吓得四周围看了一看：在屋子里面一个人亦没有。只有一只老白猫坐在地板上，冷冷的嘲笑的神态，眼不转睛的望着我。

“难道这是他说的，”我心上不由得想着，又用用心看好了那白猫，听他再说不说。“奇怪！真奇怪！怎么猫亦说起人话来呢！”唔！又听着：

——你心上喜欢，高兴，你以为，你勉强的懂得几国文字了，（哼，我们看来，当然，还不过是大同小异的“人”的声音罢了；或者是白白的一块软东西上，涂着横七竖八的黑纹。）怎么样？是不是？哼，几国文字！……你可知道，每一国的文字都有“诳言”一字！可是我们“非人”的字典上却没有这一个字。本来也没有字，更没有字典。哼……

说到此时，床下似乎有一点响动，我的神秘的猫突然停止了，竖起双耳，四围看了一周，我当时也就重新看起书来，想不再理他。本来太奇怪了，我实在再也听不来这样的兽语，然而他，似乎很不满意我的这种态度，突然又提高着喉咙演说起来：

——哈哈！你以为你“活着”么？懂得生活的意义么？——他狂怒似的向着我，又接下道，——不要梦想了，再也没有这一回事！你并没有“活着”，你不过“生存着”罢了；你和一切生存物相同，各有各的主观中之环境，而实际上并不懂得他。你现在有很好的巢穴，里面有人工造的明月，还有似乎是一块软板，上画着花花绿绿的黑油（我也不知道是什么）；坐着呢，很不自然的抬起两只前腿，不坐在地上，而坐在似乎是“半边笼子”里；天赋的清白身体藏在别人的皮毛里；最奇怪的，就是燃着了不知是什么一种草，尽在那里烧自己的喉咙。这就是你的环境。我知道，我很知道，你以为这样非常之便利，非常之好。非常之好！又怎么样？不错，“这些”便利之处，原是你“人”自己造出来的；可是，一人为着“这些”而不惜毁坏别人的“这些”；你们，“人”，互相残杀，也是为着“这些”。不但如此，即使你“人”看着这种行为，以为很有趣，也像我和鼠子一样，——残杀本不是罪恶；而“诳言”呢，奸计呢，难道是神圣的？“人”原来是这样一个东西！为了什么？……生存在这种环境之中，“有种种便利之处”可以享用，而还是要想再多得一些，再多得一些，再多得一些！你无论如何不懂得：一面积聚许多人造的“便利之处”，一面就失去“天然的本能”，“与天然奋斗的本能”，而同时你的欲望倒是一天一天的在那里增高扩大呢。于是为满足这种欲望起见，又不能与天然直接奋斗，你于是想法骗人；讹言，奸计。不要脸的混账的“人”！自然呢，这样方法的生活，不是人人都能做得到的，谁要是不会这样生活，那人就倒霉。你看，现在你不是心绪不好，呆呆的痴想，忧愁，烦闷么？这才是你所要的“再多得一些”呢，哈哈哈。我，猫呢，却无时没有现成的衣服，现在的灯烛：日与月。我用不着什么“再多得一些”……

——可耻，可耻，“人”，你的“人”！混账，混账！没有才能的，不知恩的，最下贱的自欺者——“人”！——猫说到此，声音更响，竟哈哈大笑起来。

我再也忍耐不住了，站起来要去打他，然而一闪眼，他已经不见了。一看呀，他已经逃得很远很远。“我是个‘人’，当然不能追得上他那又小又轻便的无汽机的汽车，无电机的电车。算了罢，算倒霉！”叹一口气，醒来，满身是汗，——原来是一梦。

12 月 10 日

三五　中国之“多余的人”

……我大概没有那动人的“心”！那足以得女子之“心”；而仅仅赖一“智”的威权，又不稳固，又无益……不论你生存多久，你只永久寻你自己“心”的暗示，不要尽服从自己的或别人的“智”。你可相信，生活的范围愈简愈狭也就愈好。……

——《鲁定》屠格涅夫

圣人不患苦难，而患疾病。

——《墨子》

病魔，病魔！自七月以来，物质生活渐渐的减少，——优待食粮因新政而改付值办法；智力工作更无限制的增加。于时，我更起居无时——不是游息的“无时”而是劳作的“无时”，饮食不节——不是太多的“不节”，而是太少的“不节”。疾病的根底一天一天埋得深了。“我难道记忆力，论断力都失了么？……让我想一想看。”病卧几天，移我入此高山疗养院。

静静的寝室，窗儿总是半罅着；清早冷浴；饮食有定量定时；在院中雪下强睡；量药称水有人专值；晚间偶坐厅中笑语，医生演讲病源，病状，医术；有时还请人歌唱演剧奏琴，作娱乐；——有一定的规则。谁也不能违背。“此间是军国主义式的统治，医生独裁制……”科学的威权最高无上。我对于这一切最初绝无感想，——不会感想；念念“用智”，“出院后某天当做某事……”如此一秒钟都不能停息。

四五天来——我是十二月十五日进院的，精神才渐渐的清晰，回忆复活；低徊感慨缠绵悱恻之情，故乡之思隐约能现。……咦！

咦！我生来就是一浪漫派，时时想超越范围，突进猛出，有一番惊愕歌泣之奇迹。情性的动，无限量，无限量。然而我自幼倾向于现实派的内力，亦坚固得很，“总应当”脚踏实地，好好的去实练明察，必须看着现实的生活，做一件事是一件。理智的力，强行裁制。我很知道，个性的生活在社会中，好比鱼在水里，时时要求相适应。这我早就知道！二十余年来的维新的中国，刚从“无社会”状态出来，朦胧双眼，——向没有见着自己的肢体肤发，不用说心肝肺脏了，他酣睡中的存在，比消灭还残酷。如何不亟亟要求现实精神呢。

然而“刚从无社会状态出来……”可知是开天辟地草创的事业。此中的工作者，刚一动手，必先觉着孤独无助：工具破败，不堪适用，一切技术上的设备，东完西缺，总而言之，这是中国“并非社会压迫个性而为社会不助个性”之特别现象。自然而然，那特异伟力超越轨范的需要也就紧迫。两派潮流的交汇，湍洵相激，成此旋涡——多余的人。

假使有人在此中能兼有并存两派而努力进取，中国文化上未始不受万一的功劳。然而“我”，——是欧华文化冲突的牺牲，“内的不协调”，现实与浪漫相敌，于是“社会的无助”更斲丧“我”的元气，我竟成“多余的人”呵！噫！忏悔，悲叹，伤感，自己也曾以为不是寻常人，回头看一看，又有什么特异，可笑可笑。应当同于庸众。“你究竟能做什么，不如同于庸众的好，”理智的结论如此；情性的倾向却很远大，又怎样呢？心与智不调，请寻一桃源，避此秦火。……“然而，宁可我溅血以偿‘社会’，毋使‘社会’杀吾‘感觉’。”……

噫！心智不调。无谓的浪漫，抽象的现实，陷我于深渊；当寻流动的浪漫，现实的现实。不要存心智相异的“不正见”，我本来不但如今病；六七年来，不过现实的生活了，心灵的病久已深入，现在精神的休养中，似乎觉得：流动者都现实，现实者都流动。疗养院静沉的深夜，一切一切过去渐渐由此回复我心灵的旧怀里；江南环溪的风月，北京南湾子头的丝柳。咦！现实生活在此。我要“心”！我要感觉！我要哭，要恸哭，一畅……亦就是一次痛痛快快的亲切感受我的现实生活。

12 月 19 日

三六 “自　然”

印度哲人泰戈尔说：“希腊文化发生于海隅小城市，——都市的城壁暗示‘占有’的冲动，他视‘自然’为敌；譬如行路的人，以大道为障碍人与目的之间的远度。印度文化发生于森林温地，——长枝漫叶；起居感受于其中，增长‘融洽’的精神，他视‘自然’为友；譬如行路的人，以大道为人与目的之间的因缘，——实在就是目的的一部分。人与自然，个性与社会的协调，为将来的文化；浓郁的希望，仁爱，一切一切……由忿怒而至于喜乐……”

俄国的白林寒雪，旧文化的激发性也是当然；他视“自然”为邻人；偶然余裕，隔篱闲话家常，——封建遗化农村公社的共同寂静恭顺的生活；有时窘急，邻舍却易生窥伺，——西欧的顽皮学生，市侩主义维新后之传染病。中国的长河平原，感受无限制的坦荡性；他视“自然”为路人：偶然同道而行，即使互相借助，始终痛痒漠然。俄国无个性，中国无社会；一是见有目的，可不十分清晰，行道乱投，屡易轨辙；一是未见目的，从容不迫，无所警策，行道蹒跚，懒于移步。万流交汇，虚涵无量，——未来的黄金世界，不在梦寐，而在觉悟，——觉悟融会现实的忿，怒，喜，乐，激发，坦荡以及一切种种性。

是久远久远的过去话，也许是遥远遥远的将来之声。

人远离包涵万象的自然，舍弃永久的基础，只在人造的铁网间行走，——这或是跳舞矫作姿态时，或是乘橇下峻坡耳；他不得不步步勉力自求保持身量之均势；偶然得一休息地，反暂时感觉一隐隐的傲意：“我对于外界的自然，很能有强力的克服他。”自然，自然，不能永久如此，如此强勉。……

“我”与“非我”相合，方有共同之处可言。“我”与“非我”相对，只觉个性之独一无二。

如此，不得不有以系连之：“爱”。

儿童酷好游玩，诚然不错，然而他假使不知道有“母怀”可返，游玩便成迷失，渐觉可怕；我们个性的高傲，假使不能从“爱”增高其质性，他便成我们的诅咒。

12 月 24 日

三七 离 别

1921 年已经完了。高山疗养院庆祝新年。医生，职员，病人，——须发蓬松的老者，俄国式短衫里的壮年，新妆微艳的女郎少妇，都会集于王爵邸宅中的客厅里，钢琴节奏，跳舞，捉迷藏。——中国恐怕仅有小儿童才有这般的兴致。可是此地亦有小孩子来了，一群一群女役的，职员的，医生的儿女，都来趁热闹呢。

厅中竖着一棵大杉树，上插小烛，融融火光，满室都含温情的暖意。俄俗每值新年至圣诞时（依俄旧历则为自圣诞至新年），必定家家燃“杉烛”，杉上又挂小牛，小马，飞艇，镰刀，千里镜，种种纸制玩具（战前资产阶级有用铜制甚至于银制者），做送小儿童的礼物，——好一似中国的“押岁盘”。小孩子今天更欣欣然的围着那厅中的“杉烛”舞蹈歌唱呢。

——你们中国也兴燃杉烛么？

我答道：“不。”

女医生和我说：

——这杉烛本来是北欧异教徒的习俗。每到这一天——新年，是冬季的中间，最短的一天，北欧寒带，这一天简直不见日影，所以整天的燃着杉烛。你们中国过年有怎样的娱乐礼俗呢？说来一定非常之有趣的。

我随便告诉他们些中国风俗，都引为奇趣。……

“温情乐意的人生，在亲亲切切的生活里，中国社会生活中少见如此，——必定只在家庭。”然而欧洲有现实的社会，社会就和家庭（中国）有同样的价值。赤俄革命后的社会生活，更进一层，混以前相异的社会为一，女役，——在中国不过“老妈子”罢了！——和医学博士携手同歌呢。那里想得到中国家庭外的社会生活，只是麻雀牌的桌子，烧酒壶的壶底呢？——家庭内的亲切高尚优美的生活，娱乐，也就少见得很。

然而我不得不回想父母膝前的旧梦，——我曾有温情乐意陶养我的心性。现在离别六年了，今年更到万里外莫斯科的病院里！离别，离别！

1922 年 1 月 1 日之第一小时

三八　一　瞬

邱采夫

邱采夫（F.1.Tuttcheff），俄国斯拉夫派的诗人，一生行事，没有什么奇迹，可是他的诗才高超欲绝。当代评论家白留莎夫称他继普希金的伟业。邱采夫的人生观，东方式得利害，亦饶有深趣。他崇拜自然，一切人造都无价值而有奴性，自然当与人生相融洽；

承认真实的存在，只在宇宙的心灵，而不在个性的“我”。——和那后来流入德俄的印度哲学不约而同。（邱采夫曾屡为驻德外交官，为失勒的好友。）“自然”对于他一切神秘：爱，欲，浑朴的冲动；所谓“抽象的思想，都虚讹无象”。

人生有瞬息，
难可以言传，
相忘于人间，
清福自为宣。
萧萧高树杪，
天鸟语我前。
尘伪去何远，
亲切会心妍。
宇宙满吾怀，
高情遗我先。
梦意盈此心，
佳时会有然！

1月9日

三九 Silentium（寂）

邱采夫

毋多言！隐秘密藏
你的感觉和幻想！

任在那心灵的深处，
他起伏自自如，
如明星深夜相传：
但怡悦，毋多言！

你怎能剖白于自心？
人怎能人解你人生？
描象的思想
都虚讹无象。
大钥在手，顷刻豁然：
隐藏，隐藏，毋多言！

但得会生活于自己！自重，
全宇宙在你心中；
那圣秘神密的意想，
可怜扰攘于外来的声响，
盲眩于昼间的光焰：
你可深会他的歌声，毋多言！

11 月 12 日

四〇 晓 霞

“军国主义”之下已一月多了，高山疗养院的生活恬静规约，——有时也有精神的疲乏。况且和外界绝对隔离，几同封锁，天天看着灰色的天，白茫茫的雪，怎得不盼望清风朗日，一畅胸襟呢？莫斯科忽然移近东亚——远东大会召集，用得着我这“东方稚儿”，于是出高山——陡然呼吸一舒，好一似长夏清早，登高山而望晓霞。

灰色的短夜，星汉徐移，“沉闷”如飞去一般渐渐吹散，放出些早凉，凝凝的细露，淡淡的晓色，长林丰草间偶然一阵一阵清风，“夜”的威权慢慢地只剩得勉强支持的姿态。小鸟欣欣的相语，蛩虫朦朦的相投，一望远东，紫赤光焰，愈转愈明，炎炎的云苗，莽然由天际直射，烘烘烈烈，光轮轰旋，——呀！晓霞，晓霞！

此时此际，未见烈日，——也许墨云骤掩，光明倏转凄黯，不然也只遥看先兆，离光华尚远；然而可以确信，神明的太阳，有赤色的晓霞为之先声，不久不久，光现宇宙，满于万壑。欣欣之情，震烈之感，不期而自祝晓霞。

寒凛的北国，死寂的严冬，忽然想象烈夏的风光，何等快事！这是回念，这也是预想。可以回念，年年的夏日清早之飞赤，也可以预想，明年后年，暑日初晨之远东——那不都有“晓霞”么？

诚然不错，1917 年 2 月以后 10 月以前，北海之南，芬兰湾之东，亚尔帕山之北，乌拉岭之西，曾染浓艳光赤的晓霞。——现在久现红日了。

远东大会的饭厅里偶然可以遇见革命潮中之过来人。他能和你们讲：

——革命的怒潮，革命的怒潮！呵，如火如荼！现在我能安安逸逸生在此，为远东古国诸同志尽一毫助力，——虽然通译的才能或者不足，然而始终有尺寸的功效，心安意逸；那时，那时，二月革命后克伦斯基还要确守协约国的“信约”，造俄罗斯成“战胜的帝国主义的民主共和国”；哼，何苦何苦！我在前敌以一小小的军官，一年多受尽德俄战线壕沟中的地狱生活，不论普通兵士了。于是布尔塞维克的传单如雨的飞下；“不用战争”，“和平与面包”，“不杀我们共同神圣的德奥劳动者，而各自去杀吸我们膏血的老爷们——资产阶级”……军心动摇，长官人人自危，“杀有高级军官肩章的……杀，……杀！”战事的继续，当然非常之困难了。步队已经完全不稳，于是发生有史以来第一的“大逮捕”；里德瓦战线，司令竟只得命马炮队一夜速行逮捕全数步兵八十万人。一队走完，又是一队，垂头丧气的也有，昂面漫骂的也有。——他说到此处，以手抚额，叹一口气又道：

——我辛苦艰难，“为人作嫁”，干什么？布尔塞维克的口号好：“不用打伏，还乡，还乡！”我也道“还乡”为是。可是当时我们营里紊纷陡起，——凡有肩章的军官，一出自己的营，头就不见；他们决议，各兵士，反对帝国主义爱和平的旧日的农夫，奋起实行革命的口号，各人暂时不杀自己的长官，而相约互杀各人的长官——以免眼前吃亏。我那时想跑不得跑，心胆虚寒，呵，可怕可怕！幸而我兵士感爱我，一直保护到解散前敌时。……布尔塞维克解放了我的军役，始终解放了。……紊乱，紊乱，呵，可怕！哪像现时得安坐喝茶呵！

革命怒潮的先声，那正是“天地青”的时候。革命赤日的遥光，那正是“晓霞”的散彩。群众的伟力，愈抵拒愈激厉；不如欢笑相迎。回念，回念，……预想，预想。

1月29日，秋白生日。我生的晓霞在此么？

四一　彼得之城

几十年前，发纵指使略夺东亚满洲的参谋本部——彼得之城，不意今日又成远东革命声浪留音之机。远东劳动大会开会式移在彼得堡。地底里殷洪的将来之声，虽则模糊隐约得很，——不知道“此何声也”？然而……伏耳远听……有么？

二百年来，一小小的村落，打渔晾网的农家，茅舍木屋；而今巍楼高耸，马路纵横。人类建筑的文化方就，赤色十月之后，暴露了半边的瘫病：物的关系将村落变成都市，而人的关系又几将商埠变成古迹。然而从历史的观点看来，始终如马克思所言：蜘蛛结网，野蜂营窝，虽则条理井井，本能突显……然而人的构筑，胸中早有成竹，以此特异于昆虫[①]。彼得大帝竟构成了这“彼得之城”。从现代的观点看来，又见社会问题的根底，虽则“大十月”破碎那奴隶的铁网，殃及池鱼，然而群众的伟力，受着资本主义的铁箍束缚——封锁，都市黯黯无颜色，而仍能团结组织，在此一整理“人的机械”——苏维埃。

帝国国会里，恢宏壮丽的建筑，百年前贵族院的遗制，伟大的议事厅，——今日的彼得城苏维埃议场内，那困厄无赖的“奴隶”——韩国人，游牧愚昧的“野蛮民族”——蒙古人，盗匪统治下的“不安分青年”——中国人，帝国主义工厂机器下的碎骨，“不爱国者”——日本人，个个都站到昔日提议东清铁路权利的议坛上去。在彼得城工人女工劳动者欢呼鼓掌之中，发惊人的洪声，遥震万里外的四千余年古国的“万里长城”，隐隐的似闻回响。

---

① 《资本论》卷一。——作者原注

满厅沉黯的灯光，赤色四射，东方人的语声，欢呼万岁，鼓掌喝采声，《国际歌》的乐声……

彼得城在莫斯科西北六百余里（俄里），已经到得寒带，夏日往往有所谓“白夜”，整天不黑，冬天温度低到极点。我到此地，——其实出疗养院不久，忽然不得已而步行二里，呀，气压的重，寒气浸浸，彼得城的街市于我几等于水晶宫。幸而遇着一女友扶我徐行；——冷冷清清，满街差不多不见人影，——虽则新经济政策之下，也偶然见一家两家咖啡馆，始终因政治中心的南迁，通商事业刚开始，此地暂时只得冷静些，……一处两处略见铜像，高庙。

勉强行至国际旅馆，血痰又现。如此睡在屋中四五天，从此没再见细认彼得之城。

二月七日模糊梦寐中，有人把我运到莫斯科。

从此又入高山，——恬静规约的生活。

2 月 9 日

四二　俄　雪

无可围抱的寰区

　却披来缟素天衣无缝，

万千含孕的宇宙

　剩得白茫茫一片奇梦。

俄雪，俄雪，
拿破仑禁不起裂天冻。
死寂，死寂，
好一似沉沦大陆，浑蒙。

鸟语隐地底，
绿意凝未动。
看！看，障于人与自然之间。
只有那黯去四匝寒芒涌。

俄罗斯的寒，令南国遄来的旅客，对他这冷淡的主人翁，常起奇异的感想。虽则“寒主人”十二分的殷勤，周旋揖让，反是冷气直喷，令人欲绝。况且严酷的雪影，惨淡的雪色，凄凄黯黯，白茫茫，浑漠漠，一年一百五十天不见天日。我，——江南花柳明媚中的产儿，怎不觉得，他——“俄雪”，是“我”与自然之间的屏障。

2月13日

四三　美人之声

革命的美人，世界名女伶美国人邓亢（Duncan），新跳舞派的创造者，来赤色的俄国，愿意献身于革命的舞台。偶翻去年的旧报，有他一篇论“新艺术与群众”的文，他向苏维埃政府的呼声。——政府《新闻报》为之发表。[①]

“我们现时的艺术时代，应当融洽于‘生活’，不但不能后于生活一步，而且还当为人类描画‘将来’的理想。我们现在很用不着《欧奈仁·沃纳琴》（普希金的名著，俄国向来流行的歌舞剧），或者我们明天还用着他，然而今天那种弱微的艺术，娱乐的艺术，观者的艺术，殊不当其时，不当其位。

“假使国内战争，封锁，饥荒之后，没有可能十分改善工人的生活状况，——也得给他以心灵的休息，驱他思想于‘美’与‘光明’。唉！资产阶级会使工人白天困顿工作于污秽的工厂——晚间飧以尘俗的电影或酒铺。现在，我多困苦的经受之后，也得给他怡养于高尚的真正的伟大的艺术。……不给面包而给石块。现在都不少见这种恶象。那颂扬俄皇主义的旧‘跳舞剧’（ballet），难道不还流行于莫斯科？‘跳舞剧’的题目不适于我们今日的生活：情态的诱媚，英雄气概的短少。只要看一看跳舞剧中男子的身分就可见了。男子于此又不自然，又显女态，不过是‘舞女’的副手，剧中的配角。实在男子于跳舞中很有他当显的‘阳性’。

“我在跳舞艺术中的影响，二十年来，已及于各式跳舞术，我敢说现时跳舞者没有不无意之中采及我的理想。难道俄国的跳舞剧，近年来不正在大改良中，受我的理想的一种结果么？难道我立于一新跳舞派的领袖地位，不是正当的么？

“莫斯科中，必需建立一地方，可以令共产主义的，革命的理想，得一种艺术的表显——音乐，文词，动作。

“每一星期一次，大剧院当开放于人民群众，不收券费。政治，艺

---

① 邓亢去年来莫斯科，约在10月间。——作者原注

术，‘美的新宗教’常在此奋发其呼声。每次先以政治的演说词，艺术论坛，然后继之以剧乐；当令革命意义的‘谐奏乐’有所表见，——英雄气概，伟力与光明。

“观者在这种集会里，不会仅仅觉着自己是‘观者’，和舞台分离不相关的。他能和自己的声音于音乐队里，他能与舞台上的演剧者，共同表显其革命的兴感于‘群众的姿态’中。

“柏拉图就知道，音乐在群众中有多大的威权，他能与管理导率群众之助。然而尚未有一政府能懂得，以音乐之力可以感兴其见解理想及能力于人民群众之中。

“剧院之外，我还以为必须设一大厅，工人女工能每星期一入大剧院观新剧，他们的子女，可以天天到这大厅中受艺术化的教育。我可以养育这些儿童，固不论我的新跳舞派，也将施以教练。本年五月一日，我就可以实行庆祝一真正的‘喜节’。

“父母常不知儿童所需。他们不教育子女倾向于新的理想新的生活。共产主义者的子女，弄来弄去，始终受着旧式的资产阶级的教育。这固然有关系于父母所处的实际生活状况。然儿童生于今日之时代，其实易于承受平等的观念。我所立学校中，他们可见万有平等。

“既会破坏旧的，请给儿童以新的！假使你要儿童懂得，什么是共产主义，什么是国际，你当现在就解放他们于资产教育及尘俗谬见之下。

“……我舍弃欧洲的舞台，那里本来艺术和市侩的商务相密系，假如到此仍演剧卖票于资产阶级的观者，未免辜负我心……”

2 月 17 日

四四　阿弥陀佛[1]

不用论断，
不用操心；
无知的寻求，
愚昧的评论。
日间之伤，
请以梦治；
明日之日，
自然能至。
生活，生活，
万千经受，
哀矣，乐矣，
宠辱时有。
何所愿望？
何为忧怫？
“日既夕矣”，
阿弥陀佛！

2 月 26 日

① 此诗为高尔基所作《市侩颂》的译文。

四五　新　村

农民问题，如今在俄国革命之后，解决的趋向，和以前大不相同了。无产阶级革命没有农民的辅助，不能有尺寸功效，同时农民却是小资产阶级，——这是马克思主义者都知道的。“土地国有”之社会革命党党纲实行，俄布尔塞维克已经经过革命的第一期，可以转向第二期——无产的工人与小资产的农民间之协进，新经济政策。

农业会议近来屡次宣言土地国有的原则，而使用土地者的私有生产品权仍保存，——因农民小资产阶级的心理，在现实的世界中，不得不有此政策。资本主义中“最初积累”的发展，必定令农民为阶级的分化；国家工业的发达，必定一面吸收无产阶级化的农民，一面扩充财政，技术的影响于乡间，——相对的双方发展；在某一时期之后，引到非常剧烈的经济的阶级斗争——然后治者的无产阶级的胜利及西欧美洲的奋起，方渐创社会主义现实的基础。固然，俄罗斯革命的意义，不是这几字可尽，然而很可以明白：俄国不能成隔离的新村制，而是现实经济改造世界中之一部分。

虽然那资产阶级心理的几百万农民群众，令劳农政府不得不行新经济政策，对之让步；而俄国还有一种群众力：宗教的新村派。移居美国、加拿大的“圣灵否定派”（Duhoborstvo）[①]，稍采托尔斯泰主义，世界都闻名的。十九世纪八九十年代，社会思想的反动，驱入宗教，非国教的基督教中，如托尔斯泰派，伯伯甫派，圣经派，多不胜数，受俄皇政府通缉，都跑到国外或荒僻的乡鄙去。这种运动也

① “圣灵否定派”，指18世纪中叶出现于俄国、加拿大的一种反对基督教正教仪式的宗教派别。

包围近百万人。十月革命之后，苏维埃政府，在农业上亦试用新村办法，设所谓“苏维埃经济”，生产协社，劳动协社等，宗派的新村，也开放自由。如今新经济政策既行，更证明小资产阶级心理的利害；所以近日农业会议后，又有一派宣传新村的，他的大意：

“共产党现在在乡间往往遇着极端冷淡态度，或竟厌恶极甚。农村经济的建设，大可赖‘非共产党的共产主义者’——宗教的新村派，他们虽非马克思主义者，而信念深切，否认私有制度，已非资产阶级心理者。共产党影响因人厌恶而不能到的地方，宗教的新村派都可以到。况且去年农业人民委员会已有通告书于全世界的俄国宗教新村派，请他们回国更多设劳动协社，生产协社，……应当再特别奖励。”

“这亦是一群众，正可使他们在乡间与小资产阶级的心理对抗。资产阶级心理没有去的，有新经济政策开他们的道路，发展生产力。资产阶级心理已经去的，很可以使他们用公产的原则组织，养成共产主义的人生观……”

这亦是大海中一滴水呵……

3月1日

四六　海

人生涵大梦，——
瀛海衍寰区，
夜来，浪声汹涌，
高潮拍岸狂驱。

天声遐迩：敦诫吾人，
沙岸里，魔舟复生。
狂澜四海，突卷将生意，
入汪汪墨浪无垠。

天际明星燃，
隐隐窥深里；
浮浪四围高，
沉拍见无底。

3 月 10 日

四七　尧子河

清霜薄日，俄罗斯“寒春”的薄晨，雪影在朝阳之下晶映光莹。

瘦林朝气，清挹入肺腑，散步的人三三五五沿着小径，渐渐的行近高山疗养院的园后篱栅。篱栅有破隙处，行人中有一个，四周看了一看道：

——我们今天且破一次“医生独裁制”的法例，出这篱栅，逛一逛尧子河（Yauza）罢！

于是大家，都是喜欢犯罪的，穿过篱栅，出“高山苏维埃共和国”的边境。（自然没有护照，一笑。）

雪堤霜林，人家聚落四五，此地原来已是半乡半城的光景，晓烟依依导我们入桦林深处。走过一池沼，虽是春初，却还层冰坚冻。步行过冰上，到对岸，就可见一小沟，广不满二丈，沟中却已见水面，春冰薄薄，勉强倚持于岸雪。沿沟东去，一小桥短短，从此俯视沟中绿漪沉沉，无限春来的活意。

——你知道么？这就是尧子河，彼得大帝的第一只军舰，就在此小沟中试演的，沿此沟入莫斯科河，再下到波罗的海湾，而后起意迁都彼得堡的。

——呵，呵。不要小看他。这小小的一沟却是俄罗斯舰队的发源地呢。

——怎么？这样小的河，开什么军舰？小孩子玩的纸船，或者可以在此排得成舰队，……

想必一世纪前，此地地面情形和现在不同。始终也亏他有这样努力。

一人末后又道：

“究竟莫斯科是一历史的城，有五六世纪的久远，到处我们都可以看得见古迹。比如基督救主庙，华西里庙，克莱摩宫，中国城，呀，多得很呢。就是我们的高山疗养院，也是很有名的意大利建筑家所构的，——嘉黎村王爵郡主的邸宅。你没听见过上一次的演讲么？——大约两星期前有莫斯科艺术家来此讲演这一邸宅的历史的。”

正谈着，一人突然说道：

——不用尽讲艺术了，快回去罢！等一会儿，我们“医学的警察”要来了……

3月18日

四八　新的现实

中国1911年以来，万里长城为怒潮所冲破，依稀的晓梦“初”回，满天飞舞的“新”“主义”“哲学”“论”……无限，无限。

然而，中国二十世纪二十年代的一辈青年，刚处于社会思想史的“峰腰时期”。有清一代对宋学的反动，汉学的今古文派，佛学派，到光绪末年——二十世纪之初，“梁启超，刘申叔，章炳麟诸人后，突然中绝。从此时起，西欧日本新学说如潮的“乱流”湍入。东西文化区别界限之大，骤然迎受不及，皮相的居多。中国此时一辈青年，所受社会思想的训育可想而知；旧的“汉学考证法”，“印度因明学”，不知道；新的，西欧的科学方法，浮光掠影得很。同时经济状况的发展，新资产阶级发生，自然而然，自由派的民治派的思想勃起，浮浮掠过。他们的确知道“要”了，可是他们只知道“要”……要自由，要平等……“怎么样？”“是什么？”蒋梦麟说“问题符号满天飞”，其实就因为问题符号只在飞，可见还不知道怎样设问，怎样摆这符号，何况答案！

再加以总原因：中国向来没有社会，因此也没有现代的社会科学。中国对社会现象向来是漠然的；现在突然间要他去解决“社会问题”，他从没有这一层经验习惯，一下手就慌乱了。从不知道科学方法，仅有热烈的主观的愿望，不会设问问及社会问题之人，置于社会现象之前，难怪他眼花撩乱。于是大多数所谓“群众的”青年思想，突然陷入于“孔子诛少正卯”的漩涡里，或者是“西洋的”亚里士多德的论理监狱里。——

“总解决与零解决”，“改良与革命”，“独裁主义与自由主义”，“放任主义与干涉主义”，“有政府主义与无政府主义”，……“集权主义与分权主义”，群性主义与个性主义，……彻底与妥协……如此无穷无尽，两相对待：“你们是反对分权主义的，那一定主张集权了”——“专制了”——不是这个，就一定是那个！头脑不妨如此简单，社会现象可不是如此简单！

我们假使除“要”之外，还有看“所要的”眼睛在，细细的带上克罗克眼镜看看清楚，我们就可以知道上述的许多“外国字”，——西欧文字，对于中国人，实在难学难懂！——都是人造的抽象字，从社会生活里“抽出来的象”；不是有了集权主义“四个中国字”才有集权制度的！“抽象名词爱”的青年当再进一步看看现实，那时才知道实际生活，社会生活中每每是“非集权非分权”，“非彻底非妥协”，“亦总解决，亦零解决”……现实是活的，一切一切主义都是生活中流出的，不是先立一理想的“主义”，像中国写方块字似的一笔一笔描在白纸上去的。……“不是那个，就是这个”的“西洋”笨逻辑，东方人所笑的，现在自己学来了！

世界上不少资产阶级，世界上也不少布尔塞维克的仇敌。真正浸身于赤色的俄罗斯，才是现实的世界涌现；再听西洋的“评论家”笑骂共产党的主义：“是马哈依主义，是新军国主义，是巴枯宁主义，是拿破仑主义，”诚然不错，布尔塞维克是如此之派调，——在那一定的时期中。不在于拘守“主义”，死的抽象词；抽象名词爱的“思想家”“学者”，一定要拿抽象名词做尺来量他们，也是无法！“或者像‘……主义’罢！现在又成‘自由主义’罢？”……不在于此！而在于现实社会问题的解决。

唯实的，历史的唯物论有现实的宇宙。无产阶级为自己利益，亦即为人类文化担负历史的使命。凡在现实世界中，为现实所要求以达这“新”使命的，则社会意识的表示者都不推辞：代表此一阶级的利益，保持发展人类文化。资产阶级文化已经破产。……亟起直追！现实世界中“奋斗之乐”，就是他的报酬。于现实生活，社会之动流中，须得实际的论证方法，那才走得人类文化史的一步。中国当代的青年！注意为是。……先知道中国“是什么？”然后说“怎么样？”……至于“我们”“要什么？”且放在最后再说。

3 月 24 日

四九　生　活

世界是现实的，人是活的。

生活是“动”，求静的动，然而永不及静的。正负两号在代数中是相消的，在生活中是相集的。进取工作，脑血筋力鼓动膨胀发展时，人觉积极的乐意，——是生活；疲惫怠荡弛缓时，人觉消极的休息，——是死灭。这第一式中虽相对，然而凡“一切动时一切生”。动而向上，动而向下，两端相应，积极消极都是动。所以欣然做工者，憩然休息者，忿然自杀者都在生活中。永不及静，是以永永的生活。

不动不生，又要不死不灭，不工作，不自杀，处于生与死两者之间，是不可能的。

既然如此，“动”而“活”，活而“现实”。现实的世界中，假使不死寂——不自杀，起而为协调的休息与工作，乃真正的生活。

“工作为工作”是无意味的。必定有所得。——其实“为工作的工作”固然有无上的价值，然而也不能说无所得，“动的乐意”即是所得。动的，工作的“所得”之积累联合，相协相合而成文化。文化为“动”——即生活的产儿。文化为“动”——即生活的现实。

所以：——为文化而工作，而动，而求静——故或积累，或灭杀，务令于人生的“梦”中，现现实的世界；凡是现实的都是活的，凡是活的都是现实的；新文化的动的工作，既然纯粹在现实的世界，现实世界中的工作者都在生活中，都是活的人。

3 月 20 日　莫斯科高山疗养院

散　文

自　杀

青年呵！你要自杀么？你如其没有觉着“自杀”的必要，你决不会自杀；要是你已经觉着“自杀”的必要，你为什么还不自杀？自杀！自杀！赶快自杀！你真正有自杀的决心，你要真正做到自己杀自己的地步，不要叫社会杀你，不要叫你杀了社会，不要叫社会自杀。你不能不自杀，你应该自杀，你应该天天自杀，时时刻刻自杀。你要在旧宗教，旧制度，旧思想的旧社会里杀出一条血路，在这暮气沉沉的旧世界里放出万丈光焰，你这一念“自杀”，只是一线曙光，还待你渐渐的，好好的去发扬他。你既愿意牺牲一切，杀身绝命；你应该更愿意时时刻刻去牺牲，时时刻刻去自杀。你随时随地的困难给你苦痛受，你因此觉得不得不自杀；从今以后，你就要随时随地感受着自杀的乐趣——仍旧是随时随地困难的苦痛。这要有何等的决心，何等的勇敢，又有了何等的快乐！自由神就是自杀神！

唉！还不如……

凄凄的月色，冷冷的秋风，一间水阁凭着细细的河声——滮滮滮滮的好像要浮到汨罗江里去——纸窗上微微的白色，衬着黯沉沉的灯光，惨淡淡的人影；岸边的衰柳萧萧瑟瑟的，花台下的落叶槭槭楂楂的，又像是低低的私语，又像是远远的哭声，半明不灭的月光，倒像是东方刚刚发白，树头小鸟啁啁啾啾——母鸟飞出去了，这时候似乎刚惊醒了我的噩梦。唉！还是夜色沉沉的，何尝天亮呢。一年，两年，三年，足足三年了，经过了多艰难，痛苦，谬误，堕落，如今呢，又是何等的沉寂，恐怖，凄凉，悲惨；还不如……还不如早早的“放下屠刀，立地成佛”，双目一瞑，也落得“赤条条来去无牵挂”。天亮了。推开了水阁门，正遇着一个熟识的乡下人——撑船的——划着船过去。——“喂！我们多时不见了，我今雇你的船往镇江去，好么？”——“对不起。我今天要赶下乡收瓜呢，今年年成倒还好。”划了一桨又一桨，远远的过去了，剩着一荡一荡的水浪。站了半天，红霞掩映着水色天光中的残月。唉！还不如……这是我几年前想……时的感想。

心的声音

绪　言

心呢？……真如香象渡河，毫无迹象可寻；他空空洞洞，也不是春鸟，也不是夏雷，也不是冬风，更何处来的声音？静悄悄地听一听：隐隐约约，微微细细，一丝一息的声音都是外界的，何尝有什么“心的声音”。一时一刻，一分一秒间久久暂暂的声音都是外界的，又何尝有什么“心的声音”；千里万里，一寸尺间远远近近的声音，也都是外界的，更何尝有什么“心的声音”。钩輈格磔，殷殷洪洪，啾啾唧唧，呼号刁翟，这都听得很清清楚楚么，却是怎样听见的呢？一丝一息的响动，澎湃訇磕的震动，鸟兽和人底声音，风雨江海底声音几千万年来永永不断，爆竹和发枪底声音一刹那间已经过去，这都听得清清楚楚么，都是怎样听见的？短衫袋里时表的声音，枕上耳鼓里脉搏的声音，大西洋海啸的声音，太阳系外陨石的声音，这都听得清清楚楚么，却是怎样听见的呢？听见的声音果真有没有差误，我不知道，单要让他去响者自响，让我来听者自听，我已经是不能做到，我静悄悄地听着，我安安静静地等着；响！心里响呢，心外响呢？心里响的——不是！心里没有响。心外响的——不是！要是心外响的，又怎样能听见他呢？我心上想着，我的心响着。

我听见的声音不少了！我听不了许多凤箫细细，吴语喁喁底声音。我听不了许多管、弦、丝、竹、披霞那、繁华令底声音。我听不了许多呼卢喝雉，清脆的骰声，嘈杂的牌声。我听不了许多炮声、炸弹声、地雷声、水雷声、军鼓、军号、指挥刀、铁锁链底声。我更听不了许多高呼爱国底杀敌声。为什么我心上又一有回音？

1919 年 5 月 1 日我在亚洲初听见欧洲一个妖怪的声音。他这声音我听见已迟了。——真听见了么？——可是还正在发扬呢。再听听呢，以后的声音可多着哪！欧洲，美洲，亚洲，北京，上海，纽约，巴黎，伦敦，东京……不用说了。可是，为什么，我心上又——有回音呢？究竟还是心上底回音呢？还是心的声音呢？

1920 年 3 月 6 日晚上（庚申正月十五夜），静悄悄地帐子垂下了；月影上窗了，12 点过了，壁上底钟滴嗒滴嗒，床头底表悉杀悉杀，梦里听得枕上隐隐约约耳鼓里一上一下的脉搏声，静沉沉，静沉沉，世界寂灭了么？猛听得砌的一声爆竹，接二连三响了一阵。邻家呼酒了：

“春兰！你又睡着了么？”

“是，着，我没有。”

“胡说！我听着呢。刚才还在里间屋子里呼呼的打鼾呢。还要抵赖！快到厨房里去把酒再温一温好。”

我心上想道：“打鼾声么？我刚才梦里也许有的。他许要来骂我了。”一会儿又听着东边远远地提高着嗓子嚷：“洋……面……饽饽，”接着又有一阵鞭爆声；听着自远而近的三弦声凄凉的音调，冷涩悲亢的声韵渐渐的近了……呜呜的汽车声飙然地过去了……还听得“洋……面……饽饽”叫着，已经渐远了，不大听得清楚了，三弦声更近了，墙壁外的脚步声、竹杖声清清楚楚，一步一敲，三弦忽然停住了。一呼呼一阵风声，月影儿动了两动，窗帘和帐子摇荡了一会儿……好冷呵！静悄悄地再听一听，寂然一丝声息都没有了，世界寂灭了么？

月影儿冷笑：“哼，世界寂灭了！大地上正奏着好音乐，你自己不去听！那洪大的声音，全宇宙都弥漫了，金星人，火星人，地球人都快被他惊醒那千百万年的迷梦了！地球东半个，亚洲的共和国里难道听不见？现在他的名义上的中央政府已经公布了八十几种的音乐谱，乐歌，使他国里的人民仔细去听一听，他也可以随喜随喜，去听听罢。”我不懂他所说的声音。我只知道我所说的声音。我不能回答他。我想，我心响。心响，心上想：“这一切声音，这一切……都也许是心外心里的声音，心上的回音，心底声音，却的确都是‘心的声音’。你静悄悄地去听，你以后细细地去听。心在哪？心呢？……在这里。”

1920 年 3 月 6 日

一 错 误

暗沉沉的屋子，静悄悄的钟声，揭开帐子，窗纸上已经透着鱼肚色的曙光。看着窗前的桌子，半面黑魆魆，半面黯沉沉的。窗上更亮了。睡在床上，斜着看那桌面又平又滑，映着亮光，显得是一丝一毫的凹凸都没有。果真是平的。果真是平的么？一丝一毫的凹凸都没有么？也许桌面上，有一边高出几毫几忽，有一边低下几忽几秒，微生虫看着，真是帕米尔高原和太平洋低岸。也许桌面上，有一丝丝凹纹，有一丝丝凸痕，显微镜照着，好像是高山大川，峰峦溪涧。我起身走近桌子摸一摸，没有什么，好好的平滑桌面。这是张方桌子。方的么？我看着明明是斜方块的。站在洗脸架子旁边，又看看桌子，呀，怎么桌子只有两条腿呢？天色已经大亮，黯沉沉的桌子现在已经是黄澄澄的了。太阳光斜着射进窗子里来，桌面上又忽然有一角亮的，其余呢——黯的，原来如此！他会变的。……唉，都错了！……

洗完脸，收拾收拾屋子，桌子，椅子，笔墨书都摆得整整齐齐。远远的看着树杪上红映着可爱的太阳儿，小鸟啁啾唱着新鲜曲调，满屋子的光明，半院子的清气。这是现在。猛抬头瞧着一张照片，照片上：一角花篱，几盆菊花，花后站着、坐看二个人。我认识他们，有一个就是我！回头看一看，镜子里的我，笑着看着我。这是我么？照片上三个影子引着我的心灵回复到五六年前去。——菊花的清香，映着满地琐琐碎碎的影于，横斜着半明不灭的星河，照耀着干干净净的月亮。花篱下坐着三个人，地上纵横着不大不小的影子，时时微动，喁喁的低语，微微的叹息，和着秋虫啾啾唧唧，草尖上也沾着露珠儿，亮晶晶的，一些些拂着他们的衣裳。暗沉沉的树荫里飕飕地响，地上参差的树影密密私语。一阵阵凉风吹着，忽听得远远的笛声奏着《梅花三弄》，一个人从篱边站起来，双手插插腰，和那两个人说道："今天月亮真好。"……这就是我。这是在六年以前，这是过去。那又平又滑的桌面上放着一张纸条，上面写着：请秋白明天同到三贝子花园去。呵！明天到三贝子花园去的，不也是我么？这个我还在未来；如何又有六年，如何又有一夜现在，过去未来又怎样计算的呢？这果真是现在，那果真是过去和未来么？那时，这时，果真都是我么？……唉！都错了！……

我记得，四年前，住在一间水阁里，天天开窗，就看着那清澄澄的小河，听着那咿咿哑哑船上小孩子谈谈说说的声音。远远的，隐隐约约可以看见江阴的山，有时青隐隐的，有时黑沉沉的，有时模模糊糊的，有时朦朦胧胧的，有时有，有时没有。那天晚上，凭着水阁的窗沿，看看天上水里的月亮。对岸一星两星的灯光，月亮儿照着，似乎有几个小孩子牵着手走来走去，口里唱着山歌呢。忽然听着一个小孩子说道：

“二哥哥，你们看水里一个太阳，太……”又一个道：

“不是，是月亮，在天上呢，不在水里。”转身又向着那一个小孩子说道：

“大哥哥，怎么今天月亮儿不圆呢？昨天不是圆的么？”听着回答道：

“怎么能天天都是圆的呢？两天还要没有月亮呢。”

“大哥骗我，月亮不是天生圆的么？不是天天有的么。”

“我们去问姊姊。姊姊，姊姊。我刚才和阿二说，月亮会没有的，他不信，他说我说错了。”姊姊说道：

“妈妈的衣服还没有缝好呢，你们又来和我吵，管他错不错呢……”

1920 年 3 月 20 日

二　战争与和平

小花厅里碧纱窗静悄悄的，微微度出低低的歌声。院子里零零落落散了一地的桃花，绿荫沉沉两株杨柳，微风荡漾着。一个玲珑剔透六七岁的小孩子坐在花厅窗口，口里低低的唱着：

“姊姊妹妹携手去踏青。
垂垂杨柳，呖呖莺声，
春风拂衣襟，春已深。
郊前芳草地，正好放风筝……”

桌子上放着一个泥人，是一个渔婆，手里提着一只鱼篮，背上搁着很长很长一竿钓鱼竿，丝线做的钓丝，笑嘻嘻的脸。小孩子一面唱一面用手抚着那钓丝，把许多桃花片，一片一片往钓丝上穿，又抓些榆钱放在那鱼篮里。又一个小孩子走来了。说道："哥哥，我找你半天了，爸爸给我一个皮球。"那哥哥道："我不爱皮球。弟弟，你来瞧，渔婆请客了，你瞧她体面不体面？篮子里还装着许多菜呢。"弟弟瞧一瞧说道："真好玩，我们两个人来玩罢。"说着，转身回去拿来许许多多纸盒，画片，小玻璃缸，两只小手都握不了。一忽儿又拿些洋囝囝，小泥人来了。两个小孩子摆摆弄弄都已摆齐了，喜欢得了不得，握握手对着面笑起来。弟弟一举手碰歪了一只小泥牛，哥哥连忙摆好了说道："都已齐了，我们请姊姊来看，好不好呢？"弟弟说："我去请。"说着兴头头的三脚两步跑进去了。一忽儿又跑出来气喘喘地说道："姊姊不来，她在那儿给渔婆做衣服呢。"

哥哥道："她不来么？"说着，又把一张画片放在渔婆面前说道："弟弟，你瞧，渔婆又笑了。"弟兄两个人拍着手大笑。一忽儿，哥哥弟弟都从椅子上下来，一面踏步走，一面同声唱着，嚷着很高的喉咙，满花厅的走来走去，只听得唱道：

"……战袍滴滴胡儿血。
自问生平……头颅一掷轻。"

一面唱一面走出花厅，绕着院子里两株杨柳，跑了两三匝。哥哥忽然说道："渔婆要哭了，进去罢。"弟兄两个又走进花厅，两个人都跑得喘吁吁的。哥哥在桌子上一翻，看见一张画片，诧异道："谁给你的？我昨天怎么没有看见他？"弟弟道："爸爸昨天晚上给我的。"哥哥道："送给我罢。"弟弟道："不，为什么呢？爸爸给我的。"弟弟说着，把那张画片抢着就跑。哥哥生气道："这些我都不要了，……"说着，两只小手往桌子上乱扑乱打了一阵。渔婆，小泥人，玻璃缸打得个稀烂。弟弟听着打的声音又跑回来，看一看，哭道："你把我洋团团底头打歪了，我告诉爸爸去！"说着往里就跑，哥哥追上去，弟兄俩扭做一堆，连扭带推，跑过院子，往里面上房里去了。

只听花厅背后，弟弟嚷着的声音："姊姊！姊姊！哥哥打我……"

院子里绿荫底下，落花铺着的地上，却掉着一张画片——原来是法国福煦元帅底彩色画像，带有军帽穿着军衣的……

1920 年 3 月 28 日

三　爱

"爱"不是上帝，是上帝心识底一部现象。

——托尔斯泰

"唔唔……妈呢？……"

"好孩子。妈在城外赶着张大人家丧事，讨些剩饭剩菜我们吃呢。闭着眼静静儿罢。陆毛腿去弄药草怎么到现在还不来呢？孩子，你饿吗？难受得厉害吗？吃什么不要？"

"我……唔唔……我……我我……不……我不……"

模模糊糊的呻吟声，发着，断断续续的……轻微声浪隐隐的震着，沉静的空气里荡漾着……唉！

嫩芽婀娜的几株垂杨底下，一家车门旁边，台阶上躺着十二三岁的孩子，仰面躺着，那如血的斜阳黯沉沉的映着他姜黄色的脸，只见他鼻孔一扇一扇，透不出气似的，时时呻吟着。旁边跪着一个老头儿，满脸沙尘，乱茅茅的胡须，蓬蓬松松的头发，苍白色的脸，远看着也分不出口鼻眼睛，只见乌黑阵阵的一团。他跪在地上，一手拿着许多柳枝替小孩子垫头，一手抚着小孩子底胸，不住的叹气，有时翻着自己褴褛不堪的短衫搔搔痒。他不住的叹气，不住的叹气！心坎里一阵酸一阵苦。他时时望着西头自言自语："来了吗？没有！不是；好孩子！"……"你妈……"

我在街上走着，走着，柳梢的新月上来了……呼呼一阵狂风。呼……呼……满口的沙尘。唉！风太大了！……

一个"冥影"飏然一扇，印在我心坎里，身上发颤，心灵震动……震动了。他们……他们那可怕的影子，我不敢看。

"老爷，爷爷！多福多寿的爷爷，赏我们……赏……"

那老头儿在地上碰着头直响，脸上底泥沙更多了。小孩子翻一翻眼，唉！可怕！他眼光青沉沉的……死……死人似的！可怕！

"老爷，我这小孩子病了。怎好？赏几个钱……"

老头儿又碰着头，我走过他们，过去了，又回头看看，呀！……给他们两个铜元……两个铜元？

老头儿拣着，磕头道谢；又回身抚着小孩子，塞一个铜元在他手里，又道："妈来了，来了。"小孩睁一睁眼……我又回头一看，赶快往前就走。我心里，心里跳。怪，鬼，魔鬼！心里微微的颤着，唉！

…………

我事情完了，要回家去。叫洋车。坐上车，一个小孩子跟着车夫。车夫给他一个铜元道："家去跟着妈罢！"

"爸爸回来吃晚饭？我们等着爸爸……等着您！"

东长安街两边的杨柳、榆树，月亮儿莹洁沉静，沉静的天空。

呀！不早了！ 10点半。车夫拖着车如飞的往前走去。似乎听得：“妈！……好吃……嘻嘻嘻……”

月亮儿莹洁沉静，沉静的天空！

“爱！”……宇宙建筑在你上。

四 劳 动?

青隐隐的远山，一片碧绿的秧田草地，点缀着菜花野花，一湾小溪潺潺流着；荫沉沉的树林背后，露出一两枝梨花，花下有几间茅屋。风吹着白云，慢慢的一朵朵云影展开，绉得似鱼鳞般的浪纹里映着五色锦似的，云呵，水呵，微微的笑着；远山颠隐隐的乌影闪着，点点头似乎会意了。啁啁啾啾的小鸟，呢呢喃喃的燕子织梭似的飞来飞去。青澄澄的天，绿茫茫的地，荫沉沉的树荫，静悄悄的流水，好壮美的宇宙呵，好似一只琉璃盒子。

那琉璃盒，琉璃盒里有些什么？却点缀着三三两两的农夫弓着背曲着腰在田里做活。小溪旁边，田陇西头，一个八九岁的小孩子，穿着一条红布裤子，一件花布衫，左手臂上补着一大块白布，蓬着头，两条小辫子斜拖着，一只手里拿着一件破衣服，汗渍斑驳的，一只手里提着篮，篮里放着碗筷，慢慢的向着一条板桥走去，口里喃喃的说道：“爸爸今日又把一些菜都吃了，妈又要抱怨呢。”他走到桥上，刚刚两只燕子掠水飞过，燕子嘴边掉下几小块泥，水面上顿时荡着三四匝圆圈儿。他看看有趣，站住了，回头看一看，他父亲又叫他快回家。他走过桥去，一忽儿又转身回来，走向桥坞下，自言自语道：“妈就得到这儿来洗这件衣服，放在这儿罢。”一面说，一面把那件衣服放在桥下石磴上，起身提着篮回去了。

夕阳渐渐的下去了，那小孩子底父亲肩着锄头回家了，走过桥边洗洗脚，草鞋脱下来提在手里，走回家去。远山外还是一片晚霞灿烂，映着他的脸，愈显得紫澄澄的。他走到家里。“刚换下来的衣服洗了没有？”一个女人答道：“洗好了。四月里天气，不信有这么热！一件衬里布衫通通湿透了。”——接着又道：“张家大哥回来了，还在城里带着两包纱来给我，说是一角洋钱纺两支。”那父亲道：“那不好吗，又多几文进项。”

那父亲又道：“我吃过饭到张家去看看他。”小孩子忙着说道：“我跟着爸爸同去，张家姊姊叫我去帮她推磨呢。”父亲道：“好罢，我们就吃饭罢。”大家吃过饭，那女人点着灯去纺纱了，爷儿两个同着过了桥，到对村张家来。

听着狗汪汪的叫了两声，一间茅屋里走出一个人来说道：“好呀！李大哥来了，我午上还在你家里看你们娘子呢，我刚从城里回来就去看你，谁知道已经上了忙了，饭都没有工夫回家吃，我去没有碰着你，你倒来了。”接着三个走进屋子，屋子里点着一盏半明不灭的油灯，摆着几张竹椅子，土壁上挂一张破钟馗，底下就摆一张三脚桌子；桌子旁边坐着一位老婆婆，手里拈着念佛珠，看见李大哥进来忙着叫她孙女翠儿倒茶。一忽儿翠儿同着李家的小孩子到别间屋子里去了，李大就在靠门一张矮竹椅上坐下，说道：“谢谢你，张大哥，给我带几支纱回来。”那老婆婆说道：“原来你们娘子也纺‘厂纱’吗？那才好呢。多少钱纺一支？”张大道：“半角洋钱。”老婆婆说道：“怪不得他们都要纺纱纺线的。在家里纺着不打紧，隔壁的庞家媳妇不是到上海什么工厂纱厂里去了么？山迢水远的，阿弥陀佛，放着自己儿女在家里不管，赤手赤脚的东摸摸西摸摸，有什么好处！穿吃还不够，镀金戒指却打着一个，后来不知怎么又当了，当票还在我这儿替她收着呢。阿弥陀佛！”

李大问张大道："庞大现在怎么样了？"老婆婆抢着说道："他么？阔得很呢！哼！从城里一回来，就摇摇摆摆的，新洋布短褂，新竹布长衫，好做老爷了。一忽儿锄头碰痛了他的手，一忽儿牛鼻子擦脏了他的裤子，什么都不是了；见着叫都不叫一声，眼眶子里还有人吗？我看着他吃奶长大了的，这忽儿干妈也不用叫一声了，当了什么工头，还是什么婆头呢？阿弥陀佛！算了罢！"

张大道："妈哪儿知道呢？他只好在我们乡下人面前摆摆阔，见他的鬼呢！我亲眼看见他在工厂门口吃外国火腿呢，屁股上挨着两脚，那外国人还叽叽咕咕骂个不住，他只板着一张黑黝黝的脸，瞪着眼，只得罢了，还说什么'也是''也是'。他们那些工厂里的人是人吗？进了工厂出来，一个个乌嘴白眼的，满身是煤灰，到乡下来却又吵什么干净不干净了，我看真像是'鬼装人相'，洋车夫还不如。"

老婆婆道："又来了，拉洋车就好吗？你还不心死？拉洋车和做小工的，阿弥陀佛，有什么好处！有一顿没一顿的。你还想改行拉车么？我说你还是不用到城里罢，水也不用挑了。快到头忙了，自己没有田，帮着人家做做忙工，在家里守着安安稳稳的不好吗？"李大道："婶婶说得对。现在人工短得很，所以忙工的钱也贵了，比在城里挑水也差不了多少，还吃了人家的现成饭，比我自己种那一二亩田还划算得来呢。"

张大道："差却不差，我明后天上城和陈家老爷说，我的挑水夫底执照请他替我去销了罢，横竖陈家老爷太太多慈悲，下次再去求他没有不肯的。人家二文钱一担水，他家给三文，现在涨了，人家给四文钱，他家总算七八文，不然我早已不够吃了。"老婆婆叹口气道："阿弥陀佛，那位老爷太太多子多孙多福多寿。"李大也说声"阿弥陀佛"，说着站起来叫他小孩子道："我们回去罢，小福，出来罢，请翠姐姐空着就到我们家里去玩。"小福答应着，同着翠儿出来。爷儿二个一同告别要走，翠儿还在后面叫着小福道：“不要忘了，福弟弟，我们明天同去看燕子呀。”说着，祖孙三个都进屋子里去。

月亮儿上来了，树影横斜，零零落落散得满地的梨花，狗汪汪的叫着……

五 远!

远!
远！远远的……
…………
青隐隐的西山，初醒；
红沉沉的落日，初晴。
疏林后，长街外，
漠漠无垠，晚雾初凝。
更看，依稀如画，
平铺春锦，半天云影。

呻吟……呻吟……
——“咄！滚开去！哼！”
警察底指挥刀链条声，
和着呻吟……——“老爷”
“赏……我冷……”……呻吟……
——“站开，督办底汽车来了，
哼！”火辣辣五指掌印，
印在那汗泥的脸上，也是一幅春锦。

掠地长风，一阵，

汽车来了。——“站开……

白烟滚滚，臭气熏人。

看着！长街尽头，长街尽……

隐隐沉沉一团黑影。……

晚霞拥着，微笑的月影。

…………

远！远远的……

涴漫的狱中日记

考古学家新近在东亚大陆上发见许多古代文件。那地方本来“人”迹稀少，毒蛇猛兽横行；现在还是莽莽苍苍，一片凄凉荒芜的秽土，白骨如山的堆积着，满地是毒虫的旧穴，可惜也塞满了泥沙，——这是洪水之后的遗迹。要想考察地下的化石及地面的废址，来研究此地古时的社会，真正不容易。至于那些文件——当然都是烂纸破簿，水痕涴漫，还有乱七八糟，泥污和血染的“鸟兽之迹”，实在难以看清楚，加以上面所写的文字，又像埃及古字似的所谓象形字。——很要像拿破仑第一征埃及时那些学者的刻苦研究一番。果然，这些文件之中居然有几位东亚语族学家考究出一张破烂的文字。

这张纸还是1923年的，距今已有3006年，是一篇《狱中日记》的一页；单是这一个“狱”字就很费考据，至今还没有能详细知道此字的定义。听说这几位学者不久就要发表一篇细密考证的文章，将登在《东亚古史研究》杂志的《猛兽时代号》上；我这里先把这一页日记的“白文”发表，——学者已经研求出来的，至于模糊处及残破处只得暂缺。那些学者的笺注亦暂不刊布，因为他们自己说研究尚未成熟，可以缓些发表。

……好不容易我们办到如此的成绩！这一次我们非得大家集合起……我们长辛店……

2月□日

我这一气非同小可！（姓吴的老五总说我学着写日记，还是套《水浒传》《三国演义》的滥调，从此以后我再不了。）非同小可！……这个地方，又不像牢监，又不像……真气闷。……曹贼真正可恶！哼，不过一时得意罢，我们几百万几千万人现在不过刚想团结；这一股气已经直冲出来，大家勇的很呢，什么好的世界都可以造得成，一两个曹贼挡得住么？捉了我们几人就有用么？还有那不要脸的，自己从前说是帮着我们工人的，现在就是他的兵先杀人。……我们自己伙里明白人本也不多，他们这么一来，倒也好……教训，大家长了不少智识……

老五可怜呵。我们在厂里，在车站上，一天就十点钟，他在会里一天到晚十六个钟头也不止，时时刻刻的麻烦不了。我们下了工到会里还要大家商量事情，——乏得很。可是以前我是像死人似的；从那时起，就不同了：——我现在厂里看大家兄弟们一块儿做事，仿佛一团和气；无论轮机声怎响，——愈响愈妙，——我总听得见似乎有人喊着："这就连结起来！就连结起来！"老五的人真可爱，他说得明白，讲得出此中的道理，我自己反不如他说得透彻。

老五从小又没吃过这样的苦……他是念书人。我问他，他还生气，常常说："你们怎么不明白！咱们的事大得很，各方面都要人才，都要干。我不穿这样的衣，吃这样的饭，那能住在这里？譬如还有别的几位同志他们有应办的事，便不能如此，又是一种……"这也……

唉！□□军□……可恶。看不见了，写不得了。……好臭！

□月 9 □

奇怪！他们竟是开玩笑。今天突然间带我们到刑场上去……愤气……什么都忘了，“我们之后还有不少人呢；不说现时的工人多不过，国内此后将要做工人的人更不知道几万万……杀得净么？”我只觉得那时眼光是直的，耳里听得声响分外的清楚。四五天没见天日了，今天刑场却成了我的天日！街上走的人，有我们的同事，我似乎看见他们眼睛里……面色白得……白得可以显出我们这几万人的心，几万人的力量。……□□副□又……怎么样？又回到监狱里了。不杀？哼！

听说前天扬子江边我们的人被杀了不少，……又听说“大家”都走开了。怎么了？我想那一个人头（姓林的），血淋淋的挂在……睡梦中都可以看得见那切齿愤恨的形容，听得见那天昏地暗的一片惨呼的声音。呵。什么！无缘无故三十多人杀了，弹死了。……我们不怕！我们这里也是这样。——那时我记得，一望过去，只见：簇簇的人头拥住了那穿金丝绣的洋服的。“开枪！”……惨呵！难道这还是人的声音。不是！是军官的声音。可不是么？那天当夜我们就来了。你看，老五袜都没有穿，……呼呼的冷风，乌黑的深夜里，跳着脚……

…………

□□□日

前天看牢的忽然给我们松了一松刑具。……两个月不能写日记了……

今天老五对我说，他前天递出去一封信……他说：“笑话！谁说唯物论的人没有人的感情！更大！外边有人替我们干得利害。我又写信劝大家不要尽为我们忙……”老五满身生了疮，我亦是如此。一两月来搬了几个地方，挨了打不少数。有两位站了站笼，我们手铐脚镣带着，肩了大枷……我是皮破肉绽，精神恍惚得不了。老五却还精细明了，吃了这些苦，竟还想得到……

1923年8月9日

猪八戒

——东西文化与梁漱溟及吴稚晖

高家庄的绣房里，薰着芸香，烧着银烛。天快亮了。那暖融融的被窝，喷香的枕头，还有……比当日猪圈“其实也不过如此”。猪八戒睡醒了，听着木鱼声远远敲来，愈敲愈近，不由得心惊肉跳。他连忙推醒了他的浑家，可是他浑家一弯手捧着他的猪耳朵，又睡去了。他缩着身体偎倚着，亦有些沉沉的……忽然“梵音一演，异类顿解”：

——“猎八戒，你这畜生，怎么如此沉迷不悟！”——他听着似乎是他师父唐三藏的声音。——“西天的途程……且不说。一切爱恋六尘，以至于‘真美善是没有的，是幻执的。变起来只有苦趣，若妄执了再变下去，叫众生愈加的沉沦在苦海。不如反到漆黑一团，虽说不到真美善，也就看不见伪丑恶。’倘嫌漆黑一团气闷，不如努力把漆黑一团都灭绝了，成个正觉，得证涅槃。你尽在此流连忘反，如何是了！？……”

他听一句，点一点头，似乎很有味的，谁知他点头不是领悟，是在打盹。早已睡熟了。唐僧没法，蹒跚踯躅，捧着破钵不住的在他洞房前茜纱窗下走着，好没意思……

十万八千里外，忽然一朵触斗云，从空翻落，原来是孙行者。大声的喝道：

“蠢猪。老孙叫你上西天去，你逗留在此地做甚！……哼，我告诉你，舒服不是在被窝里求的；真舒服须得真痛苦去换来。你道真美善没有？——那是因为你睡着。真美善是有的，是无穷的，变起来终能较真又真，较善又善，较美又美。向前不歇的变下去，很好玩。从当初漆黑一团，变到现在的局面，虽极不满意，却正好再变。这变个不歇，并非多事。下棋人常有的事：——下得最好，也不恤随手乱却，检入子盒，从新再下。你却走了一程，就已经灰心丧志，堕落至此。老孙没有别法对付你这蠢货，——你这怕变动的蠢货！我只有……”金箍棒一晃……

只听得豁朗一声：——茜纱窗打得稀烂，琉璃瓶摔得粉碎……

猪八戒猛然惊醒，——原来一句话也没听见，——直吓得浑身急汗，簌簌的颤抖。他浑家忙着抚他的猪头，吻他的大耳，扑着他睡觉，口里念着20世纪的《新中庸》，——定定他的心魂：

> ……数千年中国人的生活，除孔家外，都没有走到其恰好的线上。既非西洋又非印度。所谓第二路向固是不向前不向后，然并非没有自己积极的精神，而只是容忍与敷衍者。中国人殆不免于容忍敷衍而已，惟孔子的态度全然不是什么容忍敷衍，他是无入不自得。唯其自得而后这第二条路乃有其积极的面目。亦唯此自得是这第二条路的唯一的恰好路线。我们第二条路是意欲自为调和持中，一切容让忍耐敷衍，也算自为调和，但惟自得为真调和耳。……
>
> （梁漱溟）

猪八戒听着，知道这是“东西”哲……但是他想道：“那就对了呀！不向前，不向后！师父叫我向后去，一切绝灭，——那多么冷静。混蛋的孙猴子叫我向前去，——那多么艰难。唉，始终还是中庸之道好。……”他不由得伸一伸懒腰，念道：

“君子之中庸也，君子而时中；小人之反中庸也……无君子无以治小人。”

1923年11月15日

这篇小说里，凡是‘　’记号里的话都是抄袭吴稚晖先生之《一个新信仰的宇宙观及人生观》的，——见《太平洋》杂志第四卷第三号；——“不敢掠美，特此声明。”

——作者志

致杨之华

之华：

昨天晚上写了一封信，现在已经觉得又和你离别了不知多少时候了，又想写信。

之华，再过四天，我俩可以见面了。我是多么高兴！今天这里的天气非常好，青天白云，太阳光耀着，冷风之中已经含着春意，在那里祝贺我俩的叙首呢。我数了一数你写给我的中俄文信一总有三十封了！我读了又读，只是陶醉在你的爱之中，像醇酒一样的甜蜜，同时，在字里行间我追随着你的忧愁或高兴，我觉得到你的一切一切！！之华，我吻你。

我最近又常常想起注音字母，常常想起罗马字母的发明是很重要的，我想同你一起研究，你可以帮我做许多工作，这是很有趣味的事。将来有许多人会跟着我们的发端，逐渐的改良，以至于可以通用到实际上去，使中国工农群众不要受汉字的苦。这或许要到五十年一百年之后，但是发端是不能怕难的。之华，我们每人必须找着一件有趣的大部分力量和生活放进去的事，生活就更好有意趣了！之华，我吻你，吻你。

你说，决定暂时不用功而注意身体。这是很好，我原是时时想着的，时时说的。之华，这不好是灰心，而是要觉得自由自在的。自己勉强固然是必须的，但是不是要自己苦自己。我俩虽已到中年了，可是至少还有二十年的生活呢，不要心急，不好焦灼。我一生就是吃这个苦。我是现在听着之华的话，立志要改变我的生活，之华，你自己也要如此，你要如此！！

我俩快见面了！！！

秋白　1929 年 3 月 18 日

“矛盾”的继续

他梦也似地走下阴暗的扶梯，他哭了！

同事们看到红着眼睛的他走进办公室，都笑笑。

他听着墙头上的钟敲了 8 点，他想那猪也似的人又要来了。

果然，那人来了，摇摇摆摆地踱进来，他似乎首先向燕樵看了一眼。“首先”看我！那眼光是多么难堪，好像是……——还是不要比方罢！管他呢！横竖我再拿你一个月的 36 元大洋，是中国大洋，还不是美金哩。最后的一次，最后的一次！

燕樵心上这样一想，觉得平安了许多；那买办昨天讲的话，又记起来了。哼！他想禁止我们的集会结社的自由……我还是写一封辞职信，去……到什么地方去呢，哪里去找事做，找饭吃呢？——大概总有法子罢。

燕樵发了这样大的“雄心”之后，身上都觉松快，陡然间从奴隶变成人，从洋奴变成了高等华人，偷偷地伸了一个懒腰，随手拿起几件簿记和公事，开始他每天照例的工作。他身上觉得有些热，抬头看看窗子外边：狂风暴雨，像昨天那样的，虽然是没有了，可是，天色却是阴沉得更加可怕，想来街上一定还是冷得很呢，也许还在下雪珠——那对过的屋顶上，似乎是点点滴滴的雪珠在那里跳罢。可是，身上的确是觉得燥热。他只是想：为什么天天总是这样？于是他想起家里那个阴暗的扶梯，那间冷凄凄的屋子——朝西的统厢房，窗子缝里板壁缝里呼呼的风，尤其是那后板壁上面半段是空的，只用狭狭的木板搭成了斜方块的栅栏，那多么“寒酸”，多么阴惨惨的，难怪同样穿着这些衣服在家就只是觉着冷，烧着炉子亦是不中用的，热气还不是从那后板壁的上面半段空的地方跑到外面去，一直跑到弄堂里墙壁上画着的乌龟身上去，何况今年煤炭这样贵。天天一清早，——要8点钟以前到行里去哩，——在热被窝里真是懒洋洋的，不愿意起床，那房里的空气是多么冷呵。只有到了行里，在烧着热水汀的办公室里，才渐渐觉得四肢舒泰起来。不过因为身上穿着中国衣服，反而会觉得燠热。如果是穿西装，那么，进来就脱掉大衣，多么舒服。看那猪也似的头办，他倒会想法子，狐皮袍子里面，穿着绸夹衫，卸掉了皮袍，好不轻快。只有咱们穷小子倒霉：穿少了在家里中国屋子里面是太冷，穿多了跑到办公室洋房里来又太热。他这样一面想看，一面办着事，心上闷得厉害。看看已经是可以领薪水的时候了……

“帐房告诉我，下个月薪水加两块洋钱了。”他的一个同事笑嘻嘻对他说。

燕樵心上想：奇怪，为什么对我没有说起呢，他不期而然地抬起眼来看了那买办一眼，——买办正在手不停挥的批着公事，那两只细眼睛紧凑着像没有缝似的，忽然也抬起头来四周围看了一看，仿佛他是已经听见了有人在低低的说话，他咳了一声嗽。燕樵马上把头低下，幸而眼光没有和买办大人的相接触！

照理，我也应当加薪了，为什么帐房不通知我。要是家里的老婆知道了这个消息，不知道她要怎样的失望；已经在好几个月之前，她就划算着这两块钱的用度哩。难道是因为我开了一次会。难道中国地方中国人，反而没有集会结社的自由，反而是外国老板来决定我们的命运了！岂有此理！

当天晚上，从升降机里面走出来，他的同事约他去吃小馆子，并且说，他是请一个在市党部办事的王先生吃饭。他心上正在气恼不过，就谢绝了，不去做“光荣的”陪客。可是，他想他的同事是比他“活动”多了，居然请王先生吃饭。乘电车回到家里，在弄口又看见那墙壁上画着的乌龟——“中国人就只会画乌龟！”他还只在楼梯上，就听见他老婆“欢迎”他的声音：

“你回来了，《前锋月刊》你替我买了没有？今天不是领着薪水回来了吗？”

“什么也没有买！你还是拿两角钱去买一点炭来生炉子罢。”

“又没有买！生炉子！天天生炉子，这点钱怎么够用？成天的服侍，替你当婆妈了。一本新小说都没得看的，不要说电影了。做了人……高尚的娱乐总得有一些。你怎么呢？……”

“我？我没有什么，只有一点头晕……”燕樵说着，顺手把那36块薪水塞在他老婆手里。他的心里还在盘算着那封信——要写给行里的辞职信。

夜饭是马马糊糊吃过了，笔，纸，墨水瓶是放在他的面前。信呢，还没有开始写。“民族主义的自尊心”要他反抗，反抗，再反抗。但是，那天晚上信是始终没有写。

他老婆又在说着那件旗袍是太穿不出去了……

“明天再写，也不算晚。”

明天是很多的。“矛盾”没有解决以前，只有请这一位“明天”先生来暂时安慰一下。

孙总理的演讲集，是他常常读的。现在，是更加要读《民族主义》了。孙总理似乎是在教训他“处世之方”，真正中国国货的“处世之方”，中国民族固有的道德和民族性。是的，孙总理讲的故事也特别动人。香港有一个中国的苦力，靠着一根竹杠挑担过活的，他积聚了几个钱买了一张发财票，就放在竹杠的里面。这位苦力是发财心切，把那发财票上的号码读得滚熟。那天发财票开彩了，他去一看：头彩十万元的号码，正是他那一张发财票。这还了得！十万元！从此不要当苦力了。他拿起那根竹杠，就往海里一扔。啊呀！怎么得了——那发财票还放在竹杠子里面呢。吃饭家伙的竹杠，怎么可以扔掉呢！不错，吃饭家伙要紧。他自从看到了这个故事——这个“民族固有道德”的教训之后，那外国老板和买办的颜色，似乎也变得和善些，天气似乎也好些，不这么闷人了。

时候过得很快，有一个月了。辞职信还是没有写。薪水却的确没有加。“民族固有道德”和“民族主义的自尊心”在他肚皮里面又打仗起来了。

还是他的老婆提醒了他：叫他去借两本《前锋月刊》《前锋周报》来看，他想起了市党部里面的叶先生和陈先生，——至于王先生那样大人物，还没有结识得上呢。常常和叶陈两先生来往之后，他自己觉得大有进步了，首先是“活动”了些。有一天叶先生露了一句口风，使他心上细细的计划了一番。从此之后，这个计划时常想起……总在他的心上盘旋着。

“总理真是伟大！”他突然间像“悟了道”也似的想起来了，“那张发财票得先拿出来，去领到了十万块大洋的头彩，仔仔细细的数清了钞票，然后再扔掉那竹杠也不迟呵。”

…………

醉醺醺的从一家广东菜馆“某某酒家”出来，客气的朋友是早走了，只有叶先生同他两个人了。叶先生在他耳边低低的说了几句，他连忙答应着：

“那自然，那自然！还得请诸位先生多多领导，多多指教呢。”

他一路回家，还把叶先生送到弄堂口，自己再坐黄包车回去。“这乌龟弄堂真是住不得……老婆那件旗袍的确是再也穿不出去了……那买办还凶得到我头上来吗？36 块，40 块，40 块之外还有……还有不在 40 块之内的……”他的确有些醉了。

“快些，快些，多买些炭来生炉子，多买些，多买些！”

“今天已经不大冷了，又生什么炉子？”

“你，女人家懂得什么……么？你懂得民族主义吗？你懂得总理的遗教吗？”

“什么？你说什么？”

…………

几个人围着一张圆桌，有两个坐在沙发上，燕樵坐的是一张椅子；他们面前放着几只酒杯。

“这次日本人算是好说话的。”

“出手也就不见得大，究竟日本小鬼吝啬，会打小算盘，那次英美烟……”

“燕樵还是头两次办事，这指导工会的事是很麻烦的，你得给他详细说说以前的经过情形，不要东扯西拉的什么英美，什么南洋。”

“好，是了是了！”

明天过来，燕樵把一条鲜艳的领带换了下来，穿着朴素的中山装，到了一个日本纱厂门口。工人聚着的有好几百。他走上去，挑选了两位熟识的工头，把他们拉到旁边说了几句话。然后，他站到一个大木桩上面，对工人演说了：

“工会方面已经替你们办好了，你们明天就先上工，随后，资方已经答应谈判你们提出的条件。只是开除的那两个工人，据党部方面的调查，的确是红匪，不能复工，你们不要上当。……”

工人之中有人吼着，他没有听清吼些什么。可是，一个巡捕已经捉了两个工人带着走，那边又来着一队印度马巡，还有好几个穿着黑布长衫，扎着腿的人踱来踱去，对着他微微的笑了一笑。他向他们点点头。那时，工人已经散了一大半。他也不演讲了，只对那熟识的两个头说：

“大家都是中国人，你们得劝劝。做人要知足……”

他走了，他只觉得背后有几只眼睛钉住了他的背。那些眼睛不知道比买办的一双猪眼怎么样。神气是完全不同的，这是些带血的眼睛。

但是，工人是“安静”下去了，罢工是终止了。燕樵的这种功绩一天天的积聚起来，“工人运动大家”的尊号已经传遍了他的新旧朋友的口碑。他身体都比以前强健得多，每天早晨总要喝一杯牛奶，吃过午饭总要在新的沙发躺椅上睡睡中觉。时常读“民族主义的读物”，研究中国的近百年史，谈谈提倡国货，他尤其喜欢读《清朝全史》，几十年来中国丧失的领土和主权，据他说，都要从提倡国货运动里面去取回来。那些“打倒帝国主义”的空口号是没有什么用的，徒然带着些红匪的色彩。

前好几天，他还给老婆做了两件——两件！——国货的时装旗袍，去参加国货时装的展览会。

“只是老婆的身材总不大好，不如那几位‘女同志’的曲线

美来得那么肉感，这又仿佛太中国气了，在这上头似乎“中国民族固有的美德'缺欠些，多带些西洋风味，也不妨事，”他想。他现在早已不是洋奴了，而是高等华人了，低级的趣味也渐渐的消失了，“高尚娱乐”更是每天不能少的了。反正“工作”是不大忙，比以前在洋行里差得多了。他也不必每天放了工急急的跑回去，每天总得“活动活动”，看看朋友——民族主义的朋友。那里，有时候可以碰见“女同志”。

的确，工会的“工作”说多是并不多——会费不用去收，厂方的写字间会扣下送来；会员呢——那还不容易，工厂的花名册拿来点点名，那还不都是会员吗。说少可也不少，天天总得接洽接洽，活动活动。那些工人真是没有教育，甚至于没有人性——中国民族固有的道德，时常总要闹些“小事”，他们太缺乏民族主义了，连提倡国货的浅近道理都不懂得，还是几位工头，“包”字号的弟兄们有见识，能干！

“丝厂罢工了，一万多人呢。昨天你没有来，她们一班小姑娘真了不得！警察捉了两个煽动罢工的人，她们就哄哄的聚了好几千人来抢，还动手打呢。结果，那两个女工被她们抢回去了，幸而巡捕房和中国警察帮忙，才又捉住了。今天还有几十家丝厂没有上工……她们要求恢复原有工资。”

“这还了得！”燕樵跺跺脚说，“快派一批人出去劝她们上工，这里面一定有红匪捣乱，你到‘那边’去招呼一声，请‘他们’多多帮忙，我自己也就去。”

乱哄哄的只见人头，许多女工在那里谈论，看见“工会方面”的人走来，她们就不做声了。跟着，巡警来了好几队。燕樵看见“工会方面”劝工人复工的好几个人，有被打的。他很生气。可是，等到他走近工人的时候，情形已经不同了——她们安静了许多。草场上的绿色已经告诉大家春天来了，杨柳枝边亮晶晶的刺刀照耀着温柔和暖的太阳光，也告诉大家“工会方面”的大人物来了。大家安静了许多。

“工友们，条件是好商量的，大家先上工。要知道丝业是中国的重要产业，丝业不振兴，中国不能和外国……外国……就是帝国主义竞争。要国家有自由，个人就要牺牲自由。工友们要能够牺牲自由，提倡国货。中国丝厂很可怜的，生意不好，要劳资合作才好。减低工资是爱国的国民政府批准了的。大家都是国民……国民……”他咳了几声嗽，“国民，女的也是国民，国民都要服从国民政府。国民政府现在公布了工厂法，每人只要做 10 点钟的工作，女工生育的时候，还有休息……”

工人是沉默了好久，她们的头是仰着的，眼光是直直的——那眼光是表现着愚蠢，怨毒，一点儿民族主义也不懂！说这样动听的话，她们也没有一点感动，真是禽兽！她们那种笨眼睛，不是表现她们是禽兽吗？！她们表面上仿佛是静静的听讲，不知道她们肚皮里面转着什么鬼念头。燕樵一面讲着，一面这样想。他似乎听见人堆里有人叽哩咕噜的说：

“10 点钟工作！我们现在做的还不止 12 点钟呢！”

“希罕你们的‘10 点钟’，中国现在有地方只做 8 点钟了。”

“那地方就没你们这种‘工会’，那里是我们的工会。”

“生小孩子有休息！工资呢？？”

这话都说得很低，不大听得见，燕樵还是讲他自己的：

“你们先上工，不要听红匪的煽动。”

“没有饭吃呢？！”人堆里忽然大声的说了这句话，那声音出于他的意料之外的大。他本能的——民族主义的本能的，回过眼光去看了一看几个穿着灰布长袍的“人物”和那亮晶晶的刺刀。

“不要听红匪的煽动，”他特别着重的重复了这一句话，是怕自己的思路被人堆里的声音打断了，“没有什么苏维矮，苏维高，没有什么工农兵会议，没有什么共产主义，他们只是些杀人放火的土匪。你们不要受利用，快快上工。国民政府现在就要肃清这些红匪了；国民会议快要开会了。你们快快上工。国民会议上，全体工人的要求都要讨论的。”

“有人说国民会议是地主资本家的会议？……”人堆里又来这么一个“问题”。

“那是他们造谣，杀人放火的红匪造谣！”他很轻巧地回答了这么一句，眼光又向“那边”转了一转。

“造谣！你呢？”突然间人堆里居然敢于发出这样的一个问题。居然！

“混蛋！！你问的什么？！什么！什么！。……”

…………

他一路回家来，春天的夕阳更加使他陶醉了。他看着黄包车夫向他哀求添些车钱的神气，真是又好笑又好气。这班人真是没有脑筋的：黄包车夫因为外国人多给几个铜板，就宁可去拍外国人的马屁，工人为着多要几个工钱，就宁可破坏中国的民族工业。中国有这几百万几万万甘心做洋奴的人，那得不亡国！要人人都要像我这样有志气才好……那班不要脸的女工居然说我造谣，岂有此理，洋奴，洋奴！想想真要生气，我亦宁可……他摇摇摆摆的摸进了家门。

“怎么？这样晚又是喝醉了回来？”

他不做声。过了不久，他的鼾声已经呼呼的透出那静悄悄的屋子。屋子里是绿沉沉的——桌子上一盏雅致的绿台灯，旁边还煮着莲子，嗞嗞的沸水声和他的鼾声相应。桌子上那绿色台灯的圆圈之下，一本《清朝全史》展开着，露出一行字：“宁赠友邦，勿与家奴……”他老婆忽然听着他哼，他磨着牙齿，他说：

“你你你你你你你呢？！”(NIIIIINE？!)

1931 年 4 月 4 日

青年的九月

9月的第一个星期日，这是青年的纪念日。

这当然不是黄金少年的纪念日，他们已在歌颂着战争，赞美着“马鹿爱国主义”。他们说：平常时候，欧洲的德国法国英国奥国意大利……一切种种国的工人说什么国际主义，一切种种国的青年，当然是下等人的青年，说什么反军国主义，可是到了1914年8月，欧洲大战爆发了，炮声响了，号鼓动了，这些人的阶级意识，始终敌不住民族意识，都慷慨激昂的背起枪来，往沙场上去了，去杀他们同阶级的劳动同胞了，他们虽然同阶级，始终互相残杀了；这证明民族意识是至高无上的。这证明帝国主义始终是尚武精神所寄托的。法国巴比塞的“Le Feu”《火线下》——这最早一部反对战争的小说——不久就出世了，在这班人眼光里面应当是卖国文学，而若莱斯果真在这种黄金少年的铁蹄之下，当做卖国贼而践踏死了。中国的黄金少年——五皮少年，要是果真有勇气的话，应当拍拍胸膛承认自己万分同情于杀死若莱斯等类的凶手，自己承认衷心私淑的是“克列曼梭是吾师”，自己承认的确恨不得杀尽一切种种的若莱斯，的确认为巴比塞的《火线下》是卖国文学。为什么不呢！

不然，不然！他们有点儿害羞，他们一方面翻译着，谈论着，称颂着雷马克，别方面写着战争小说，刚刚和雷马克绝对相反的战争小说。雷马克等的非战文学出着风头，他们的主战文学就想借这风头混到人丛里来。这是中国资产阶级的丑态。中国有个特别名词，叫做奸商，其实中国的富商很少不是奸商。他们的本事是在善于蒙混，巧于影射。中国的黄金少年就是这些奸商的嫡亲骨肉，所以他们的蒙混影射的手段，出之于生物学的遗传，真正是狗有狗种！

青年的国际纪念日当然不是这些狗种的纪念了！青年的国际纪念日是世界上劳动青年的纪念。

1915 年，炮声，枪声，飞机像鹰鸟似的，坦克像穿山甲似的，轰轰轰隆，嘘嘘嘘，搭搭搭搭……像毒龙，像虺蛇，像豺狼，像一切种种穷凶极恶的野兽，正在张牙舞爪的吞噬几万，几十万人的生命。正在这种时候，德国的青年——李卜克内西等等首先敢于起来叫醒自己的弟兄们：我们，劳动者的子弟，为什么帮着资本家来使用这些毒蛇猛兽，互相的残杀，为什么不叫他们去杀资本家；资本家并没有祖国，他们是“有奶便是娘”。哪里有钱哪里就是故乡，不是故乡，也要叫它变成故乡，所以要打仗；我们工人在这里替他们当炮灰，这是为的什么？我们德国的劳动青年快些伸手给法国的弟兄们，握手，握手罢！这样，少年共产国际的基础建立起来。列宁写信给他们，和他们谈话。“把帝国主义的战争，变成国内战争！”这个伟大的，推动历史的，开辟一个新天地的口号，从此渐渐的，固然不是一下子，可是，不停止的，坚决的，刻苦的，像高山上的泉流似的，始终流到了大海，到了欧美各国，以至于古旧的亚洲的劳动群众的心灵里。1917年的 10 月，光芒射着整个太阳系，贯穿着上下五千年的黑暗世界。俄国的工人阶级解放了。世界各国觉悟的工人联合起来。共产国际。少年共产国际。反对军阀主义，反对帝国主义战争的呼声，成了几百万人的觉悟，还要前进，前进，征取几千万人的心。这个 9 月的第一个星期日就是纪念着这个，纪念着反对军国主义的第一炮，纪念着少年共产国际的源头。

现在，欧战之后的第十四年了。世界的资本主义毒龙又在张牙舞爪的跃跃欲试的筹备着战争，尤其是他们像小偷一样的贼眼，都射在世界第一个劳动国家身上，想刺一刀，放一枪，中伤它。资本主义的“文明”正在日落西山的时候，“夕阳无限好（？），只是近黄昏”了。所谓黄金的美国，这次坐了经济恐慌的首席。失业的全世界三千万，没有统计的中国苦力，印度穷人……不算在内。但是，六分之一的地球上，那劳动国家里面，热烈的伟大的社会主义的建设，已经快要完成他的五年计划。他们——劳动国家的主人，固然十分辛苦，忍受着牺牲，可是 “将来”的光荣照耀着他们。只有劳动国家是繁荣的。世界上其余一切的国家都是恐慌的。这劳动国家，就是十四年前首先脱离帝国主义的战争，首先实行扫荡地主资本家的国内战争的国家呵。所以，现在那些资本主义的毒龙，恨极，妒极，要想消灭它。他们准备战争。不但互相吞噬，而且最要紧的是吞噬这个眼中钉的苏联！

总之，现在又是资本家要叫劳动青年去当炮灰的时候了，又是无耻的所谓社会民主党，所谓劳动党，替资本家宣传“保护祖国”的时候了，又是他们出卖劳动群众，指使他们去自相残杀的时候了，所以，现在的 9 月第一星期日的纪念，格外惊心动魄的震荡全世界劳动者，全世界劳动青年的心！

正因为这外缘故，中国的黄金少年要出来弄个什么民族主义文艺的把戏。中国的肥头胖脑的绅士，大肚皮的豪商，沐猴而冠的穿着西洋大礼服，戴着西洋白手套的资本家，本来是帝国主义的走狗。他们的狗种——黄金少年，黄埔少年，五皮主义的少年——自然要汪汪汪的大咬起来，替他们的主人做“战鼓”，鼓吹战争了。这些狗种，居然这样不要脸，公开的称赞德法劳动者的自相残杀，拿来“证明”民族意识的至高无上（见胡秋原做的民族主义文艺论文——《民族主义文艺论文集》)。这个自相残杀使欧美资本主义延长了一二十年的寿命，使帝国主义巩固了对于印度……中国的统治。中国黄金少年称颂这种自相残杀，就是称颂帝国主义的统治，露出他们的狗相。

是的。中国的绅商，民族主义文学家的所谓“民族”，做完了帝国主义的走狗。帝国主义要打劳动国家，中国的绅商不是马上自告奋勇，心甘情愿的当他们的马弁，去冲一个头锋，演了一次所谓“国门之战”的滑稽把戏吗（中东路事件）？帝国主义的列强要互相争夺地盘，中国的绅商不是马上分成蒋派冯派阎派等等替他们互争在华势力范围，打了好几年的恶仗，什么《陇海线上》什么……之战……之战吗？民族主义的文学家就高唱吃人肉喝人血的诗词：“壮志饥餐胡虏肉，笑谈渴饮匈奴血”；马上念着符咒似的二十世纪的《书经》：“三民主义，吾党所宗。咨尔多士，为民前锋，”歌颂这些残杀劳动民众的战争，歌颂着这些企图侵略劳动国家的战争！中国的绅商，为着保存自己的狗命，为着保持榨取汗血的地主制度资本剥削，为着保卫帝国主义的宝座，现在拼命的在打中国劳动民众的红军，在打中国的工农兵会议（苏维埃）。民族主义的文艺家对于这种“神圣战争”，又不知道要怎样的歌颂。固然，中国的绅商已经发了好些四六电报，哀悼着张辉瓒，等等等等，已经选了好些《文选》体的诗，赞，吟，赋，歌咏着“剿赤”。但是，黄金少年不能够满足的。他们的狗鼻子，闻得到革命青年心灵之中的火药气，觉得到劳动群众的震怒的神经，他们知道：这些四六诗赞迷惑不了人心，鼓舞不起杀人的精神。他们要弄新文学来卖弄，想这才可以麻醉民众，鼓动起自相残杀的浊气，消弭得阶级斗争的勇敢，在血汗榨尽的干涸的心灵上建筑起“民族的神明”！

但是，这始终只是梦想罢了。中国的战争，已经像世界大战的流影一样，比世界大战的本身，先行爆发了。这里有军阀的混战——帝国主义的互相战争，这里有侵略劳动国家的战争——帝国主义进攻苏联的战争，这里已经有进攻红军的战争——大资产阶级大地主企图镇压革命的阶级的国内战争。战争已经是这样巨大的事变，它教育着群众，它锻炼着阶级意识。中国的革命青年，中国的劳动青年，中国的一般劳动群众，早已开始知道应当为着什么而战，应当为着劳动的解放而战，应当而且必须经过阶级战争而去解救中国于帝国主义铁蹄之下。纪念9月第一星期日，已经不仅仅用笔，用舌头，用抗议，用示威，而且用着枪弹，用着梭枪。中国的革命的劳动青年反对军阀帝国主义的战争，反对进攻革命而实行战争了。原来，“军”也有“民族性”的。资本主义的欧美“军”国；而封建残余统治的中国是“军”阀。中国的黄金少年企图变军阀为军国，这是枉然的。中国的劳动群众不但反对军阀，并且反对军国，不但反对军国，并且要求“军”劳动，“军”阶级！你们想用“民族的神明”的牌位，要劳动青年朝它跪拜，想念着吃人肉喝人血的符咒，受人家疯狂似的浊气一冲往炮口里送，想……用一切种种花言巧语鼓舞人家去替你们当炮灰，去侵略劳动国家，去残杀劳动群众，去摧残革命，现在没有这样容易的了！

不过中国的9月纪念里，记清着这件“新鲜”的事实，倒也不是无益的：就是中国现在也发见了一种狗把戏，虽然他们玩着这些蒙混影射的手段，可是，老老实实的狗相已经露出，——文艺上的所谓民族主义，只是企图圆化异同的国族主义，只是绅商阶级的国家主义，只是马鹿爱国主义，只是法西斯主义的表现，企图制造捍卫帝国主义统治的所谓“民族”的“无上命令”，企图制造服从绅商的奴才性的“潜意识”，企图制造甘心替阶级仇敌当炮灰的“情绪”——劳动者安心自相残杀的杀气腾腾的“情绪”。这件事记清楚了，的确是有些益处的，而且是必要的，因为看清楚敌人的行动，是战斗胜利的必要条件。

问题是在于：他们——民族主义的黄金少年，正在号召着“投笔从戎”，正在勉励“新朝遗少”去当“少爷兵”，为的是不但去亲手砍动起来的奴隶的头颅，并且要去握紧“牛马”嘴上的勒口，监视白军之中的“丘八”。“布施”许多许多新式的蒙汗药而劳动青年的“九月”，国际无产阶级的“九月”，就是要惊醒中了蒙汗药的人们，它用惊天动地巨人的声音，像洪钟似的，叫出震动全世界的口令：

“向后……转，掉枪……头！！！”

蒙汗药是多得很，现在在《施公案》，《彭公案》，《说岳》……等等之外，鼓吹精忠保主，鼓吹讨“逆”锄“奸”，鼓吹挖心剖腹祭大帅的“英雄”文学又新加了《陇海线上》，《国门之战》，……“丘八”以前当定了炮灰的；许多，许多，数不清的劳动青年，以前的升官发财的梦想和讨“逆”剿“匪”的号令之下，变成了枯骨。他们的父母妻儿的血泪都已经流满了东西的长江大河。但是，现在呢？自从国际的“九月”到了中国，中国的“丘八”是在醒过来，中国的痛苦民众，中国的工人已经屡次举起这面列宁树起的“九月旗”——反对帝国主义战争的红旗。现在，我们已经有许多鲜红的旗帜插满的地方，那地方早已就把“向后转，掉枪头”的口令变成了行动。他们现在真是在“袭击着高天”。斗争的艰苦，绅商白军的残酷……一切一切锻炼着他们。这才是真正的反对战争，不是什么雷马克式的哼哼哈哈的和平主义。他们渴望着：“国际的九月”所发出的口令正深切的再传播，再广泛的传播到“丘八”群众之中去。没有疑问的，他们有这权利责问我们！在这“少爷兵”企图玩耍新把戏的呼声中，在敌人后方的你们，暂时不拿枪杆儿而还拿着笔杆儿的你们，正在做什么？？你们的代替《彭公案》《施公案》的东西，什么时候到“丘八”之中去，——在这《陇海线上》《国门之战》正在黄金少年之中出风头的年头？啊？

说到这里，似乎“青年的九月”给予革命文学的任务是很清楚的了，不用多说了，啊？

1931 年 9 月第一星期日。Str.

“儿　时”

狂胪文献耗中年，亦是今生后起缘；
猛忆儿时心力异，一灯红接混茫前。

——定盦诗

生命没有寄托的人，青年时代和“儿时”对他格外宝贵。这种浪漫谛克的回忆其实并不是发见了“儿时”的真正了不得，而是感觉到“中年”以后的衰退。本来，生命只有一次，对于谁都是宝贵的。但是，假使他的生命溶化在大众的里面，假使他天天在为这世界干些什么，那末，他总在生长，虽然衰老病死仍旧是逃避不了，然而他的事业——大众的事业是不死的，他会领略到“永久的青年”。而“浮生如梦”的人，从这世界里拿去的很多，而给这世界的却很少，——他总有一天会觉得疲乏的死亡：他连拿都没有力量了。衰老和无能的悲哀，像铅一样的沉重，压在他的心头。青春是多么短呵！

“儿时”的可爱是无知。那时候，件件都是“知”，你每天可以做大科学家和大哲学家，每天在发见什么新的现象，新的真理。现在呢？“什么”都已经知道了，熟悉了，每一个人的脸都已经看厌了。宇宙和社会是那么陈旧，无味，虽则它们其实比“儿时”新鲜得多了。我于是想念“儿时”，祷告“儿时”。

不能够前进的时候，就愿意退后几步，替自己恢复已经走过的前途。请求“无知”回来，给我求知的快乐。可怕呵，这生命的“停止”。

过去的始终过去了，未来的还是未来。究竟感慨些什么——我问自己。

1933年9月28日

多余的话

“知我者
　　谓我心忧；
不知我者
　　谓我何求。”

何必说？（代序）

话既然是多余的，又何必说呢？已经是走到了生命的尽期，余剩的日子不但不能按照年份来算，甚〔至〕不能按星期来算了。就是有话，也可说可不说的了。

但是，不幸我卷入了“历史的纠葛”——直到现在外间好些人还以为我是怎样怎样的。我不怕人家责备，归罪，我倒怕人家“钦佩”。但愿以后的青年不要学我的样子，不要以为我以前写的东西是代表什么什么主义的；所以我愿意趁这余剩的生命还没有结束的时候，写一点最后的最坦白的话。

而且，因为“历史的误会”，我十五年来勉强做着政治工作——正因为勉强，所以也永久做不好，手里做着这个，心里想着那个。在当时是形格势禁，没有余暇和可能说一说我自己的心思，而且时刻得扮演一定的角色。现在我已经完全被解除了武装，被拉出了队伍，只剩得我自己了。心上有不能自己的冲动和需要：说一说内心的话，彻底暴露内心的真相。布尔塞维克所讨厌的小布尔乔亚智识者的“自我分析”的脾气，不能够不发作了。

虽然我明知道这里所写的，未必能够到得读者手里，也未必有出版的价值，但是，我还是写一写罢。人往往喜欢谈天，有时候不管听的人是谁，能够乱谈几句，心上也就痛快了。何况我是在绝灭的前夜，这是我最后“谈天”的机会呢？

瞿秋白

1935 年 5 月 17 于汀州狱中

“历史的误会”

我在母亲自杀家庭离散之后，孑然一身跑到北京，本想能够考进北大，研究中国文学，将来做个教员度这一世，甚么”治国平天下”的大志都是没有的，坏在“读书种子”爱书本子，爱文艺，不能“安分守己的”专心于升官发财。到了北京之后，住在堂兄纯白家里，北大的学膳费也希望他能够帮助我——他却没有这种可能，叫我去考普通文官考试，又没有考上，结果，是挑选了一个既不要学费又有“出身”的外交部立俄文专修馆去进。这样，我就开始学俄文了（1917 年夏），当时并不知道俄国已经革命，也不知道俄国文学的伟大意义，不过当作将来谋一碗饭吃的本事罢了。

1918 年开始看了许多新杂志，思想上似乎有相当的进展，新的人生观正在形成。可是，根据我的性格，所形成的与其说是革命思想，无宁说是厌世主义的理智化，所以最早我同郑振铎、瞿世英、耿济之几个朋友组织《新社会》杂志的时候，我是一个近于托尔斯泰派的无政府主义者，而且，根本上我不是一个“政治动物”。五四运动期间，只有极短期的政治活动，不久，因为已经能够查看字典看俄国文学名著，我的注意力就大部分放在文艺方面了，对于政治上的各种主义，都不过略略“涉猎”求得一些现代常识，并没有兴趣去详细研究。然而可以说，这时就开始“历史的误会”了：事情是这样的——五四运动一开始，我就当了俄文专修馆的总代表之一，当时的一些同学里，谁也不愿意干，结果，我得做这一学校的“政治领袖”，我得组织同学群众去参加当时的政治运动。不久，李大钊、张崧年他们发起马克思主义研究会（或是“俄罗斯研究会”罢？），我也因为读了俄文的倍倍尔的《妇女与社会》的某几段，对于社会——尤其是社会主义的最终理想发生了好奇心和研究的兴趣，所以也加入了。这时候大概是1919年底1920年初，学生运动正在转变和分化，学生会的工作也没有以前那么热烈了。我就多读了一些书。

最后，有了机会到俄国去了——北京《晨报》要派通信记者到莫斯科去，来找我。我想，看一看那“新国家”尤其是借此机会把俄国文学好好研究一下，的确是一件最惬意的事，于是就动身去（1920年8月）。

最初，的确吃了几个月黑面包，饿了好些时候，后来俄国国内战争停止，新经济政策实行，生活也就宽裕了些。我在这几个月内，请了私人教授，研究俄文、俄国史、俄国文学史。同时，为着应付《晨报》的通信，也很用心看俄国共产党的报纸、文件，调查一些革命事迹，我当时对于共产主义只有同情和相当的了解，并没有想到要加入共产党，更没有心思要自己来做中国共产党的“创始人”，因为那时候，我误会着加入了党就不能专修文学——学文学仿佛就是不革命的观念，在当时已经通行了。

可是，在当时的莫斯科，除我以外，一个俄文翻译都找不到。因此，东方大学开办中国班的时候（1921 年秋），我就当了东大的翻译和助教；因为职务的关系对马克思主义的理论书籍不得不研究些，而文艺反而看得少了。不久（1922 年底），陈独秀代表中国共产党到莫斯科（那时我已经是共产党员，还是张太雷介绍我进党的），我就当他的翻译。独秀回国的时候，他要我回来工作，我就同了他回到北京。于右任、邓中夏等创办“上海大学”的时候，我正在上海，这是 1923 年夏天，他们请我当上大的教务长兼社会学系主任。那时，我在党内只兼着一点宣传工作，编辑《新青年》。上大初期，我还有余暇研究一些文艺问题，到了国民党改组，我来往上海广州之间，当翻译，参加一些国民党工作（例如上海的国民党中央执行部的委员等），而 1925 年 1 月共产党第四次全国代表大会，又选举了我的中央委员，这时候就简直完全只能做政治工作了，我的肺病又不时发作，更没有可能从事于我所爱好的文艺。虽然我当时对政治问题还有相当的兴趣，可是有时也会怀念着文艺而“怅然若失”的。

武汉时代的前夜（1927 年初），我正从重病之中脱险，将近病好的时候，陈独秀、彭述之等的政治主张，逐渐暴露机会主义的实质，一般党员对他们失掉信仰。在中国共产党第五次大会上（1927 年 4、5 月间），独秀虽然仍旧被选，但是对于党的领导已经不大行了。武汉的国共分裂之后，独秀就退出中央，那时候没有别人主持，就轮到我主持中央政治局。其实，我虽然在 1926 年年底及 1927 年年初就发表了一些议论反对彭述之，随后不得不反对陈独秀，可是，我根本上不愿意自己来代替他们——至少是独秀。我确是一种调和派的见解，当时想望着独秀能够纠正他的错误观念不听述之的理论。等到实逼处此，要我“取独秀而代之”，我一开始就觉得非常之“不合式”，但是，又没有什么别的办法。这样我担负了直接的政治领导有一年光景（1927 年 7 月到 1928 年 5 月）。这期间发生了南昌暴动、广州暴动，以及最早的秋收暴动。当时，我的领导在方式上同独秀时代不同了，独秀是事无大小都参加和主持的，我却因为对组织尤其是军事非常不明了也毫无兴趣，所以只发表一般的政治主张，其余调遣人员和实行的具体计划等就完全听组织部军事部去办，那时自己就感觉到空谈的无聊，但是，一转念要退出领导地位，又感得好像是拆台。这样，勉强着自己度过了这一时期。

1928 年 6 月间共产党开第六次大会的时候，许多同志反对我，也有许多同志赞成我。我的进退成为党的政治主张的联带问题。所以，我虽然屡次想说：“你们饶了我罢，我实在没有兴趣和能力负担这个领导工作。”但是，终于没有说出口。当时形格势禁，旧干部中没有别人，新干部起来领导的形势还没有成熟，我只得仍旧担着这个名义。可是，事实上六大之后，中国共产党的直接领导者是李立三和向忠发等等，因为他们的国内主持实际工作，而我只在莫斯科当代表当了两年。直到立三的政治路线走上了错误的道路，我回到上海开三中全会（1930 年 9 月底），我更觉得自己的政治能力确实非常薄弱，竟辨别不出立三的错误程度。结果，中央不得不再召集会议——就是四中全会，来开除立三的中央委员，我的政治局委员，新干部起来接替了政治上的最高领导。我当时觉得松了一口气，从 1925 年到 1931 年初，整整五年我居然当了中国共产党领袖之一，最后三年甚至仿佛是最主要的领袖（不过并没有像外间所传说的“总书记”的名义）。

我自己忖度着，像我这样性格、才能、学识，当中国共产党的领袖确实是一个“历史的误会”。我本只是一个半吊子的“文人”而已，直到最后还是“文人积习未除”的。对于政治，从 1927 年起就逐渐减少兴趣，到最近一年——在瑞金的一年，实在完全没有兴趣了。

工作中是“但求无过”的态度，全国的政治形势实在懒问得。一方面固然是身体衰弱精力短少而表现的十二分疲劳的状态，别方面也是十几年为着“顾全大局”勉强负担一时的政治翻译，政治工作，而一直拖延下来，实在违反我的兴趣和性情的结果，这真是十几年的一场误会，一场噩梦。

我写这些话，决不是要脱卸什么责任——客观上我对共产党或是国民党的“党国”应当负什么责任，我决不推托，也决不能用我主观上的情绪来加以原谅或者减轻。我不过想把我的真情，在死之前，说出来罢了。总之，我其实是一个很平凡的文人，竟虚负了某某党的领袖的声名十来年，这不是“历史的误会”，是什么呢？

脆弱的二元人物

一只羸弱的马拖着几千斤的辎重车，走上了险峻的山坡，一步步的往上爬，要往后退是不可能，要再往前去是实在不能胜任了。我在负责政治领导的时期，就是这样的一种感觉。欲罢不能的疲劳使我永久感觉一种无可形容的重压。精神上政治的倦怠，使我渴望“甜蜜的”休息，以至于脑经麻木停止一切种种思想。1931 年 1 月的共产党四中全会开除了我的政治局委员之后，我的精神状态的确是“心中空无所有”的情形，直到现在还是如此。

我不过刚满 36 岁（虽然照阴历的习惯算我今年是 38 岁），但是自己觉得已经非常的衰惫，丝毫青年壮年的兴趣都没有了。不但一般的政治问题懒得去思索，就是一切娱乐甚至风景都是漠不相关的了。本来我从 1919 年就得了吐血病，一直没有好好医治的机会，肺结核的发展曾经在 1926 年走到最危险的阶段，那年幸而勉强医好了，可是立即赶到武汉去，立即又是半年最忙碌紧张的工作。虽然现在肺痨的最危险期逃过了，而身体根本弄坏了，虚弱得简直是一个废人。从1920年直到1931年初，整整十年——除却躺在床上不能行动神智昏瞀的几天以外——我的脑经从没有得到休息的日子。在负责时期，神经的紧张自然是很厉害的，往往十天八天连续的不安眠，为着写一篇政治论文或者报告。这继续十几年的不休息，也许是我精神疲劳和十分厉害的神经衰弱的原因。然而究竟我离得衰老时期还很远，这十几年的辛劳，确实算起来，也不能说怎么了不得，而我竟〔成〕了颓丧残废的废人。我是多么脆弱、多么不禁磨炼啊！

或者，这不仅是身体本来不强壮，所谓“先天不足”的原因罢。

我虽然到了十三四岁的时候就很贫苦了；可是我的家庭世代是所谓“衣租食税”的绅士阶级，世代读书，也世代做官。我五六岁的时候，我的叔祖瞿赓韶还在湖北布政司使任上，他死的时候正署理了湖北巡抚。因此我家的田地房屋虽然在几十年前就已经完全卖尽，而我小的时候，却靠着叔祖伯父的官俸过了好几年十足的少爷生活。绅士的体面“必须”继续维持。我母亲宁可自杀而求得我们兄弟继续读书的可能；而且我母亲因为穷而自杀的时候，家里往往没有米煮饭的时候，我们还用着一个仆妇（积欠了她几个月的工资到现在还没有还清），我们从没有亲手洗过衣服，烧过一次饭。

直到那样的时候，为着要穿长衫，在母亲死后，还剩下40多元的裁缝债，要用残余的木器去抵帐。我的绅士意识——就算是深深潜伏着表面不容易觉察罢——其实是始终没脱掉的。

同时，我二十一二岁，正当所谓人生观形成的时期，理智方面是从托尔斯泰式的无政府主义很快就转到了马克思主义。人生观或是主义，这是一种思想方法——所谓思路；既然走上了这条思路，却不是轻易就能改换的。而马克思主义是什么？是无产阶级的宇宙观和人生观。这同我潜伏的绅士意识，中国式的士大夫意识，以及后来蜕变出来的小资产阶级或者市侩式的意识，完全处于敌对的地位；没落的中国绅士阶级意识之中，有些这样的成分：例如假惺惺的仁慈礼让，避免斗争……以至寄生虫式的隐士思想。完全破产的绅士往往变成城市的波希美亚——高等游民，颓废的，脆弱的，浪漫的，甚至狂妄的人物，说得实在些，是废物。我想，这两种意识在我内心里不断的斗争，也就侵蚀了我极大部分的精力。我得时时刻刻压制自己的绅士和游民式的情感，极勉强的用我所学到的马克思主义的理智来创造新的情感，新的感觉方法。可是无产阶级意识在多的内心是始终没有得到真正的胜利的。

当我出席政治会议，我就会"就事论事"，抛开我自己的"感觉"专就我所知道的那一点理论去推翻一个问题，决定一种政策等等。但是我一直觉得这种工作是"替别人做的"，我每次开会或者做文章的时候，都觉得很麻烦，总在急急于结束，好"回到自己那里去"休息。我每每幻想着：我愿意到随便一个小市镇上去当一个教员，并不是为着发展什么教育，只不过求得一口饱饭罢了，在余的时候，读读自己所爱读的书，文艺、小说、诗词、歌曲之类，这不是很逍遥的吗？

这种二元化的人格，我自己早已发着〔觉〕——到去年更是完完全全了解了，已经不能够丝毫自欺的了；但是八七会议之后我没有公开的说出来，四中全会之后也没有说出来，在去年我还是决断不下，一至延迟下来，隐忍着。甚至对之华（我的爱人）也只偶然露一点口风，往往还要加一番弥缝的话。没有这样的勇气。

可是真相是始终要暴露的，"二元"之中总有"一元"要取得实际上的胜利。正因为我的政治上的疲劳、倦怠，内心的思想斗争不能再持续了，老实说，在四中全会之后，我早已成为十足的市侩——对于政治问题我竭力避免发表意见，中央怎样说，我就依着怎样说，认为我说错了，这立刻承认错误，也没有什么心思去辨白，说我是机会主义就是机会主义好了；一切工作只要交代得过去就算了。我对于政治和党的种种问题，真没有兴趣去注意和研究。只因为久年的“文字因缘”，对于现代文学以及文学史上的各种有趣的问题，有时候还有点兴趣去思考一下，然而大半也是欣赏的份数居多，而研究分析的份数较少。而且体力的衰弱也不容许我多所思索了。

体力上的感觉是：每天只要用脑到两三小时以上，就觉得十分疲劳，或者过分的畸形的兴奋——无所谓的兴奋，以至于不能睡觉，脑痛……冷汗。

唉，脆弱的人呵，所谓无产阶级的革命队伍需要这种东西干吗？！我想，假定我还保存这多余的生命若干时候，我只有拒绝用脑的一个方法，我只做些不用自出心裁的文字工作，“以度余年”。但是，最好是趁早结束了罢。

我和马克思主义

当我开始我的社会生活的时候，正是中国的“新文化”运动的浪潮非常汹涌的时期。为着继续深入的研究俄国文学，我刚好又不能不到世界第一个“马克思主义的国家”去。我那时的思想是很紊乱的：十六七岁时开始读了些老庄之类的子书，随后是宋儒语录，随后是佛经、《大乘起信论》——直到胡适之的《哲学史大纲》，梁濑漠〔漱溟〕的印度哲学，还有当时出版的一些科学理论，文艺评论。在到俄国之前，固然已经读过倍倍尔的著作，共产党宣言之类，极少几本马克思主义的书籍，然而对马克思主义的认识是根本说不上的。

而且，我很小的时候，就不知怎样有一个古怪的想头。为什么每一个读书人都要去“治国平天下”呢？各人找一种学问或是文艺研究一下不好吗？所以我到俄国之后，虽然因为职务的关系时常得读些列宁他们的著作、论文演讲，可是这不过求得对于俄国革命和国际形势的常识，并没有认真去研究政治上一切种种主义，正是“治国平天下”的各种不同的脉案和药方。我根本不想做“王者之师”，不想做“诸葛亮”——这些事自然有别人去干——我也就不去深究了。不过，我对于社会主义或共产主义的终极理想，却比较有兴趣。

记得当时懂得了马克思主义的共产社会同样是无阶级、无政府、无国家的最自由的社会，心上就很安慰了，因为这同我当初的无政府主义，和平博爱世界的幻想没有冲突了。所不同的是手段，马克思主义告诉我要达到这样的最终目的，客观上无论如何也逃不了最尖锐的阶级斗争，以至无产阶级专政——也就是无产阶级统治国家的一个阶段。为着要消灭“国家”，一定要先组织一时期的新式国家，为着要实现最彻底的民权主义（也就是无所谓民权的社会），一定要先实行无产阶级的民权。这表面上“自相矛盾”而实际上很有道理的逻辑——马克思主义所谓辩证法——使我很觉得有趣。我大致了解了这问题，就搁下了，专心去研究俄文，至少有大半年，我没有功夫去管什么主义不主义。

后来，莫斯科东方大学要我当翻译，才没有办法又打起精神去看那一些书。谁知越到后来就越没有功夫继续研究文学，不久就宣〔喧〕宾夺主了。

但是，我第一次在俄国不过两年，真正用功研究马克思主义的常识不过半年，这是随着东大课程上的需要看一些书，明天要译经济学上的那一段，今天晚上先看过一道，作为预备，其他，唯物史观哲学等等也是如此，这绝不是有系统的研究。至于第二次我到俄国（1928-1930 年），那是当着共产党的代表，每天开会，解决问题，忙个不了，更没有功夫做有系统的学术上的研究。

马克思主义的主要部分：唯物论的哲学，唯物史观——阶级斗争的理论，以及政治经济学，我都没有系统的研究过。资本论——我就根本没有读过，尤其对于经济学我没有兴趣。我的一点马克思主义理论的常识，差不多都是从报章杂志上的零星论文和列宁的几本小册子上得来的。

可是，在1923年的中国，研究马克思主义以至一般社会科学的人，还少得很，因此，仅仅因此，我担任了上海大学社会学系教授之后就逐渐的偷到所谓“马克思主义的理论家”的虚名。其实，我对这些学问，的确只知道一点皮毛。当时我只是根据几本外国文的书籍传译一下，编了一些讲义。现在看起来，是十分幼稚，错误百出的东西。现在已经有许多新进的青年，许多比较有系统的研究了马克思主义的学者——而且国际的马克思主义的学术水平也提高了许多。

还有一个更重要的“误会”就是用马克思主义来研究中国的现代社会，部分是研究中国历史的发端，也不得不由我来开始尝试。五四以后的五年中间，记得只有陈独秀、戴季陶、李汉俊几个人写过几篇关乎这个问题的论文，可是都是无关重要的。我回国之后，因为已经在党内工作，虽然只有一知半解的马克思主义智识，却不由我不开始这个尝试：分析中国资本主义关系的发展程度，分析中国社会阶级分化的性质，阶级斗争的形势，阶级斗争和反帝国主义的民族解放运动的关系等等。

从1923年到1927年，我在这方面的工作，自然在全党同志的督促，实际斗争的反映，以及国际的领导之下，逐渐有相当的进步。这决不是我一个人的工作，越到后来，我的参加是越少。单就我的“成绩”而论，现在所有的马克思主义者都可明显地看见：我在当时所做的理论上的错误，共产党怎样纠正了我的错误，以及我的幼稚的理〔

论〕著之中包含着怎样混杂和小资产阶级机会主义的成分。

这些机会主义的成分发展起来，就形成错误的政治路线，以至于中国共产党中央委员会不能不开除我的政治局委员，的确，到1930年，我虽然在国际参加了两年的政治工作，相当得到一些新的智识，受到一些政治上的锻炼，但是，不但不进步，自己觉得反而退步了。中国的阶级斗争早已进到了更高的阶段，对于中国的社会关系和政治形势，需要更深刻更复杂的分析，更明了的判断，而我的那点智识绝对不够，而且非无产阶级的反布尔塞维克的意识就完全暴露了，当时，我逐渐觉得许多问题不但想不通，甚至想不动了。新的领导者发挥某些问题的议论之后，我会感觉到松快，觉得这样解决原是最适当不过的，我当初为什么简直想不到；但是，也有时候会觉得不了解。

此后，我勉强自己去想一切“治国平天下”的大问题的必要，已经没有了！我在十分疲劳和吐血症复发的期间，就不再去“独立思索”了。1931年初就开始我政治上以及政治思想上的消极时期，直到现在。从那时候起，我没有自己的政治思想。我以中央的思想为思想。这并不是说我是一个很好的模范党员，对于中央的理论政策都完全而深刻的了解。相反的，我正是一个最坏的党员，早就值得开除的，因为我对中央的理论政策不加思索了。偶然我也有对中央政策怀疑的时候，但是，立刻就停止怀疑了，因为怀疑也是一种思索；我既然不思索了，自然也就不怀疑。

我的一知半解的马克思主义智识，曾经在当时起过一些作用——好的坏的影响都是人所共知的事情，不用我自己来判断——而到了现在，我已经在政治上死灭，不再是一个马克思主义的宣传者了。

同时要说我已经放弃了马克思主义，也是不确的。如果要同我谈起一切种种政治问题，我除开根据我那一点一知半解的马克思主义方法来推论以外，却又没有什么别的办法。事实上我这些推论又恐怕包含着许多机会主义，也就是反马克思列宁主义的观点在内，这是“亦未可知”的。因此我更不必枉然费力去思索：我的思路已经在青年时期走上了马克思主义的初步，无从改变，同时，这思路却同非马克思主义的歧路交错着，再自由任意的走去，不知会跑到什么地方去。——而最主要的是我没有气力再跑了，我根本没有精力再作政治的，社会科学的思索了。Stop。

盲动主义和立三路线

当我不得不担负中国共产党的政治领导的时候，正是中国革命进到了最巨大的转变和震荡的时代，这就是武汉时代结束之后。分析新的形势，确定新的政策，在中国民族解放运动和阶级斗争最复杂最剧烈的〔路〕线汇合分化转变的时期，这是一个非常艰难的任务。当时，许多同志和我，多多少少都做了政治上的错误，同时，更有许多以前的同志在这阶级斗争更进一步的关口，自觉的或者不自觉的离开了革命队伍，在最初，我们在党的领导之下所决定的政策一般的是正确的。武汉分共之后，我们接着就决定贺叶的南昌暴动和两湖、广东的秋收暴动（1927 年），到 11 月又决定广州暴动。这些暴动本身无〔并〕不是什么盲动主义，因为都有相当的群众基础。固然，中国一般的革命形势，从 1927 年 3 月底英、义〔美〕、日帝国主义者炮轰南京威胁国民党反共以后，就已经开始低落，但是接着而来的武汉政府中的奋斗、分裂……直到广州暴动的举出苏维埃旗帜，都还是革命势力方面正当的挽回局势的尝试，结果失败了——就是说没有能够把革命形势重新转变到高涨的阵容，必须另起炉灶。

而我——我时期当然我应当负主要的责任——在 1928 年初，广州暴动失败以后，仍旧认为革命形势一般存在，而且继续高涨，这就〔是〕盲动主义的路线了。

原本个别的盲动现象我们和当时的中央从 1927 年 10 月起就表示反对的；对于有些党部不努力去领导和争取群众，反而孤注一掷或者仅仅去暗杀豪绅之类的行动，我们总是加以纠正的。可是，因为当时整个路线错误，所以不管主观上怎样了解盲动主义现象的不好，费力于枝枝节节的纠正，客观上却在领导着盲动主义的发展。

中国共产党第六次大会纠正了这个错误路线，使政策走上了正确的道路。自然，武汉时代之后，我们所得到的中国革命之中的最重要的教训，例如革命有在一省或几省首先胜利的可能和前途，反帝国主义革命最密切的和土地革命联系着等，都要六大所采纳的。苏维埃革命的方针就在六大更明确的规定下来。

但是以我个人而论，在那时候，我的观点之中不仅有过分估量革命形势的发展以至助长盲动主义的错误，对于中国农民阶层的分析，认为富农还在革命战线之内，认为不久的将来就可以在某些大城市取得暴动的胜利等观念也已经潜伏着或者有所表示。不过，同志们都没有发觉这些观点的严重错误，还没有指出来，我自己当然更不会知道这些是错误的。直到 1929 年秋天讨论农民问题的时候，才开始暴露我在农民问题上的错误。不幸得很，当时没有更深刻的更无情的揭发。……

此后，就来了立三路线的问题了。

1929 年年底我还在莫斯科的时候，就听说立三和忠发的政策有许多不妥当的地方。同时，莫斯科中国劳动大学（前称孙中山大学）的学生中间发生非常剧烈的斗争，我向来没有知人之明，只想弥缝缓和这些内斗，觉得互相攻许〔讦〕批评的许多同志都是好的，听他们所说的事情却往往有些非常出奇，似乎都是故意夸大事实俸为“打倒”对方的理由。因此我就站在调和的立场。这使得那里的党部认为我恰好是机会主义和异己分子的庇护者，结果撤销了我的中国共产党驻莫代表的职务准备回国。自然，在回国的任务之中，最重要的是纠正立三的错误，消灭莫斯科中国同志之间的派别观念对于国内同志的影响。

但是，事实上我什么也没做到，立三的错误在那时——1930年夏天——已经形成了自己的半托洛斯基的路线，派别观念也使得党内到处抑制莫斯科回国的新干部。而我回来之后召集的三中全会，以及中央的一切处置，都只是零零碎碎的纠正了立三的一些显而易见的错误，既没有指出立三的错误路线，更没有在组织上和一切计划及实际工作上保障国际路线的执行。实际上我的确没有认出立三路线和国际路线的根本不同。

老实说，立三路线是我的许多错误观念——有人说是瞿秋白主义——的逻辑的发展。立三的错误政策可以说是一种失败主义，他表面上认为中国全国的革命胜利的局面已经到来，这会推动全世界革命的成功，其实是觉的自己没有把握保持和发展苏维埃革命在几个县区的胜利，觉的革命前途不是立即向大城市发展而取得全国胜利以至全世界的胜利，就是迅速的败亡，所以要孤注一掷的拼命，这是用左倾空谈来掩盖右倾机会主义的实质。因此在组织上，在实际工作上，在土地革命的理论上，在工会运动的方针上，在青年运动和青年组织等等各种问题上……无往而不错。我在当时却辨别不出来。事后我可以说，假定六大之后，留在中国直接领导的不是立三而是我，那末，在实际上我也会走到这样的错误路线，不过不至于像立三这样鲁莽，也可以说，不会有立三那样的勇气。我当然间接的负着立三路线的责任。

于是四中全会后，就决定了开除立三的中央委员，开除我的政治局的委员。我呢，像上面已经说过的，正感谢这一开除，使我卸除了千钧担。我第二次回国是 1930 年 8 月中旬，到 1931 年 1 月 7 日我就离开了中央政治领导机关，这期间只有半年不到的时间。可是这半年对于我几乎比五十年还长！人的精力已经像完全用尽了似的，我告了长假休养医病——事实上从此脱离了政治舞台。

再想回头来干一些别的事情，例如文艺的译著等，已经觉得太迟了！从 1920 到 1930 年整整十年我离开了“自己的家”——我所愿意干的俄国文学研究——到这时候才回来，不但田园荒芜，而且自己的气力也已经衰惫了。自然有可能还是可以干一干，“以度余年”的。可惜接着就是大病，时发时止，耗费了三年光阴。1934 年 1 月，为着在上海养病的不可能，又跑到瑞金——到瑞金已是 2 月 5 日了——担任了人民委员的清闲职务。可是，既然在苏维埃中央政府担负了一部的工作，虽然不必出席党的中央会议，不必参与一切政策的最初讨论和决定，然而要完全不问政治却又办不到了，我就在敷衍塞责，厌倦着政治却又不得不略为问一问政治的状熊〔态〕中间，过了一年。

最后这四年中间，我似乎记得还做了几次政治问题上的错误。但是现在我连内容都记不清楚了，大概总是我的老机会主义发作罢了。我自己不愿意有什么和中央不同的政见。我总是立刻“放弃”这些错误的见解，其实我连想也没有仔细想，不过党的争辨起来太麻烦了，既然无关紧要就算了罢。

我的政治生命其实早已结束了。

最后这四年，还能说我继续在为马克思主义奋斗，为苏维埃革命奋斗，为着党的正确路线奋斗吗？例行公事办了一些，说“奋斗”是实太恭维了。以前几年的盲动主义和立三路线的责任，却决不应当因此而减轻的，相反，在共产党的观点上来看，这个责任倒是更加重了，历史的事实是抹煞不了的，我愿意受历史的最公开的裁判。

1935 年 5 月 20 日

“文　人”

“一为文人便无足观”，这是清朝一个汉学家说的。的确所谓“文人”正是无所用之的人物。这并不是现代意义的文学家、作家或是文艺评论家，这是咏风弄月的“名士”，或者是……说简单些，读书的高等游民，他什么都懂得一点，可是一点没有真实的智识。正因为他对于当代学术水平以上的各种学问都有少许的常识，所以他自以为是学术界的人，可是，他对任何一种学问都没有系统的研究，真正的心得，所以他对于学术是不会有什么贡献的，对于文艺也不会有什么成就的。

自然，文人也有各种各样不同的典型，但是大都实际上是高等游民罢了。假使你是一个医生，或是工程师，化学技师……真正的作家，你自己会感觉到每天生活的价值，你能够创造或是修补一点什么，只要你愿意。就算你是一个真正的政治家罢，你可以做错误，但是也会改正错误，你可以坚持你的错误，但是也会认真的为着自己的见解去斗争，实行。只有文人就没有希望了，他往往连自己也不知道，究竟做的是什么！

“文人”是中国中世纪的残余和“遗产”—— 一份很坏的遗产。我相信，再过十年八年没有这一种智识分子了。

不幸，我自己不能够否认自己正是“文人”之中的一种。

固然，中国的旧书，十三经、二十四史、子书、笔记、丛书、诗词曲等，我都看过一些，但是我是抓到就看，忽然想起就看，没有什么研究的。一些科学论文，马克思主义的和非马克思主义的，我也看过一些，虽然很少。所以这些新新旧旧的书对于我，与其说是智识的来源，不如说是消闲的工具。究竟在哪一种学问上，我有点真实的智识？我自己是回答不出的。

可笑得很，我做过所谓“杀人放火”的共产党的领袖（？），可是，我却是一个最懦怯的，“婆婆妈妈的”，杀一只老鼠都不会的，不敢的。

但是，真正的懦怯不在这里。首先是差不多完全没有自信力，每一个见解都是动摇的，站不稳的。总希望有一个依靠，记得布哈林初次和我谈话的时候，说过这么一句俏皮话：“你怎么同三层楼的小姐〔一样〕，总那么客气，说起话来，不是‘或是’，就是‘也许’、‘也难说’……等。”其实，这倒是真心话。可惜的是人家往往把我的坦白当作“客气”或者“狡猾”。

我向来没有为着自己的见解而奋斗的勇气，同时，也很久没有承认自己错误的勇气。当一种意见发表之后，看看没有有力的赞助，立刻就会怀疑起来，但是，如果没有一个另外的意见来代替，那就只会照着这个连自己也怀疑的意见做去。看见一种不大好的现象，或是不正确的见解，却还没有人出来指摘，甚至其势凶凶〔汹汹〕的大家认为这是很好的事情，我也始终没有勇气说出自己的怀疑来。优柔寡断，随波逐流，是这种“文人”必然的性格。

虽然人家看见我参加过几次大的辩论，有时候仿佛很急〔激〕烈，其实我是最怕争论的。我向来觉得对方说的话“也对”，“也有几分理由”，“站在对方的观点上他当然是对的”。我似乎很懂得孔夫子忠恕之道。所以我毕竟做了“调和派”的领袖。假使我急〔激〕烈地辩论，那么，不是认为“既然站在布尔塞维克的队伍里就不应当调和”，因此勉强着自己，就是没有抛开“体面”立刻承认错误的勇气，或者是对方的话太幼稚了，使我“箭在弦上不得不发”。

其实最理想的世界是大家不要争论，“和和气气地过日子”。

我有许多标本的“弱者的道德”——忍耐、躲避，讲和气，希望大家安静些仁慈些等等。固然从〔少〕年时候起，我就憎恶贪污、卑鄙……以至一切恶浊的社会现象，但是我从来没有想做侠客。我只愿意自己不做那些罪恶，有可能呢，去劝劝他们不要再那样做；没有可能呢，让他们去罢，他们也有他们的不得已的苦衷罢？

我的根本性格，我想，不但不足以锻炼成布尔塞维克的战士，甚至不配做一个起码的革命者。仅仅为着“体面”，所以既然卷进了这个队伍，也就没有勇气自己认识自己，而请他们把我洗刷出去。

但是我想，如果叫我做一个“戏子”——舞台上的演员，倒很会有些成绩，因为十几年我一直觉得自己一直在扮演一定的角争。扮觉〔着〕大学教授，扮着政治家，也会真正忘记自己而完全成为“剧中人”。虽然这对于我很苦，得每天盼望着散会，盼望同我谈政治的朋友走开，让我卸下戏装，还我本来面目——躺在床上去极疲乏的念着“回‘家’去罢，回‘家’去罢”，这的确是很苦的。然而在舞台上的时候，大致总还扮得不差，像煞有介事的。

为什么？因为青年精力比较旺盛的时候，一点游戏和做事的兴会总有的。即使不是你自己的事，当你把它做好的时候，你也感觉到一时的愉快。譬如你有点小聪明，你会摆好几幅“七巧版〔板〕图”或者“益智图”，你当时一定觉得痛快；正像在中学校的时候，你算出了几个代数难题似的，虽则你并不预备做数学家。

不过扮演舞台上的角色究竟不是“自己的生活”，精力消耗有〔在〕这里甚至完全用尽，始终是后悔也来不及的事情。等到精力衰惫的时候，对于政治舞台，实在是十分厌倦了。

庞杂而无秩序的一些书本上的智识和累坠〔赘〕而反乎自己兴趣的政治生活，使我麻木起来，感觉生活的乏味。

本来，书生对于宇宙间的一切现象，都不会有亲切的了解。往往会把自己变成一大堆抽象名词的化身。一切都有一个“名词”，但是没有实感。譬如说，劳动者的生活，剥削，斗争精神，土地革命，政权等……一直到春花秋月，崦嵫，委蛇，一切种种名词，概念，词藻，说是会说的，等到追问你究竟是怎么一回事，就会感觉到模糊起来。

对于实际生活，总像雾里看花似的，隔着一层膜。

文人和书生大致没有任何一种具体的智识。他样样都懂得一点，其实样样都是外行。要他开口议论一些“国家大事”，在不太复杂和具体的时候，他也许会。但是，叫他修理一辆汽车，或者配一剂药方，办一个合作社，买一批货物，或是清理一本帐目，再不然，叫他办好一个学校……总之，无论哪一件具体而切实的事情，他都会觉得没有把握的。

例如，最近一年来，叫我办苏维埃的教育。固然，在瑞金、宁都、兴国这一带的所谓“中央苏区”，原本是文化非常落后的地方，譬如一张白纸，在刚刚着手办教育的时候，只是创办义务小学校，开办几个师范学校，这些都做了。但是，自己仔细想一想，对于这些小学校和师范学校，小学教育和儿童教育的特殊问题，尤其是国内战争中工农群众教育的特殊问题，都实在没有相当的智识，甚至普通常识都不够！

近年来感觉到这一切种种，很愿意“回过去再生活一遍”。

雾里看花的隔膜的感觉，使人觉得异常的苦闷、寂寞和孤独，很想仔细的亲切的尝试一下实际生活的味道。譬如“中央苏区”的土地革命已经有三四年，农民的私人日常生活究竟有了怎样的具体变化，他们究竟是怎样的感觉。我曾经去考察过一两次。一开口就没有“共同的言语”，而且自己也懒惰得很，所以终于一无所得。

可是，自然而然的，我学着比较精细的考察人物，领会一切“现象”。我近年来重新来读一些中国和西欧的文学名著，觉得有些新的印象。你从这些著作中间，可以相当亲切地了解人生和社会，了解各种不同的个性，而不是笼统的“好人”、“坏人”，或是“官僚”、“平民”、“工人”、“富农”等等。摆在你面前的是有血有肉有个性的人，虽则这些人都在一定的生产关系、一定的阶级之中。

我想，这也许是从“文人”进到真正了解文艺的初步了。

是不是太迟了呢？太迟了！

徒然抱着对文艺的爱好和怀念，起先是自己的头脑，和身体被“外物”所占领了，后来是非常的疲乏笼罩了我三四年，始终没有在文艺方面认真地用力。书是乱七八糟着〔看〕了一些，也许走进了现代文艺水平线以上的境界，不至于辨别不出趣味的高低。我曾经发表的一些文艺方面的意见，都驳杂得很，也是一知半解的。

时候过得很快。一切都荒疏了。眼高手低是这必然的结果。自己写的东西——类似于文艺的东西是不能使自己满意的，我至多不过是一个“读者”。

讲到我仅有的一点具体智识，那就只有俄国文罢。假使能够仔细而郑重的，极忠实的翻译几本俄国文学名著，在汉文方面每字每句的斟酌着也许不会“误人子弟”的。这一个最愉快的梦想，也比在创作和评论方面再来开始求得什么成就，要实际得多。可惜，恐怕现在这个可能已经“过时”了。

告　别

一出滑稽剧就此闭幕了！

我家乡有句俗话，叫做“捉住了老鸦在树上做窠”。这窠是始终做不成的。一个平凡甚至无聊的“文人”，却要他担负几年的“政治领袖”的职务。这虽然可笑，却是事实。这期间，一切好事都不是由于他的功劳——实在是由于当时几位负责同志的实际工作，他的空谈不过是表面的点缀，甚至早就埋伏了后来的祸害。这历史的功罪，现在到了最终结算的时候了。

你们去算帐罢，你们在斗争中勇猛精进着，我可以羡慕你们，祝贺你们，但是已经不能够跟随你们了。我不觉得可惜，同样我也不觉得后悔，虽然我枉费一生心力在我所不感兴味的政治上。过去的是已经过去了，懊悔徒然增加现在的烦恼。应当清洗出队伍的，终究应当清洗出去，而且愈好〔快〕愈好，更用不着可惜。

我已经退出了无产阶级的革命先锋的队伍，已经停止了政治斗争，放下了武器，假使你们——共产党的同志们——能够早些听到我这里写的一切，那我想早就应当开除我的党籍。像我这样脆弱的人物，敷衍、消极、怠惰的分子，尤其重要的是空洞的承认自己错误而根本不能够转变自己的阶级意识和情绪，而且，因为“历史的偶然”，这并不是一个普通党员，而是曾经当过政治局委员的——这样的人，如何还不要开除呢！

现在，我已经是国民党的俘虏，再来说起这些似乎多余的了。但是，其实不是一样吗？我自由不自由，同样是不能够继续斗争的了。虽然我现在才快要结束我的生命，可是我早已结束了我的政治生活。严格地讲，不论我自由不自由，你们早就有权利认为我也是叛徒的一种。如果不幸而我没有机会告诉你们我的最坦白最真实的态度而骤然死了，那你们也许还把我当做一个共产主义的烈士。记得 1932 年讹传我死的时候，有地方替我开了追悼会，当然还念起我的“好处”，我到苏区听到这个消息，真叫我不寒而栗，以叛徒而冒充烈士，实在太那么个了。因此，然我现在已经囚在监狱里，虽然我现在很容易装腔作势慷慨激昂而死，可是我不敢这样做。历史是不能够，也不应当欺骗的。我骗着我一个人的身后不要紧，叫革命同志误认叛徒为烈士却是大大不应该的。所以虽然反正是一死，同样是结束我的生命，而我决不愿意冒充烈士而死。

永别了，亲爱的同志们！——这是我最后叫你们“同志”的一次。我是不配再叫你们“同志”的了，告诉你们：我实质上离开了你们的队伍很久了。

唉！历史的误会叫我这“文人”勉强在革命的政治舞台上混了好些年。我的脱离队伍，不简单的因为我要结束我的生命，结束这一出滑稽剧，也不简单的因为我的痼疾和衰惫，而是因为我始终不能够克服自己的绅士意识，我终究不能成为无产阶级的战士。

永别了，亲爱的朋友们！七八年来，我早已感觉到万分的厌倦。这种疲乏的感觉，有时候例如 1930 年初或是 1934 年 8、9 月间，简直厉害到无可形容，无可忍受的地步。我当时觉着，不管全宇宙的毁灭不毁灭，不管革命还是反革命等，我只要休息，休息，休息！！好了，现在已经有了“永久休息”的机会。

我留下这几页给你们——我的最后的最坦白的老实话，永别了！判断一切的，当然是你们，而不是我。我只要休息。

一生没有什么朋友，亲爱的人是很少的几个。而且除开我的之华以外，我对你们也始终不是完全坦白的。就是对于之华，我也只露一点口风。我始终戴着假面具。我早已说过：揭穿假面具是最痛快的事情，不但对于动手去揭穿别人的痛快，就是对于被揭穿的也很痛快，尤其是自己能够揭穿。现在我丢掉了最后一层假面具。你们应当祝贺我。我去休息了，永久休息了，你们更应当祝贺我。

我时常说：感觉到十年二十年没有睡觉似的疲劳，现在可以得到永久的“伟大的”可爱的睡眠了。

从我的一生，也许可以得到一个教训：要磨炼自己，要有非常巨大的毅力，去克服一切种种“异己的”意识以至最微细的“异己的”情感，然后才能从“异己的”阶级里完全跳出来，而在无产阶级的革命队伍里站稳自己的脚步。否则，不免是“捉住了老鸦在树上做窠”，不免是一出滑稽剧。

我这滑稽剧是要闭幕了。

我留恋什么？我最亲爱的人，我曾经依傍着她度过了这十年的生命。是的，我不能没有依傍。不但在政治生活里，我其实从没有做过一切斗争的先锋，每次总要先找着某种依傍。不但如此，就是在私生活里，我也没有“生存竞争”的勇气，我不会组织自己的生活，我不会做极简单极平常的琐事。我一直是依傍着我的亲人，我唯一的亲人。我如何不留恋？我只觉得十分的难受，因为我许多次对不起我这个亲人，尤其是我的精神上的懦怯，使我对于她也终究没有彻底的坦白，但愿她从此厌恶我，忘记我，使我心安罢。

我还留恋什么？这美丽世界的欣欣向荣的儿童。“我的”女儿，以及一切幸福的孩子们。我替他们祝福。

这世界对于我仍然是非常美丽。一切新的，斗争的，勇敢的都在前进。那么好的花朵，果子，那么清秀的山和水，那么雄伟的工厂和烟囱，月亮的光似乎也比从前更光明了。

但是，永别了，美丽的世界！

一生的精力已经用尽。剩下的一个躯壳。

如果我还有可能支配我的躯壳，我愿意把它交给医学校的解剖宣〔室〕。听说中国的医学校和医院的实习室很缺乏这种科学实验用具。而且我是多年的肺结核者（从1919年到现在），时好时坏，也曾经到〔照〕过几次X光的照片，1931年春的那一次，我看见我的肺部有许多瘢痕，可是医生也说不出精确的判断。假定先照过一张，然后把这躯壳解剖开来，对着照片研究肺部的状态那一定可以发见一些什么。这对于肺结核的诊断也许有些帮助。虽然，我对医学是完全外行。这话说得或许是很可笑的。

总之，滑稽剧始终是闭幕了。舞台上空空洞洞的。有什么留恋也是枉然的了。好在得到的是“伟大的”休息。至于躯壳，也许不由我自己作主了。

告别了，这世界的一切。

最后……

俄国高尔基的《四十年》、《克里摩萨摩京的生活》，屠格涅夫的《鲁定》，托尔斯泰的《安娜·卡里宁娜》，中国鲁迅的《阿Q正传》，茅盾的《动摇》，曹雪芹的《红楼梦》，都很可以再读一读。

中国的豆腐也是很好吃的东西，世界第一。

永别了！

1935 年 5 月 22 日

致郭沫若

沫若：

多年没有通音问了。三四年来只在报纸杂志上偶然得知你的消息，记得前年上海的日本新闻纸上曾经说起西园寺公去看你，还登载了你和你孩子的照相。新闻记者的好奇是往往有点出奇的，其实还不是为着“哄动”观众。可怜的我们，有点像马戏院里野兽。最近，你也一定会在报纸上读到关于我的新闻，甚至我的小影，想来彼此有点同感吧？

我现在已经是国民党的俘虏了，这在国内阶级战争中当然是意料之中可能的事。从此，我的武装完全被解除，我自身被拉出了队伍，我停止了一切种种斗争，在这等着“生命的结束”。可是这些都没有什么。使我惭愧的倒是另外一种情形，就是远在被俘以前——离现在足足有四年半了——当我退出中央政治局之后，虽然是因为“积劳成疾”病得动不得，然而我自己的心境就已有了很大的变动。我在那时，就感觉到精力的衰退甚至于澌灭，对于政治斗争已经没有丝毫尽力。偶然写些关于文艺问题的小文章，也是半路出家的外行话。我早就“猜到了”我自己毕竟不是一个“战士”，无论在哪一战线上。

这期间看见了你的甲骨文字研究的一些著作，《创造十年》的上半部。我想下半部一定更加有趣：创造社在五四运动之后，代表着黎明期的浪漫主义运动，虽然对于“健全的”现实主义的生长给了一些阻碍，然而它确实杀开了一条血路，开避了新文学的途径。而后来就像触了电流似的分解了，时代的电流使创造社起了化学的定性分析，它因此解体，风化。这段历史写来一定是极有意思的。时代的电流是最强烈的力量，像我这样脆弱的人物也终于禁不起了。历史上的功罪，日后自有定论，我也不愿多说，不过我想自己既有自知之明，不妨尽量的披露出来，使得历史档案的书架上，材料更丰富些，也可以免得许多猜测和推想的考证功夫。

只有读着你和许多朋友翻译欧美文学名著，心上觉着有说不出的遗憾。我自己知道虽然一知半解样样都懂得一点，其实样样都是外行，只有俄国文还有相当的把握，而我到如今没有译过一部好好的文学书（社会科学的论著现在已经不用我操心了）。这个心愿恐怕没有可能实现的了。

还记得在武汉我们两个人一夜喝了三瓶白兰地吗？当年的豪兴，现在想来不免哑然失笑，留得做温暖的回忆罢。愿你勇猛精进！

瞿秋白　1935 年 5 月 28 日，汀州狱中

杂 文

小小一个问题

——妇女解放的问题

有一天我去看一个朋友，他书桌子上放着几本书。偶然翻开一本《吴梅村词》，看了几页，我的朋友就指着一首《浣溪沙》说道："这一首就只这一句好。"我看一看，原来是一首闺情词。他指的那一句就是"惯猜闲事为聪明"。我就回答他道："好可是好，你看了不害怕么？不难受么？"他不明白。我就道："这首词，这样的诗词、文章、小说、戏剧，就是牢狱里的摄影片。幸而好，现在从这样牢狱里逃出来的越狱女犯已经有了几个了，可惜还没有人替她们拍个照，描写描写她们的非牢狱的生活状况；也许是因为这样的越狱女犯，还很少很少，或者是简直没有。可见现在关在这样牢狱里的很是不少，可是还用得着这些文学家来替他们写照么？还不快快地把他们放出来么？"

你瞧！这样一张手铐脚镣钉着的女犯的相片，怎么不害怕？怎么不难受？可怜不可怜！

唉！要不是钉着手铐脚镣，又何至于"惯猜闲事"才算得"聪明"呢？许许多多精神上的桎梏——纲常、礼教、家庭制度、社会组织、男女相对的观念——造成这样一个精神的牢狱把他们监禁起来；天下的事情在这般不幸的女子眼光中看来哪一件不是闲事呢？既然有这许多桎梏把他们禁锢起来，他们的聪明才力没有可用之处，侥幸的呢，也不过是"舞罢曾无理曲时，妆成只是薪香坐"；不幸的呢，自然是"不分不晓恹恹默默一段伤春"了。文学家既然有这样细腻的文心，为什么不想一想，天下有许多“惯猜闲事为聪明”的女子，就有许多手足胼胝还吃不饱肚子的人。

女子既然是受着旧宗教、旧学说、旧社会的影响变成这种样子，似乎这全是旧宗教、旧学说、旧社会造出来的罪恶，文学家不过是把它描写出来罢了。殊不知道文学的作品——诗、词、文章、小说、戏剧——多少有一点支配社会心理的力量。文学家始终要担负这点责任。

“以女子为玩物”，男子说：这是应当的。非但是肉体上，就是精神上也跳不出这个范围。这样的牢狱多坚固吓！女子说——他想一想，细想一想。这也是许多事实。他究竟是莫名其妙，他简直是安之若素了，得不着还天天羡慕着呢。这样的牢狱多坚固呵！这不是中国文学家——无题体、香奁体诗词的文人——描写出来的么？这不是他们确定社会上对于男女的观念的利器么？唉！这可以算做中国的妇女神圣观呵！

你不看见，民国三四年间，枕亚、定夷一班人的淫靡小说，影响于社会多大。

你不看见，现在社会上的人大多数满脑子装着贾宝玉、林黛玉、杜十娘、花魁的名字，映着《游园惊梦》《游龙戏凤》《荡湖船》的影子，随时随地无形之中可以造成许多罪恶。他们无论怎么样贫苦，无论怎么样富贵，要求精神的愉快、安慰是一样的。精神上的娱乐品——这类的诗词，这类的小说，这类的戏剧——又无论上等的、下等的都是差不多的东西，无非是构成男女不平等的观念。稍识几个字的人就去看这类的小说，听这类的戏；稍高深一点就去看这类的诗词。男女不平等的观念，轻蔑女子的观念——或者就是尊敬女子的观念，怜爱女子的观念，在他们已经是先入为主，根深蒂固的了。怎么谈得到妇女解放问题呢？

现在文学家应当大大注意这一点——戏剧小说尤其要紧，诗词还比较不普遍一些。中国人并非没有美术的生活，旧式的美术的生活就是这个样，所以一说到妇女解放，中国人就会联想到暧昧的事情上去，就真会遇见那样的事。所以非注意于创造新的美术的生活不可，这是现在文学家的责任呵！

这是我因为看见了那句词，起了一种感想——杂乱的感想——随便乱写几句，似乎也有好几层问题在里面，一个小小的妇女解放问题。

这个问题当真的小么？

劳动的福音

血！……大地茫茫一片荒草；血肉模糊，是夕阳光映着，是太平洋水浇着，雪白的人骨。炸弹，枪炮，轰轰！迷迷糊糊昏昏沉沉烟雾障天，硝烟，硫磺气味；一粒粒米—— 一颗颗子弹……怕！

汽车前的老虎眼射着洋车夫担粪夫发颤，吼声一响，吓死人呀！麻雀扑克骰子胡乱来一回——百万军饷还不够么？太太姨太太小姐锦缎纱绸裹着，胭脂雪花香油光润着，一个个美人儿似的—— 一层层人皮，一滴滴人血人膏……丑！

幸福？人类的幸福？做梦呢！救救我们罢！

俄国人有个俗说："国王病了。下令全国：谁治好国王的病，国王就分半个国给他。许多医生商量，也商量不出来。后来一个医生说道：只要找着一个最有幸福的人底短衫给国王穿了，国王病就能好，可是那最有幸福的人必得没有丝毫缺憾才行。满国去找，找不着。一天晚上王子到乡下闲逛，走过一所茅屋，听得有人说道：'好了，工也做完了，饭也吃饱了，什么事都停当了。我还要什么？安心睡觉！'王子立刻派人去问这最有幸福的人要短衫。可是他——有幸福确是有幸福，却穷得连短衫都没有……"

最有幸福的，只是勤苦的劳动之后。

劳动能给人以完全的幸福，幸福——劳动。

救我们的只有劳动！血呢？赤色化呢？
劳动！你是人类的福音。劳动底福音。

最低问题

——狗彘食人之中国

秋白离中国两年，回来本急急想把在俄研究所得以及俄国现状，与国人一谈，不料到京三天，所接触的中国现实状况，令我受异常的激刺，不得不先对中国说几句“逆耳之言”。

万里之外时时惦念着故乡，音信阻隔，也只隐隐约约听见国内“红白面打架的把戏”。一进北京才有人告诉我，去年上海金银业罢工工人竟遭“洋狗”噬啮，唐山罢工工人又受印度兵的蹂躏。中国政府原来是“率兽食人”的政府，谄媚欧美帝国主义，以屠杀中国平民劳动者为己任。

我再想不到，两年之后回来见着一狗彘食人的中国！

我两年不读的中国报上，却只见什么“最高问题”，什么“阁员问题”，“巡阅使问题”，制宪问题，……都是高高在上的中国，高等人物的大心事。我不知道，威海卫的问题，片马问题，英国派兵唐山，殴辱重庆学生以至于纵犬食人等问题，究竟值得衮衮诸公的一顾否？难道这些问题太“低”？还是以为“最高问题”不解决，阁员问题不解决，就可以断送片马，断送威海卫，任命苏皖赣巡阅使就是为着巡犬起见，白纸黑字的宪法草案就足以保证中国平民不受外人强力的剥夺其生命自由劳动权利呢？可怜的“五四”运动竟成历史的古事，可怜的中国“民意”竟如此之消沉。唉！

这几天报上又见汉口的工人风潮，英商禁止工人结社，武装巡捕任意殴击逮捕工人，随便放枪。地方官对于此种丧权辱国事情，只知道戒严，请问他防范的是谁，保护的又是谁？大概一般下等的苦力被捕挨打，算得什么事！真正只是“最低问题”，不值一顾。可是……

中国的平民呵，你们不配谈最高问题，也得谈一谈最低问题呵。当年“五四”运动的精神哪里去了！处于如此严酷的帝国主义的压迫之下，还只顾坐着静听人家谈最高问题制宪问题，真是死无葬身之地呵。我恐怕就是最高问题解决了，制定了一万万条的好宪法也没有用处。群众的平民，爱国的学生，有志的青年，也可以醒醒，不要再做华盛顿会议的黄粱梦了。

中国真正的平民的民主主义，假使不推倒世界列强的压迫，永无实现之日。世界人类的文化，被这一班“列强”弄得濒于死灭且不必说起，中国平民若还有点血气，无论如何总得保持我们汗血换来的吃饭权。全国平民应当亟亟兴起，——只有群众的热烈的奋斗，能取得真正的民主主义，只有真正的民主主义能保证中国民族不成亡国奴，切记切记！不然呢，我恐怕四万万“人”的地方，过两年就快变成英国猎狗的游猎场了。

1923 年 1 月 17 日

乐志华案是一幅中国的缩影

一个宁波人，西崽乐志华，向洋主人辞退，满意想安安稳稳的回家，谁知道大祸飞来天外。主人无端的冤他，说他偷钱八百元，登时骗到巡捕房，哪里由得你中国人叫冤！巡捕房是谁设的？——刮刮叫的“文明”国家。难怪那里面立刻现出一幅活影画。请看：

……到第三次醒后，他们又拉我起立，去我的手铐衬衣。……这些西人、日本人、华人，把我临空吊起，脚也不能着地。

那西探说声：“请他吃雪茄烟。”登时我的鼻孔里插进一个纸捻，纸捻一头点起，火烟直冲心肺；满身的急汗，满面的眼泪，淌个不已。西探哈哈笑得真得意。

我还记得他早就说过了：“你若不全招，必定打死你，我是老上海，打死个中国人，有什么稀奇！”心上想着又怕又气。

日探忽然又束紧我的筋骨，上上下下压得喘不过气。晕过去，醒转来，满身又是浇得冷水淋漓。

死来死去不知道几多次，这些西人、日人、华人还要打我的嘴巴，打个不止……

这是乐志华控告那虹口捕房的二西探、二华探、一日探的供词。乐志华一个人的苦痛受虐，不必说起，总是他做了中国人不好。可是中国却要羡慕羡慕乐志华：乐志华还有一个宁波会馆，替他提起诉讼，或者可以想伸冤（？）；中国却没有，请闭着眼一想：乐志华是不是中国的缩影！——日本霸占旅大；英国人占据片马、威海；美国人因克门案便下哀的美敦书似的通牒；……真真不错，中国现状和乐志华受吊打熏烙时的景象—— 一般无二。可是哪里去找一个中国的“宁波会馆”呢？

哼！可是乐志华也没有十分大可羡慕的地方！他提出诉讼的所在，是上海英按察使署，——“文明”国家的“文明”司法。其实有了“这样文明的”巡捕房，已经很可以借口中国司法不改良，而拒绝撤消治外法权了！何必又要“按察”，是否英按察使来问，能给乐志华伸冤，便可遮遮人的耳目呢？可惜当场就现原身，和国际联盟等一样。请看：

> 被告律师驳诘，谓乐志华无钱积蓄，此案之控告，或有“友人”助力。（见西文《文汇报》所载此案公堂记录）

似乎“友人”——宁波会馆帮他控告是不应该的；“无钱”的人该死！可见幸而是定波人。更可见每年每月活活打死的“非宁波人”——无团体的人不知多少呢！

> 被告律师又出示一中国文通告……且曰：“此系四明同乡会1250人之签名……并有要求撤消治外法权之言。”……按察使曰：“欲我离去上海乎！？撤消治外法权！？第一步如何！？”（同上）

好个大英国上海按察使的威风！“第一步如何”，——真正如闻其声！万恶的帝国主义者，等我告诉你：这“第一步”就是：“无钱”

的人，——中国一切劳动平民联合团结。假使愿意听，我再告诉你那“末一步”：中国劳动平民联合世界无产阶级，——及一切殖民地的平民大团结，赶得你无国可归，看你还要治外法权不要！

鞘 声（节选）

一 无用的人与东方文化

民国初年唐绍仪进行所谓大借款时，六国银行团方面曾经提出一条件："经费支出，须用最新式簿记法记帐……"中国以前没有资产阶级的发展，所以向来没有一切资产阶级的技术——这一点"小事"也不得不劳外国"文明人"来教训。东方文化的优点，本在善于以糊涂的簿记法差错给人家钱。经济生活受帝国主义的强逼，不得不求适应；于是新式簿记法不得不用，其他各种技术亦是如此。旧时的钱谷师爷，刑名师爷，秀才，举人的饭碗实在危险得不了。于是有两种结果：一，新"人材"一时不能多生，让一班少数的"国家买办"专利——孙中山都不得不用叶恭绰；二，旧"人材"落伍的成千累万，专会卖身当军阀猪仔，——若要勉强，像不识外国银行支票上的"蟹行文"的董康，自然只配挨打。（此两种现象还有许多极重要的原因，此处只谈技术上的。）前一班"有用的人"，外国化得厉害，心肝脾腑都浸在"欧风美雨"里，对内可以居奇，对外只配舐痔；自然他们讲不到什么文化，除非可算是几百年前秦桧式的"古文化"。后一班"无用的人"，寄生虫的生涯堕落到不堪，偏要张口纲常闭口道德，自觉无所依傍摇摇欲堕，处世忧惧不宁神魂颠倒；自然他们最高尚的不过“白衣草履拜西陵”（康有为），或是扶乩请仙于同善社等类的把戏，这就是“合于伦理，注重人生的东方文化”！老实说来，不论“人材”的新旧，这类家伙对于中国平民，真正的无用，同样的无用……他们对于中国社会的价值，真正没有，同样的没有。有这样无用的人，所以有这样的东方“文化”！

二　二十世纪的绝妙好辞

《新大学》，筑山先生著，秋白传。（原本白文见1923年《东方杂志》第二十卷第四期，题作《实际政治之一面谈》；秋白传其本名曰《新大学》，后因投时宜，乃擅改其名曰：《中国之奸雄哲学》。）

> 曷言乎治？治道多矣：最要者曰治己；最要者曰治贤；己治矣，贤亦治矣；而后曰治众；曰治军；曰治制。
>
> 曷言乎治己？治己之道：有内治焉，有外治焉。内焉者曰治心；外焉者曰治身。治心者，日扩个人心理之微，与国家世界宇宙六合同其大而已矣。夫然！故能视天下之寒犹己寒，视天下之饥犹己饥；夫然！故能大盖天下，信盖天下，仁盖天下，恩权盖天下。夫是之谓内治而外效。治身者，日节天下万人无穷之欲，与个人自身供奉绝其缘而已矣。夫然！故能富贵不能淫，贫贱不能移，威武不能屈；夫然！故能无得失，无利害，无死生，无贪恋，无罣碍，大无畏，大自由。夫是之谓外治而内定。外治而内定者，得外生活之道也。——外生活之道，苟日小，日日小，又日小，以至于无顶踵，无毫发；而何权利之可争！何地位之足校乎！内治而外效者，得内生活之道也。——内生活之道，苟日

大，日日大，又日大，以至于位天地育万物；而何民之 不包！何物之不与乎！此治己之道也；此合内外之道也；此为政者所当视为盘铭者也，己不治者，勿妄言治人。

右经一章。传曰：此之谓“己”，先生未明言也。其将以干当代之霸主（如曹保府吴洛阳者），抑夫子之自道？——不可知也，盖失其传矣。然言“为政者”当以为盘铭，则非言蚩蚩之氓，固已显然。况先生之言“治贤”，必曰“天下英雄尽入吾彀矣”，盖以成此一己者之大；先生之言“治众”，必曰“安民可以行义，危民易与为非，当节众欲而安众心”，盖以固此一己者之信；先生之言“治军”且及于“国民军制”，盖以保此一己者之权，先生之言“治制”，且及于“经济的立宪”，盖以市此一己者之恩；——凡此皆以行此一己者之仁也。故先生曰“最要治己”。无一己之仁，无以治贤，何论于众。先生之论政，至矣尽矣，众之不能自治，——共和民主社会运动之不能横行于当世时，先生之学说，与有功焉。右传之一章。

三　世界的结局

英国文学家威尔思（H.G.Wells）说：“下次如再有大战，将使世界文明扫荡无余。……一个炸弹可以扫尽一小城市之居民。而许多人还是眼光不出自己之鼻，以为欲免空中袭击，惟有自己亦在空中获得强固地位，故力倡组织较大航队之说，此种见解实属可哂。”诚然不错，英国的黩武家真是鼠目寸光。然而中国的“教育家”——如傅运森等，却简直是瞎子。他在初级中学历史教科书里说：“只要工人和资本家彼此谅解，互相协调，这劳工问题总不会没有着落了。”所以世界革命用不着。若是现代世界的劳工问题除世界革命外，还能别有解决方法，也就不至于有威尔思说的第二次大战了。哼，傅运森！你的老辈，真正老牌的资产阶级一等政治家劳雷乔治，比你聪明多了，你虽博雅，且听他道来：

“欧洲已入第二次大战的危险。最近英国致俄的恐吓通牒，法国波兰间之军事外交同盟，波罗的海诸国之秘密防御同盟，法比拒绝德国之文牒，洛桑会议上苏俄代表复洛夫斯基(Vorovsky)之被刺，——虽然表面上各不相关，而实际上是政治生活连环不断的巨流之相衔相接的波痕——如长练连环，终于死结，不可解脱。除非用马基敦的老法子——一刀两断。”真没有出路，——“现时外交家尽在那里结上打结，而实在不是解结；势必至于重见战祸……战争之起点表面上或极简单，然而欧洲遇此第二次大战，非绝对覆灭即重新宇宙，现在的欧洲实际上可以分出两边：——一是守旧的国家，如英意法为之领袖，力求保存资本主义的制度；二是革命的国家，俄国乃为之领袖，德土近东各国随之，带着新的社会政治的倾向。这两边互相切齿仇视。一方面准备着大攻击，一方面也准备着死守。假使有人以为新战争还是像上一次一样的性质，那简直谬不可言。他们不知道，第二次世界大战，这双方的争斗，必是阶级战争的性质。无论怎么样，这是共产党所唱《国际歌》里的所谓‘最后的决死争’，——欧洲外交家，尤其是英国的外交家，应当多多注意。”（见伦敦5月17日“Out-look”报）

世界的结局正在于劳工国家，——劳工阶级的得胜；无论你用文学家的描写天才来恐吓劝告；无论你编到教科书里去愚惑青年，无论你忠告外交家谨慎小心，一总之，无论怎么样，这样的世界结局是避免不掉的！

1923年8月14日

四　康有为与许斯，梁启超与芳泽

康有为给美国国务卿许斯一封信，“代表”中国说：“望卒此大惠，仍持行华府会议，吾四万万人永受其赐。”他前面还颂扬美国的“无兵共和”，不知道菲列滨军港筑了做什么的？——他说，“中国若行共和必内争大乱，”不知道，十二年来并没有行过丝毫共和，何以乱到如此？宣统复辟何以又引起南北大乱？中国人让这种荒谬绝伦的老昏蛋复辟妖孽，也来张口“吾四万万人”，闭口“吾四万万人”，真是共和的中国之奇耻大辱。

梁启超在日公使馆芳泽大人前演说：“……日本政府今以文化为重，以赔款经营此事，非唯对中国之贡献，非唯对东方文化之贡献，亦对全世界文化……启超谨代表吾国人敬致谢忱，并祝吾东方文化从此大大发展。”美国的庚子赔款买来好几个顾维钧等的卖国贼；日本的却又想买“东方文化”。其实日本买曹章陆的身价，恐怕比这“东方文化”的代价还多些呢。他所谓东方文化是什么？“第一思想部，……第二文献部，……第三自然科学部，……地质，博物诸科，以吾国地大物博，大有发展之余地。”哼！原来东亚的地皮泥土瓦砾以至于动植物都沾了他这东方文化的光。真是“羯鼓四挝，万花齐落”！这种魂游墟墓的“学者”不但要代表“吾国”，还要代表“东方文化”，辱没煞人。

实际上这些都不是什么“东方”文化，而是普通的科学材料而已。我倒有真正的东方文化在此。就是：——这两位难师难弟，很可以装入“东方文化陈列馆”玻璃柜里，与他们二十五年前所反对的小脚及辫子媲美。

1923年8月14日

五　德谟克拉西的法兰西

上海法租界一个饭馆里，全国学生联合会要请各界吃饭。饭馆里忽然回复：“奉捕房谕，——人多，不许在一间房子里同吃，应当分开。”原来这就是那所谓“德谟克拉西”的解释！

1923年8月14日

六　好容易！

江浙要打仗了。不少“社”“会”“省议会”“教育会”“商会”循例打了无量数的“维持治安”的哀求电报，——便宜了新闻记者，拿去填填报上的空白。这种“维持治安”，已经十二年来哀求着不少军阀来就地“镇守”“督理”“巡阅”。成绩好极了！真像贞洁女儿求强盗保护，反而任其奸宿。好容易！《申报》上到这一次才露出一篇“特约的”时论，说穿了这层“实在奥妙不可思议的”事理。然而已经十二年了！中国的平民啊，你若懂得了，再进一步的办理，大家细心想想罢——辛亥以来，革命军，义军，民团，乡团，商团，解散过多少次，缴械过多少次，都是“为着治安”，你们现在“安得很呢”！

1923年8月14日

七　中国的花车和美国的公使

日本大地震，国内亦许有人暗中的幸灾乐祸。不要快活了！满蒙的利益还轮不到你痴聋的阿家翁呢。俄国苏维埃政府代表嘉拉罕到中国要想诚诚恳恳归回中东路。谁知道美国“大王政府”立刻密令驻华公使舒尔曼到中东路去观察，暗中加速收买中东路股票，——美国对于远东，本来就要竭力全吞中国，整个儿的装到他的钱袋里去；然而他意想中的势力范围也是要的；满蒙便是他和日本的争点，他怎能不注意？于是他坐着花车去了。蒙古民族应当独立，而王正廷说这是“我”的，要求俄国“还出来”，他并且对人说，“那时我就可以办汽车公司，垦牧公司，皮货公司……”人家问他，中国政府哪里来的本钱呢？“喂！美国人借给我们呢！”于是舒尔曼坐着花车赶回北京，“监视”中俄外交，立刻就郑重的训令王正廷：“美国因为什么什么不承认苏俄……”……应当有“条件”。哼！美国在远东的阴谋，对于中俄外交的阴谋，国人务必要注意呵！

八　这也是“国学”

年来中国整理国故风气居然日盛一日，总算是好现象。北京大学出了一种《国学季刊》，英文题作："The Journal of Sinological Studies"原来"La Sinologie"译做"国家"，倒也没有什么。其实按照拉丁语根"Sino"不如译做中国学，研究中国的一种学问。譬如中国以外的"第二号中国"现在已经露面了，——旧金山的新中国党亦自称"The Neo-Sinicist-Party"。他的"主义"竟成了"Neo-Sinicism"（新中国主义）。他们的主义如："不以法废人，不以人废法，中之至也"等类的"大中之道"确乎是"中国"的代表；假使照着"国学"的例译起来，他们便成了"新国党"和"新国主义"。这些"国学"和什么大中之道的"国主义"，固然都很能替拉丁字母增光辉，一居然能"名无能名"了！我们且不管他。可是"Sinologie"的广义的解释，却还有一种书籍亦可包括进去的，譬如《中国之矿业》，郭林斯著（Mineral Enterprise in China,by William F. Collins）。他书上开了不少英国外库（中国）的矿业调查和统计，并且说：因为清朝国势日衰，——由于 1864 年始完全扑灭的太平之乱，实在有时亦大足以打击清室；再则因为 1895 年的日本之战；更因为俄国取得权利于满洲，德国占领胶州湾；——所以大不列颠，恐怕大清帝国商业中心的区域里，亦被他国划出势力范围，遂于 1898 年 2 月 28 日与中国换文，而得保证："中国无论何时不以长江流域之土地让与任何国家，不论其让与之形式为出租，为抵押，或其他法律手续。"这几个"因为"和"所以"里面，亦大有国粹在内，——欧美列强之间的外交政策未必有此等因果律；再则亦没有"因为"俄国"国势日乱"（1917—1918 年），英国便敢和他订这类的条文。这确乎是国粹，是国学，国人至少也要分一部分人来研究研究！

九　小小一个罪恶

我初到北京的时候，约在今年一月里，那时有一个新进的立宪派（瞿世英），对我说："总要有一个宪法做个标准，大家再以顺违不同而争。"——似乎那时强暴者便可为"名正言顺"的人所征服。宪法是白纸黑字，一无用处！——请看曹锟已经上了总统台，三五天内乱七八糟的便可以将宪法通过了。还不是那部拟得"很好的"宪法吗？现在他的身价百倍了！我倒要看看这部宪法救国救民的效力。哼！立宪派呵，醒罢，不要装腔做势了。曹锟谕令通过的宪法大概是你们所期望的；曹锟当然还是你们所应当拥戴的。实在说来，曹锟被选和儿戏宪法都不过是小小的罪恶。大罪在于军阀实际上的柄政，——他不做总统，岂不是一样的做中国最高统治者？即使不是他，可又不是别的军阀？——而这种成就军阀柄政的罪恶，以辛亥革命前后的历史看来，你们立宪派（研究系等）也得分负不少责任呵！

小　言[①]

巡捕房的假证人

巡捕房横暴摧残了上海学生的身体自由，并且将他们交给会审公堂去审。“公堂”上的所谓证人，一个是工部局医院的华人陈某，一个是西教士韦士列特基。

我们要看清：两个证人都是工部局的，一个且是基督教的教士！那天目击惨状的中国人何止千百，但是没有一个跑得进去做证人！

我们要看清：这次外人大杀中国人，不是应当外国来裁判我们，却是应当我们去裁判外国人：所以我们非收回法权不可！

枪弹究竟应当从哪里进去?

现在会审公堂竭力伪造证据，要证明打伤打死的人，枪弹是由前面入的。难道这样便是以为外国人应当轰杀中国人的理由吗！枪弹由

① 这里的七则“小言”，都发表于1925年“五卅”高潮中出版的《热血日报》“小言”栏。

后面入，“公理”便算是中国人的；枪弹由前面入，“公理”便跑到了外国人那里去了。

于是外国人，中国人，大家都去求枪弹！枪弹却为难了：“我究竟应当从哪里进去呢？”

上帝呢还是财产？

基督徒虽然对这次南京路惨剧，说几句“愤慨”的话，据吴兴教会信徒通电，原来为的只是“体上帝好生之德”。可是他们忘财产神圣的天经地义。牧师魏斯美在会审公堂证人席上说得好：“我若以教士身分言，则不应开枪；我若以警官及法律家之身分言，则必须开枪；以便保护财产。”究竟是上帝还是财产？究竟是好生之德还是财产神圣？——事实上基督教徒的英美商团、西捕，枪是开了不少次；是否还是财产神圣是基督教的信条。

贼的伎俩

贼在戏院里偷东西，被人捉住了，贼党忽生急智，狂叫：“火着了，火着了！”于是大家哄哄的乱跑；拥挤之中，那贼就逃跑了。英国、日本、美国人杀了人，大叫其“赤化”“过激”，也算得个聪明贼。

更可怕的十秒钟

西捕在南京路开枪前十秒钟曾经下过一次警告。

总商会宴蔡督办郑省长，商量修改工商学联合会的十三条要求，使其“减低不少”；在这一宴会上，照相的时候，大家也静默了十秒钟。蔡督办说：“愿诸君永远勿忘此十秒钟！”（《新闻报》）

前一十秒钟是同胞流血的纪念。

后一十秒钟呢？是总商会和官僚减低上海市民要求的纪念！

要求条件就从这十秒钟起减低了一次；以后提到外国人那里去，还有几个这样的十秒钟呢？

老实说，再有几个这样的十秒钟，这十三条要求就可以完全消灭，丝毫不剩了。难怪蔡督办教我们不要忘了！

可爱的梁启超

梁启超等曾经发表了一篇英文宣言，哀求外人谅解“公理”“人道”；说：“我们也不愿意中国人单因为在中国的外国人享特别权利而反对他们。”昨天《时事新报》忽然登出梁启超的中文“宣言”，中间讲什么“作战计划”，说什么“我们现在与强敌相持，完全在和平的战争之状态中”。

如果拿英文稿和中文稿对一对，简直是牛头不对马嘴。原来“那篇（英文）宣言是给外国人看的，有许多话不便说”！可爱的梁启超！你见什么人说什么话，我的乖乖，你实在讨欢喜。足见你不是初出茅庐的清倌人，却是老于世故的混倌人。难怪外国报这样称赞你，中国人也……（？）

大家都卖气力了

“五卅”，西捕在上海南京路屠杀中国人之后，一班刽子手都手痒起来了。

萧耀南下令说：“损害外人之生命财产者格死勿论。”

赵恒惕出告示严拿过激党。

奉天警厅长陶学潜禁止游行，焚毁旗帜；教育厅长齐彦树说：“这是丢学界的脸，被人利用，实行暴动。”

帝国主义的忠臣，实在不少呵！

寸　铁①

两副面孔一个公式

我们记得，仿佛孙传芳将要“秋操”的时候，发过几个反对强迫上海工人复工等类的电报；萧耀南在“五卅”时居然定过所谓“人权保障条例”；吴佩孚“出山”时也曾反对过关税会议。这班人在那种时候甚至提及过废除不平等条约。现在湖北襄阳县居然枪毙学生，拘捕武汉学生代表等29人，因为他们反对日本出兵。孙传芳在上海杀了刘华之后，差不多每天有几个禁止集会严惩罢工等类的布告命令；昨天竟公然布告禁止爱国运动，说甚么“对外则国权约章必须兼顾，对内则布告法律尤应恪遵！”想必日本助奉和暗杀刘华，都是根据这个天经地义的了。这副面孔，现在拿出来，实在是投降奉天的条件；当初那副假面孔，原来是骗骗人的。这些军阀，你们莫说他们矛盾，“两副面孔”本是他们一致的公式。

① 这三则小品均发表于1926年《向导》周报“寸铁”栏。

大家谢了大家

1月13日中日商人的有名人物，虞洽卿和长林雄吉之流置酒高宴于上海的小有天。一个说：“日商广井君向主中日亲善，五卅之役……顾念工艰酌加工资，鄙人又深感谢。”一个说：“虞方两君……五卅之役使绝大风波，消于无形；日纱厂迭次风潮，均赖两君调解，实甚感谢。”（1月15日上海《商报》）一问一答，煞是好看。同兴工人为争履行复工条件，争增加工资而被殴致死的事，才过了两三个星期，他们的血还尽着滴向你们的酒杯呢，这个滋味怎样？

都是犯了圣讳

上海最近有个五卅袜厂，巡捕房因为这个厂名有些刺目，竟敕令改名。五卅厂主回答已经很妙，据说并不是五月卅日，却是五个股东同做卅岁的高寿；哪知会审公堂英副领事的判语，尤其来得妙：“该厂五卅二字，易于引起中英恶感，自以改名为宜，然公堂并非谓五卅为犯法，然为息事宁人计，劝其易换名称。”

杨树浦农工俱乐部，最近听说也被封了，据说是过激派机关，还有什么过激书报；其实恐怕又是“农工”两字有些刺目。总之这都是犯了帝国主义的圣讳！不是犯法，却是犯讳呵。

新古董

——一篇“散文”

最近偶然在旧书摊上发现一件新古董：这是一本小书[①]，已经霉烂破碎得不成其为一本书了。书上的字迹有许多已经糊涂得看不清楚，有许多已经被蛀虫吃掉了。书还是1927年4月付印的，但是，事情仿佛像隔了一个世纪。虽然是新的，可是始终是古董了。中国的五年——1927年到1932年——抵得一世纪，这种新古董想必还多着呢。这里，我们只因为那书上的一篇序，似乎还是篇过得去的散文，读起来怪有趣的，所以把它钞在下面，当作《乱弹》的附录。可惜这篇序的作者的姓名，还没有考据出来，等国故学家去调查罢。

> 匪徒，痞子，流氓，惰农，虚无党……——这些都是反动的绅士谩骂农民协会的称号。但是，真正解放中国的，却正是这些“匪徒”……。湖南乡村里许多土豪劣绅讼棍官僚的封建政权，已经被这些“匪徒”打得落花流水。正是这些“匪徒”现在在那里创造平民的民权政治；正是全国的“匪徒”才能够真正为着民族利益而奋斗，彻底的推翻帝国主义，有“人”说他们是过火了，但是，这是不是人话呢？至少，这也是反革命派的话。

① 一本小书，指毛泽东的《湖南农民运动考察报告》，1927年4月汉口长江书店以《湖南农民革命》书名出版。

中国有句俗话，叫做“成则为王，败则为寇”。谁是寇呢？都是失业贫困而暴动的农民。谁是王呢？都是利用暴动的农民而得胜的“土匪头儿”。中国的老牌国货，本来就是土匪和官僚。官僚总是地主土豪的代表，而土匪其实是革命党。当然，这些官僚原本是成则为王的土匪头儿的奴才。土匪头儿没有得志的时候，总是和失业破产的平民称兄道弟；等到他得志了，他就雇用收买许多士大夫官僚来统治平民，他就又成了地主阶级的代表。

如今的世界可不同了。西洋外国的世界革命起来了，先把俄国的“土豪头儿”、“巨腹贾”的代表，所谓“察尔”（Tsar）[①]也者，和大资本家，一箍脑都推翻了。这是谁做成功的事？是工人，是无产阶级领导的革命呵。中国也不止只有农民了，中国也有了工人。

中国的无产阶级也起来了，他们在城市之中的斗争，足以领导几万万几千万的农民群众。中国的农民群众，从今以后渐渐的要摆脱土匪头儿的利用，他们现在有了新的领袖——工人。这个新的领袖，现在和他们有共同的利益，将来还要领导他们去创造新式的社会，连他们自己都想不到的那样好的社会。这个新的领袖是最彻底的最革命的，一定要领导他们革命到底，决不会像土匪头儿似的，事成了自己又要做皇帝。

请看现在湖南的农民，因为有了新的领导，已经事实上能够力争自己的平民的政权。他们打倒军阀，省长，知县大老爷，都团团总，土豪劣绅的政治机关。他们打倒玉皇大帝，元始天尊，天下都城隍，城隍老爷，土地菩萨，五圣神，大狐仙的神权。他们打倒宗祠，族长，宗长，房长，叔，舅，爷的族权。而她们也打倒

① Tsar，英语，“察尔”系音译，即沙皇。

父夫舅姑的男权。他们用自己的力量解脱自己的桎梏。他们要把压迫者剥削者，个个去明正典刑。这些龌龊万分的家伙，都要他们自己起来，才能够扫除干净。难道这是过火么，这是过分么？自然，湖南农民的解放，是得着××革命军[①]的帮助的。但是，真正在战场拼命的××革命军的兵士，也都是贫苦的农民呵！

农民打倒官权，神权，族权，男权，是为着什么？是为着要创造自己的民权。可是，一切绅士，不论新的旧的，挂徽章的还是不挂徽章，都想反对民众的新的政权。因此，农民就在“打倒劣绅”的口号底下，加上一句注解，叫做“无绅不劣”！他们农民协会的群众要参加县政，要主持乡民会议的运动；民众自己开始管理国家大事，什么打官司交钱粮减租阻谷办学堂兴水利……都要自己来管。他们要自己经营自己的生活。他们不要一切绅士的政权。

然而农民要政权，不是要来当洋囡囡玩的。他们要政权，是要用来保障自己的土地。而一切地主土豪都要想继续霸占土地，有些特别为着这个目的，挂起一个反吴佩孚的徽章。因此，农民自己就在“打倒土豪”的口号底下，也加上一句注解，叫做“有土皆豪”！农民固然需要国家，可是他们只需要自己的国家，就是工人农民等劳动民众作主的国家。他们对于这种国家，是愿意纳税的。这种国家却不许土豪绅士私有田地。农民只知道自己耕田的收成，可以分出一部分给自己的国家，其余的一概不管。他们要做到“率土之滨莫非农土”。

所以平民的民权，为的是要使中国境内没有一个农民纳什么地主的田租：农民只租国家的田，不能够承认“不自耕作而坐收

① “××革命军”，本篇印入《湖南农民革命》时，作“国民革命军”。

田租”的人。这叫做土地国有。农民自己耕三亩田，就享用这三亩，耕五亩就享用五亩，——这些田地只属于国家，这些田地的享用都归耕田的人，不能够归地主。这就叫做耕地农有。

中国，农民要的政权，是土地。因为他们要这些应得的东西，就说他们是“匪徒”。这种话是什么人的话？这不但是反革命，简直不是人话！中国的工人都对农民说：我们完全赞成你们，你们跟我们来，同动手干罢。

农民要政权和土地，一定要自动手，一动手自然要侵犯神圣的绅士先生和私有财产。他们要解放，他们实在“无份可过”。他们要是不过份，要是不过火，就只有死，只有受剥削！

中国农民都要动手了，湖南……不过开始罢了。

×××……（原文有三行看不清）①

×××②

1927年4月11日，夜二时汉口

---

① 这三行印入《湖南农民革命》时为：“中国革命家都要代表三万万九千万农民说话做事，到战线去奋斗，毛泽东不过开始罢了。中国的革命者个个都应当读一读毛泽东这本书，和读彭湃的《海丰农民运动》一样。”

② ×××，本篇印入《湖南农民革命》时作瞿秋白。

狗样的英雄

中国的绅商，中国“孔孙道统”的忠实信徒，不是说和平是中国的民族性么？！然而社会斗争太剧烈了，短兵相接的阵势太紧张了。这种和平主义的假面具是不能够不揭穿的了。因此，战争变成了民族性。看是什么样的战争？

现在，帝国主义的列强和中国各地方各派各系的绅商需要战争，需要势力范围，也就是抢夺民众膏血的剧烈斗争。现在，中国的红白战争一天天的剧烈，所谓剿匪更是中国天字第一号的要紧事情。而剿杀世界的匪头——尤其是中国绅商的太上皇的意旨，这就更需要杀人放火，更需要战争。“凡是必需的，都是合理的”，这是哲学家的话头。文学家就是说：“凡是必需的，都是神圣的。”这样的神圣战争就要有狗样的英雄。

因此，中国绅商就定做一批鼓吹战争的小说，定做一种鼓吹杀人放火的文学。这叫做民族主义的文学。读者先生听见我这句话，也许会怀疑：“怎么！杀人放火……？”哼！绅商所要杀的并不是“人”，而是奴隶，牛马，并不是“中国民族”，而是别一个民族。请你放心好了。

每天晚上站在那闪烁的群星之下，手里执着马枪，耳中听着虫鸣，四周飞动着无数的蚊子，样样都使人想到法国“客军”在菲洲沙漠里与阿剌伯人斗争流血的生活。

（《前锋》第五期：《陇海线上》）

这真是神来之笔！中国“中央”政府的军队驻扎在陇海线上，居然和法国殖民家（Colonisateur）的“客军”驻扎在非洲——有如此之相同的情调。这是不打自招的供状。他们自己认为是“客军”，而把民众当做野蛮的阿拉伯人看待。这是的确的事实。他要杀的正是这些“阿拉伯人”。他们所以和冯玉祥阎锡山打仗的缘故，也在于争这一口气：“究竟是你们来杀，还是我们来杀。”因此，打胜了冯阎之后，这支民族主义的军队立刻就去打猎了。打什么猎呢？——就是把战场附近的小百姓当做野兽，而去打他们了。于是乎“人”和“野兽”这两种民族之间的战争就开始了。请看民族主义文学家自己的描写：

一方面是所谓阿拉伯人，“这里老百姓们的脸上都罩着一层阴恶的表示，屡次杀气腾腾地偷望着我，他们这些人真可怜，什么都不晓得……老百姓对于屠杀焚烧奸淫掳掠的故事。都已经看得不要看，一望见穿上制服的人，就发生同仇敌忾之心，马上想动手收拾掉他。……他们对于国家没有丝毫的了解，尤其是看见了中央军也发生厌恶之心。”

这是一个民族。

别方面是所谓中央军，雇用着德国的凶哥儿（Junker）顾问，豢养着白俄的哥什哈（Cossack）。这样的七个人驻扎在村落里：“这自命为英雄的七个人就是（一）巴格罗夫（前两天吃醉酒跛了腿），（二）任林（拿一把无用的好刀，据他说可以威吓），（三）庄克明，（四）

张维新，（五）罗敏（十七岁的孩子），（六）驾雀罗夫，（七）我自己。”

这是另外一个民族，——中国的“黄埔少年”，保镖世家，俄国的哥什哈，德国的凶哥儿混合组成的一种民族——所谓国族。

这两个民族之间发生战争了；说得清楚些，是国族的猎狗去巡逻“野兽”了：

> 七人的远征队全副武装的到四围的村落里去巡逻一周……走到一个很好的村落之前，我发了“散开”的口令，大家马上构成一条散兵线，向村落搜索进去。这天晚上7点钟的时候，我们才狼狈不堪地回来。罗敏已经战死了。张维新的屁股上中了枪，我的帽子丢在一个坟场里。……失败本是意中之事，世界上又安有以七人的实力继续去搜索三个村落的豪举？况且这三个村落的老百姓又是久欲得我等而甘心的土匪呢。

读者先生不要奇怪：七个良民和三村土匪——这土匪似乎太多了！其实，土匪的匪字已经不是《康熙字典》上那样的解释。现在的匪字是一个“民族”的名称。总之，这是七个人的中华国族和三个村落的“土匪民族”之间的战争。

这只是民族主义的战争文学里面的一个小小的插话。不过插话虽然小，却把民族主义文学的原身完全显露了出来。

至于民族主义的战争文学的正面题材，却是《陇海线上》的“为民族而战的尚武精神”。军阀混战之中，两方面都要自己说是“为民族而战”。民族主义的文学，不过在那些四六电报宣言布告之外，替军阀添一种欧化文艺的宣传品，去歌颂这种中世纪式的战争，叫几声“亲爱的同志”，唱几句“咨尔多士，为民前锋”，哼几声：

可是，朋友们——
你可闻过号筒的雄音？
你可闻过战马的悲壮？
在朔风凛烈的天然里，
你可听见前进的步伐声？
呜呼，先驱者呵！先驱者的心！

一点不错！你们是绅商地主高利贷资产阶级的杀人的号筒，你们的声音是多么雄壮，多么壮烈！中世纪式的战争是多么浪漫谛克呵！你们这些号筒想号召民众来帮助军阀混战，但是，他们却“久欲得你们而甘心”。因此，你们不能不狼狈不堪的逃回去了。

自然，民族主义的文学更加注重的是：鼓吹屠杀民众的剿匪战争了。首先出现的是剿杀“苏联红匪”的小说，叫做什么《国门之战》。这里，假造一些谣言，描写民族主义者杀老婆的本领。那又是多么英雄气概。神话化了的岳飞也拉进了剿匪战争，大声叫喊着“壮志饥餐胡虏肉，笑谈渴饮匈奴血”。这种吃人肉喝人血的精神，的确值得帝国主义者称赞：“好狗子，勇敢得很！”请看：

大家围着这六个间谍，旅副瞪大了眼睛望着，旁边还有几个高而且大的兵，手里拿着巨斧，旅副停了半天说：——我看再找一把刺刀来切切他们看，……不大工夫，两个老兵抬着一把俄国的喂马切刀放在地下，旅副下令将他们眼睛上的蒙布拿下来，叫他们也认识认识我们中国的手段怎样。我一看那几个间谍：三个俄国人，三个不知国籍的人，嘴里塞满了东西，眼睛露出很凶的神气，似乎他们很欢迎死。旅副叫我先收拾一个，我那时吃了点高粱酒，并且看见了仇人是很喜欢杀掉他们，我用了一把大斧，抡起来照着绑在屋里左边那个长黑头发的人太阳穴上就是一下，差不多砍到鼻梁上了。那个人的头上着了这一斧，太阳穴立刻陷落下去，斧刃的周围都成了白色，我把斧子拿下来，紫黑的血跟着就飞射出来，那人临死的哀鸣也就很小而短促的一叫就完了。不大工夫，我们这几个屠夫弄得血肉狼藉，一股血腥的气味，要不叫吃酒也就呕出来了。

不错，残杀俘虏，他们是会的。这里描写多么"动人"！杀的艺术实在高明。他们还会什么？还会涨着通红的脸，嘴里冒着白沫，慷慨激昂的口中念念有词道："你们不要懦怯，不要顾惜！……你们打倒了赤俄，你们到了莫斯科，前进！……前进！"

记得"五四"前一年鲁迅有一篇《狂人日记》发表。那狂人为什么发狂？只不过为着中国的礼教吃人。足见得那时候的人神经多么衰弱，为这点"小事"就气得发狂了。现在呢？现在吃人的不止是礼教，而老实不客气是真把人肉放在刀砧板上细细地剁，还要唱着新诗，歌颂一番这样英雄的事迹。可是，现在的"狂人"，他们也不是当年那么狂法了，他们不但"在脸上杀气腾腾的表示了"，而且……读者先生，请你等着新的《狂人日记》罢。

乱　弹（代序）

中国绅士的黄金时代，曾经有过自己的艺术。譬如“乾嘉之世”，或者更神秘些，“唐虞三代”。可是，要说咱们末世还记得“流风余韵”的，那还是说得近些罢。三代的“韶乐”，现在即使没有失传，至多也不过给吃租阶级的大魔王做做“配享”，例如上海第一名大市民哈同大出丧的时候，曾经用过“韶乐”；至于小市民，是轮不到的了。倒是三代而下的乾嘉之世的“昆曲”，却跑到了上海的无线电里。这一个中国的“国粹”居然也发扬而光大起来了。不但第一名市民，就是第五六名等等，也可以偶然的欣赏欣赏。

“市民（citizen）是所谓自由的公民，这是和“奴隶”对待的名称。中国现在，只有所谓“绅商”才配叫做市民。但是，绅商和绅士已经不同了。商与士一字之差，在时间上至少隔了一世纪。而昆曲却不是绅商的艺术，而正是绅士等级的艺术。这老老实实是中国旧式绅士等级的艺术，而不仅是地主阶级的艺术。固然，乾嘉之世的绅士之中已经搀杂了些盐商“驵侩”，——郑板桥之类的名士所瞧不起的；然而，他们始终也是盐官儿，至少也是类似于官的“准官儿”，他们也总要弄些身分，——例如，屁股可以不挨打，见官可以用大红名片的身分。总之，一定要加入那个绅士等级。当时，绅士等级的艺术，什么诗古文词，什么昆曲，都是和平民等级的艺术截然的分开的。昆曲原本是平民等级的歌曲里发展出来的。最早的元曲几乎都是“下流的俗话”。可是，到了乾嘉之世，昆曲里面，早就给贵族绅士的文人，填塞了一大堆一大堆牛屎似的“饾饤”进去！这还是戏台上的歌剧吗？对不起，先要问一问：这所谓戏台是个什么样的戏台？这已经绝对不是草台班的戏台！昆曲已经被贵族绅士霸占了去，成了绅士等级的艺术。

听罢！昆曲的声调是多么细腻，多么悠扬，多么转仄，多么深奥。其实，那样的猥琐，那样的低微，真像它的主人的身分。昆曲的唱工是要拗转了嗓子，分辨着声母介母韵母，咬准那平上去入，甚至于阴上阳上阴去阳去……中国的四方块的谜画似的汉字，在这里用尽了九牛二虎之力去束缚音乐和歌曲的发展，弄得简直不像活人嗓子里唱出来的东西。这的的确确是所谓“红氍毹上”的歌曲。在绅士的第宅——“状元及第”之第——里面有这么三开间或者五开间的花厅，一头铺上两丈开阔的红地毯，这就算戏台了。“戏台”前面三四步路的光景，就是听戏的大人老爷的座位，再后去十几步，二十步光景，是太太小姐“垂帘听曲”的地方。自然，这里可以听得清平上去入。而且唱昆曲的戏子，在当时还有许多和幕友一样，豢养在绅士的第宅或者衙门里面。他们本来和“倡优所畜”的文人清客是差不多的东西，同样是“主上所戏弄，流俗之所轻”的。这种昆曲，当然不是给公馆衙门之外的平民小百姓听的。现在，“治于人的小人”，要想在无线电的播音里去听清楚昆曲的平上去入，自然是牛听弹琴，一窍不通了。

“乾嘉以降”不久，昆曲的清歌曼舞的绮梦，给红巾长毛的“叛贼”捣乱了，给他们的喧天动地的鼙鼓震破了。是的！乾嘉之世和同光之世之间，夹着这么一段“可怕可恨”的回忆。不知怎么一来，在同光之世，我们就渐渐，渐渐的听着那昆曲的笙笛声离得远了，远了，一直到差不多听不见。而“不登大雅之堂的”乱弹——皮簧，居然登了大雅之堂。这本来是草台班上的东西。高高的戏台搭在旷场上，四周围是没遮拦的，不但锣鼓要喧天，而且歌曲也要直着嗓子叫，才敌得过台底下打架相骂的吵闹，也配得上“乱弹”的别名。满腿牛屎满背汗的奴隶们，仰着头张着嘴的看着台上。歌词文雅不得，也用不着文雅，因为禁不起那唱戏的直着嗓子一叫，叫到临了：不押韵的也押韵了，平仄不调的也就调了！这是，这曾经是别一个等级的艺术。当然是平民等级的了。

然而，统治阶级不但利用这种原始的艺术，来施行奴隶教育；他们还要采取这些平民艺术的自由的形式，去挽救自己艺术的没落。于是乎请乱弹登大雅之堂。可惜，没有出息的绅士，始终是没有出息的；俗不可耐的商人市侩，始终是俗不可耐的。因此，乱弹就在绅士等级蜕化出来的绅商阶级的手里，重新走上所谓“雅化”的道路。樊樊山制军，袁寒云世子，王晓籁先生，某某老板等等，都来“爱美”一下，说句直译的俗话，就是客串一下，串得个珠圆玉润满纸琳琅。不但如此，连唱皮簧的戏子，尤其是以“做女人为职业”的男戏子，都一个个“绅商化”起来，做了院长副院长的大官，例如梅兰芳老板，现在居然是美国文学博士梅兰芳梅大人了。

这样，皮簧的乱弹又被绅商阶级霸占了去，成了绅商阶级的艺术。

这世界上的一切，其实都是这样的！尤其是在中国——中国的绅商阶级虽然已经是现代式的阶级，却仍旧带着等级的气味。他们连自己大吹大擂鼓吹着的所谓白话，都会变成一种新文言，写出许多新式的诗古文词——所谓欧化的新文艺。中国的商人必须变成绅士，正因为中国绅士保存着绅士的身分而来做商人了。所以乱弹已经不乱，白话也应当不白，欧化应当等于贵族化。一切都要套上马勒口，不准乱来；一切都要分出等级：用文雅的规律表示绅士的尊严，用奴才主义的内容放进平民艺术里去，帮助束缚平民的愚民政策。

然而这个年头，总有一天什么都要“乱”。咱们“非绅士”的“乱”不但应当发展，而且要“乱”出个道理来。

于是乎，咱们不肖的下等人重新再乱弹起来，这虽然不是机关枪的乱弹，却至少是反抗束缚的乱谈。

史铁儿　1931年9月7日

吉诃德的时代

据说中国识字的人很少。然而咱们没有统计过，如果说中国的识字人只有一万，或者两万，大概你总要摇头罢？可是，事实上所谓新文学——以及“五四式”的一切种种新体白话书，至多的充其量的销路只有两万。例外是很少的。

其余的“读者社会”在读些什么？如果这一两万人的小团体——在这四万万的人海之中，还把其余的人当人看待的话，我们就不能够不说中国还在吉诃德的时代。“中国”！——我是说那极大的大多数人的中国，与欧化的“文学青年”无关。

欧洲的中世纪，充满了西洋武士道的文学。中国的中世纪，也就充满着国术的武侠小说。中国人的脑筋里是剑仙在统治着。西班牙中世纪末的西万谛斯写了一部《董吉诃德传》，把西洋武士道笑尽了。中国的西万谛斯难道还在摇篮里？！或者没有进娘胎？！

不错，中国的《水浒》是一部名贵的文学典籍。但是，恐怕就一部罢。模仿《水浒》的可以有一万部，然而模仿到什么地方去了呢？草泽的英雄，结果不是做皇帝，至多也不过劫富济贫罢了。梦想着青天大老爷的青天白日主义者，甚至于把这种强盗当做青天大老爷，当做救苦救难观世音菩萨。我们可以想得到：是有那种“过屠门而大嚼”的人！——这个年头，这个世界，不但贪官污吏豪强绅商要多少有多少，而且，怨恨的对象又新添了贪工头，污那摩温，大小买办，党国新贵。——恨得真正切齿，你可以看见他们眼睛的凶光，可以看见他们紧张的神经在那里抖动，你可以看见他们吃烧饼的时候咬得特别起劲，这是他们在咬“仇人”的心肝，刚刚他们脑筋里的剑仙替他们杀死了挖出来的。然而，既然这样恨那些贪官污吏，以及新式的贪什么？污什么的，那么，他们要干什么，他们打算怎么干？他们吗？相信武侠的他们是各不相问的，各不相顾的。虽然他们是很多，可是多得像沙尘一样，每一粒都是分离的，这不仅是一盘的散沙，而且是一片戈壁沙漠似的散沙。他们各自等待着英雄，他们各自坐着，垂下了一双手。为什么？因为：“济贫自有飞仙剑，尔且安心做奴才。”“欲知后事如何”？那么“请听来生分解”罢。

至于那些十五六岁的小孩子，偷偷的跑到峨嵋山五台山去学道修仙炼剑，——这样的事，最近一年来单是报纸上登出来的，就有六七次，——这已经算是有志气的好汉，总算不在等待英雄，而是自己想做英雄了。究竟想做的和等待的是些什么样的英雄？那你不用问，请自己去想一想：这些英雄所侍候的主人，例如包公，彭公，施公之类，是些什么样的人物，——那么，英雄的本身也就可想而知的了。英雄所侍候的主人，充其量只是一个青天大老爷，英雄的本身又会高明到什么地方去呢？

武侠小说连环图画满天飞的中国里面，那中国的西万谛斯……还是在摇篮里呢，还是没有进娘胎？！不是的，这些西万谛斯根本就不把几万万“欧化之外的读者”当人看待。你或者要说：这几万万人差不多都不读书。那么，我反问你一句：你看不看见小茶馆里有人在听书？

1931 年 9 月 8 日

世纪末的悲哀

时代也是有主人的。对于有些人这是世纪末；对于另外一些人这也许是世纪初——黄金时代的开始呢。然而，黄金时代虽然不远，却不是这么容易达到的。这要经过血污池，奈河桥，刀山，油锅，以及……一切种种这类的东西。这条路上——到黄金时代的路上，究竟是悲哀，是痛苦，是兴奋，是快乐，是痛快？这都是又当别论，不在乱谈之列。

只说世纪末的人们的确充满着悲哀，实在可怜！

世纪末的人原本是都有"怕血症"的，一见着这么几点儿血渍，他就战栗着，痉挛着……吓得个半死不活。呵！神经衰弱的时代呵！但是，神经衰弱的人之中，有些因为得病的病根来得特别，他们会一跳起来"放下屠刀立地成佛"，突然变成空前的，而且一定绝后的勇敢。怕血症会变成渴血症。天在旋转着，地在震荡着，洪水泛滥着，火山爆裂着，牛马怒吼着……这是什么？是世界的末日到了？驾驭这个世界的上帝，就雇用那些神经衰弱而又勇敢得空前绝后的人，来支持这个世界。也许正因为受着上帝的雇用，所以变得这么勇敢。他们张大了吃人的血口，他们实在口渴得很，他们专门要吃奴隶牛马的血，他们想把黄河扬子江似的血都喝干净。他们正在哼哈着，叱咤着，叫喊着，要叫出古代的英雄，要叫出三代的道统，要叫出民族的精魂，来救命，来……叫着的是："天下孰能一之？曰：唯有嗜杀人者能一之！”这样的叫喊，真像黑夜里小孩子的叫喊，越是叫得响，越是因为他们的胆怯，这是自欺欺人的叫喊，不过想要掩饰自己的害怕，盖住内心的悲哀，世纪末的悲哀。这是悲哀得发狂了。

同时，世纪末的人们之中，有些却很忠实于自己的怕血症。他们像兔子一样的“聪明”：把自己的头和美丽的血红的眼睛，躲在自己的脚爪底下，就自以为别人不看见它了，因为它看不见别人了。他们死也不肯走出“象牙之塔”，也许走出了“象牙之塔”，又走进了“水晶之宫”。象牙塔和水晶宫还不是一样的建筑在血肉模糊的骷髅场上？但是你不知道，在象牙塔和水晶宫的里面，始终是别有天地非人间的。这里有肉感，有爱神，有……这里是多么清闲，又多么孤寂，这里多么潇洒，又多么怅惘！即使不幸谪出了象牙塔和水晶宫，也还会吹萧吴市，做个风雅乞丐。一样可以有牢骚，有落拓……等等的诗境和灵感。所有这些上帝御选的人们，总不免要口中念念有词，哼哼唧唧。这是些什么神秘的咒语，还是白天说梦话？不是的。这是仙人传授的口诀，念着可以解救世界末日的劫数。如果奴隶牛马也会这样高尚，也会学着哼哼唧唧，那么，天下的一切怨气都可以宣泄净尽，再也不会有什么天崩地陷的灾祸。是的，这并不是无病的呻吟。病就在于世纪末，病就在于世纪末的悲哀，那是衷心不可救药的无穷无尽的悲哀。这也是悲哀得发狂了。

发狂的病是有好些种，上面讲的，就是武痴和文痴的分别。如果豺狼猫狗的万牲园看厌了的话，那么，不妨看看这文痴武痴的疯人院，倒也怪有趣的。

1931 年 9 月 10 日

水陆道场

民族的灵魂

黄昏之后。新月[1]已经上来了，连无限好的夕阳都已经落山了。只有阴森森的鬼气。大门口的石狮子[2]都皱着眉头，它们的真正厚到万分的脸皮上淌着冰冷的眼泪。

昏暗的黑魆魆的大门口，先发现两星红火，——这是两枝香；跟着，一盏灯笼出现了，灯笼的火光是那么摇荡着，禁不起风似的缩头缩脑，可是，因为周围是乌黑的，所以还勉强看得出那油纸灯笼上印着的三个红字：“× 国府”。[3]

听罢：那些打着灯笼捧着香的人一递一声的叫应着：

“阿狗！回来罢！阿狗，……快快儿的回来……罢！”

“回来了！回……来了！”

这是读者先生家乡的一种……一种什么呢？—— 一种“宗教仪式”。据说，人病了，是他的灵魂儿落掉了，落在街上，甚至于落在荒山野地。所以要这样叫他，而且还要有一个人装着病人的灵魂答应

---

① 借指新月派。

② 借指被称为“醒狮派”的国家主义派。

③ 借用《红楼梦》中的“宁国府”，指国民党政府。

着。又据说，这样一叫一应，病人的病就会好的。这种宗教仪式，叫做叫魂。自然，这种叫魂的公式，不一定是阿狗可以用，阿猫也可以用，阿牛阿马都可以用。

听说所谓民族也有灵魂。因此很自然的，这位民族先生生了病，也非得实行叫魂不可。

民族先生的病的确不轻。读者先生的贵处有一种传说，说阴间有刀山，有油锅，有奈何桥，有血污池；甚至于人的“生魂”也会到这种精致而巧妙的地狱里去受罪。譬如说，阴间的阎王把你用一只钩子吊住脊骨挂在梁上，那你在阳间就要“疽发背死”。现在这位民族先生的“生魂”，大概是被某一殿的阎王割掉了一只手臂。他在哀求着其他的九殿阎王救命；可是，这些阎王也正在准备着刀锯斧钺，油锅炮烙，大家商量着怎样来瓜分脔割。因此，民族先生的病状就来得个格外奇特。

于是乎叫魂也就不能够不格外奇特的去叫。听着：七张八嘴一声叫两声应的，把千年百代的十八代祖宗的魂能叫了出来，把半死不活的行尸走肉的魂也叫了出来，甚至于把洪水以前的猢狲精的魂也叫了出来。什么岳飞、诸葛亮、曾国藩、吴大澂、邓世昌等……这些千奇百怪的魂，据说，都是民族的灵魂；又据说，这些灵魂叫回来之后，民族的病就会好的。

民族的灵魂，——就是民族的意识。这民族的意识是什么？民族先生的生魂马占山回答得最清楚：

> 奴耕婢织各有专职，
> 保国御侮责在军人。

换句话说，叫醒民族的灵魂是为着巩固奴婢制度。的的确确不错，如果我们把上面所叫的那些灵魂审查一下，那一批不是为着拥护奴婢制度而斗争的！？好个“伟大的”岳武穆，他死了还会显圣，叫牛皋等不准抵抗秦桧，不准犯上作乱，他自己宁可遵守无抵抗主义的十二道金牌，把中国的领土让给金国，而不肯违背奴隶主的命令（见《岳传》）。现在抵抗不抵抗日本阎王的问题，不过是一个“把中国小百姓送给日本做奴婢，还是留着他们做自己的奴婢”的问题。其实，中国小百姓做“自己人”的奴婢，也还是英美法德日等等的奴婢的奴婢，因为“自己人”的岳武穆之流原本是那么奴隶性的。岳武穆之流的灵魂和精神就在于要想保持他们的“一人之下，万人之上”的地位。这种灵魂和精神，必须叫回来：

“岳武穆……回来罢！”

“回来了！”

流氓尼德[①]

欧洲资产阶级的老祖宗是海盗出身。那时候他们的所谓做生意，老实说，实在是很浪漫谛克的：一只手拿着算盘，一只手拿着宝剑，

① 流氓尼德——是 Linmanité 的译音。欧洲 human 这个字根是“人”的意思，加上一个 ité 的字尾，变成 humanité——虞芒尼德，就是“人类，人道，人性”等等的意思。这个字尾表示一种抽象的集合的属性的，意义的确来得巧妙。依照这个办法，新仓颉就造成了这样一个新的字眼“流氓尼德”，意思是流氓种，流氓性，流氓精神，流氓手段，流氓主义，流氓党，流氓学说，流氓制度，还有流氓路数，—— a type of liuman，都包括得了。

〔疏〕据国故学的说法却不是这样。郑康成的丫头曰：“流氓尼德”明明四字，并非一个字眼。流氓尼德之尼，仲尼之尼也；德，德行之德也。是犹曰：“氓虽流而有仲尼之德也。故流氓——继承尧舜禹汤文武周公孔子……之道统者也。——作者原注。

做生意做到哪里，也就是抢到哪里。东印度公司……鸦片战争等等已经是大规模的海盗队了。后来，他们一天天的肥胖起来，大家要搭绅士架子，于是乎有所谓市场道德。这也许是他们的福气。因为当时世界还没有瓜分完结，所以抢劫的地方，范围很大，在自己家里尽可以装着斯斯文文的样子，据说要每个人拿出“真本事”来，在市场上“自由竞争”。十分露骨的霸占，撞骗，投机……是不行的。这所谓“真本事”，当然是剥削剩余价值的本事，要拿出来的东西，老老实实是成本轻，价钱便宜，货色道地。跟着，政治上也有所谓立宪人权……国会制度。道地的国会制度——现在帝国主义的时代差不多已经完全消灭，——可是，在当初，这却是个“最高的理想”，这就是所谓“自由竞争”的市场的照片：也是要拿出“真本事”来制造民意，取得所谓大多数的选举票的。现在，这自然已经是老古董，早就不时髦的了。

资本主义发展到殖民地的时候，那就有点儿变种。大概是从海盗种变成了流氓种。请看中国的资产阶级，他们的根性就脱离不了封建式的地主绅士的混乱的血统关系，他们不能够当海盗，他们只能够当海盗的奴才。

中国这个地方，说起来也有点儿奇怪，固然自己也几次三番想当强盗，然而始终做了众人的奴才。这地方的市场上，还能够有什么“道地的自由竞争”吗？不能够。海盗把什么都霸占了去。市场是来得个狭小。于是乎中国的商人资本家，除出剥削剩余价值，榨取农民群众的汗血以外，还必须有点儿特殊的本事。这点儿特殊本事就是流氓精神。谁要是没有这种流氓精神，凭他剥削工农的“真本事”多么大，他在市场上还是要失败的。凡是现在“成家立业”，站得住的大资本家，差不多个个都有一套流氓手段。

流氓的精神差不多全部包含在赌博主义里面。做生意，以至于办实业的，首先要会赌。成千成万的空头生意，放大了胆做去罢。撞它一下，撞得好可以变成头等的绅商，撞不好，还是一个“马路巡阅使”的小瘪三，这叫做“困得落，立得起”。其次就要会打。三刀六洞，白刀子进去，红刀子出来。所谓码头是打出来的。凭你货真价实，我管不了许多。其三是要会骗会吓，还要会抵赖。我们只要看看流氓在茶馆里“讲道理”的神气，就可以看见这种讹诈撞骗的本事。而这正是所谓生意经。其四是要会罚咒。自然，一面嘴里在罚咒，一面脚在底下写着“不”字。嘴里尽管罚着恶咒，一转身，刻就干得出“天诛地灭男盗女娼”的事情。其五是要会十二万分的没有廉耻。流氓的小辫子要是给人家抓住了，他立刻会磕头下跪。人家说“你是昏蛋”，他一定答应“是，是！”——但是他也会摇着破蒲扇，翘起一个大拇指说：你看我是在提倡国货，多么爱国。……够了！区区并不是流氓，流氓主义的讲演集，还是让流氓党的领袖去出版罢。

读者先生只要稍为留心些中国最近几十年工商业界的具体现象，就可以知道这种流氓性的流氓路数的人物，的确是中国新文学的很别致的题材。

经济上是这样，政治上难道不是这样？最近两三个月以来，各种各式的流氓把戏更是多得不得了。自然问题不仅仅是这两三个月里的情形。这种流氓制度的政治，是有流氓学说做根据的。欧洲资产阶级的伪善的假道学的思想家，在资本主义的黎明时期，至多还不过有客观的无意之中的虚伪和欺骗，他们主观上也许真有些唯心主义，他们讲“民约”，讲“自由博爱平等”，讲“主权属于人民”，他们甚至于还要把“人民”理想化，把这个字眼变成一种了不得的，神秘的象征。至于中国可不同。中国假使也会有资产阶级思想家的话，那他们可是老老实实的“唯物主义者”（注意——并非唯物论者）。他们的脸皮真是厚到十二万分，他们不客气的说：人民蠢如鹿豕笨如牛马，人民是阿斗——昏庸无用不知不觉的昏君，只有他们自己才是精明强干大权独握的诸葛亮。他们这套戏法，不但是万分的无耻，而且是个太巧妙的骗术，他们说：“不错，主权是属于阿斗的，因为阿斗是皇帝，然而阿斗有自知之明，自己知道昏庸无用，所以就把全权交给诸葛亮，由他去治理国家。”这个“权”属于人民，又交出去给党国，——这样一出一进，一套戏法就变完了。多么巧妙！如果阿斗不肯有“自知之明”，而要动手动脚的来干涉，甚至于自己来治理国家呢？那就是现成的“白刀子进去，红刀子出来”—— 一套打的手段拿出来！这一副全套的流氓学说，就是流氓制度的政治的根据。你不信？——有书为证！

根据这种整个的学说和制度，自然发生最近两三个月的许多流氓把戏。似乎用不着详细说了。举几个例罢。

“三年之后我如果不能够废除不平等条约，请杀我以谢天下。”——这一个恶咒赌得结实。三年的期限过去了，这班人还会有脸皮跑到人跟前来，拍拍胸膛的叫喊：“为什么不相信我们，应当相信我们！相信！相信！谁不相信，就是反动！”八个月以前，早就有了“根据人民职业团体选举的国民会议”，还有议决的“约法”。这会议和约法的结果，小百姓亲身尝着它们的滋味。过了八个月，另外又有一帮流氓出来说什么：职业团体代表选举……国民救国会，国民代表会等等。花样是多得很！说嘴郎中说得天花乱坠，他们葫芦里其实还是卖的那一套假药，比砒霜还毒！小百姓气愤不过，抓住一两个流氓，打他们一顿；立刻，就会有人出来打拱作揖的说：“赔罪，赔罪，对不起！我要是再卖国，诸位尽管抓我的胡须，打我一个半死不活。”他说着，还真的用手揪揪自己一把有名的大胡子。真做得出来！可是一转身，立刻就去恭请国联的列国联军来共管瓜分。同时，立刻转动机关枪，盒子炮，刺刀，木棍，麻绳……把小百姓大大地教训一顿。这算是诸葛亮用兵如神，杀敌救国。只不过并非救小百姓的国；而且为着实行无抵抗主义，杀无抵抗主义的敌人，保全海盗的奴才的国。……

所有这些——叫做流氓尼德！

1931 年 12 月 25 日

鹦哥儿

“昔有鹦武飞集陀山。山中大火，鹦武遥见，入水濡弱，飞而洒之。天神言：‘尔虽有意志，何足云也？’对曰：‘尝侨居是山，不忍见耳。’”——胡适之引了周栎园《书影》里的话做他的《人权论集》的序言。

鹦武是一种鸟儿，俗说叫做鹦哥儿。大家知道鹦哥儿会学嘴学舌的学人话。然而胡适之先生整理国故的结果，发见了它还会救火，这倒是个新发见的新大陆。

话呢，的确不错：现在的鹦哥儿都会救火了。第一，因为新大陆是鹦哥儿侨居过的，所以新大陆要有大火的话，它一定要去救。第二，鹦哥儿的“骨头烧成灰终究是中国人”（见同上），因此，中国正在大火，鹦哥儿也一定要来救的。鹦哥儿怎么救火呢？

鹦哥儿会学人话，它们自然是用自己的花言巧语来救火。

例如 1871 年普法战争的结果，普鲁士的兵打到了巴黎城下；资产阶级的各种党派，看见巴黎工人武装起来防守巴黎，并且组织公社政府，于是乎大家牺牲政见，团结起来一致对付工人，宁可准备把巴黎去投降普鲁士的军队。结果，的确把法国的爱洛两州立刻割让给德国，这样得了德国普鲁士的同意，使普鲁士的军队不来牵制他们，他们就痛痛快快地屠杀了巴黎公社。这个法国资产阶级各种党派联合的政府叫做国防政府，的确救了法国的和德国的资产阶级的统治。中国的鹦哥儿现在也学着法国资产阶级：也牺牲了自己的“人权”论的政见，也主张来这么一个国防政府。再则，最近英国财政资本的统治也开始着了大火了；所谓工党的麦克唐纳立刻牺牲政见，主张裁减工人的失业救济费，减少工人的工资以及国家职员的薪金，……他和保守党自由党组织三党联合的国民政府，企图救英国帝国主义的命。中国的鹦哥儿也学着英国的贩卖工人的专家，来主张什么联合各派和国防政府。中国的鹦哥儿就会这样学嘴学舌的救火。固然，他们“虽有意志，何足云耳”，然而他们要救火的诚心，他们要救中国绅商统治以及国际帝国主义统治的诚心，是值得“感激”的！

花言巧语的鹦哥儿，你们的“人权”“自由”……还要骗谁呢？

鹦哥儿呵鹦哥儿！你们还不如兔儿爷。兔儿爷有一种特别的骗人的本事：它们遇见什么危险的时候，立刻用两只小巧的前腿，把自己的很美丽的红眼睛遮起来；这样，它们就看不见危险了，它们以为危险也看不见它们了。如果它们遇见的是猎狗，那么，它们这一套把戏，岂不是骗了猎狗又骗了自己么？自欺欺人，一当两用，真正巧妙之至。

中国的兔儿爷现在也应当看见大火了。但是，它们会遮起自己的眼睛来。

自从日本如入无人之境的打进了满洲，一切种种的鹦哥儿，都忽然地发见了中国的大火；大学教授，新闻记者……都在叫着：“赤焰熏天，疮痍遍地。”大家口头上都要救国，其实是要救火。有些人也许衷心至诚的要解放中国，甚至于要解放的还是劳动群众；可是他们像兔儿爷一样故意遮起自己眼睛来，说：“劳动群众腐化了么？为什么不起来救国？”他们遮起了自己的眼睛，不看那些对于帝国主义不抵抗的枪炮飞机手榴弹……正在对准着劳动群众，而且这些家伙对于劳动群众决没有对于“吾人子弟”的学生那么客气。结果，这些人的至诚，客观上仍旧是替绅商统治救火，——因为他们这样“至诚的态度”比鹦哥儿更加容易骗人。所以兔儿爷终究也是一种骗人的鹦哥儿，不过道行和法力比较得更深些罢了。

可以说：一切种种的鹦哥儿，连兔儿爷式的也在其内，虽然会学着人话七张八嘴花言巧语地说个不了，然而他们大家一致不说的却有一件“小小的”事情。这是一件什么事情？这就是成千成万的平民小百姓被人家屠杀，剥夺任何的自由和权利，做牛做马的做着苦工。这些小百姓还是牛马的时候，日本的以及法国英国美国……资本家的军队要开进中国来，永久是如入无人之境的。

中国的绅商统治之下，中国原是个“no man's land”[①]！

1931 年 12 月 26 日

沉　默

世界上有那种“听得见历史的脚步”的耳朵。他们要像猎狗一样，把耳朵贴伏在土地上，然后他们的耳朵才听得见深山里的狼叫和狮吼。可是，这种耳朵有时候也会生病的；生了病的耳朵就觉得什么都是沉默了。

何况这世界上的声音并非都是中听的。不中听的声音，还有人故

① 英语，没有人的地方。

意把它掩没住了。于是乎更觉得什么都是沉默的了。

远一些：譬如大西洋的英国舰队里，据说曾经发出革命歌的歌声，——那些英国水兵反对麦克唐纳的国民政府减少兵士的饷银，一致罢操，把舰队开到了伦敦，违抗国民政府的命令（《申报》）。过不了多少时候，这些革命歌的歌声听不见了。难道就这么沉默了？！近一些：在中国的满洲，“日兵中有受日本全国劳动协会暨共产党……各机关报之感触者，——该机关报刊载反对侵略满洲之论文，并谓出兵为进攻苏俄之前阶——以为抛妻别子为谁战争，为谁侵占满洲，故一部分兵士，于进攻马占山时，主张怠战，……旋日军于下令进攻大兴时，驱此二三百名日兵为最前线，而白川大将竟密令亲信兵士，在后用机关枪扫射，可怜此二三百名日兵，均遭残杀。”（上海《社会日报》）这些主张怠战的呼声和机关枪扫射的响声，我们也没有听见。这些声音难道也都是沉默的吗？

当然不是的！不过这一类的声音对于民族主义者，都是不中听的。民族主义者之中的“最左派”尚且认为“工人无祖国”；对于日本欧美的劳动者，至多是“或许要有一部分的理由”。因此，所有这些不中听的声音，一概都掩没起来。

关于我们中国自己人的声音，那就更不必说了。

中国的平民小百姓还沉默吗？据那些生着“听得见历史脚步的耳朵”的人说——是的。事实上可不是的。

那些呼吼着的反抗的声音，虽然已经震动着山谷，然而绅商只要还有一分的力量，他们也必定竭力去淹没的。至于对付将要呼吼起来的声音，那就有一切种种的武器，可以用来堵住民众的嘴和鼻子，割断那些会呼吼的喉管。于是乎对人说：这些小百姓沉默了！

但是，总有那一天——这些不中听的声音终究要掩没不住的。

暂时，并不是平民小百姓沉默，而是绅商大人还在临死挣扎的大呼大叫；因此，大人老爷们的救命的叫喊，在一些地方盖过了平民小百姓的反抗的呼吼。这或许也是一种沉默。

这种“沉默”都是气象测验术里的一个术语。读者先生想一想：夏天，暴风雨之前，霹雳的雷声正要响出来可还没有响的那几秒钟，宇宙间的一切都象静止了，——好比猫要扑到老鼠身上去的时候一样，它是特别的沉默，—— 一根绣花针落到地板上去都可以听得见的。这种静止和沉默之后，跟着就要有真正震动世界的霹雳！

1931 年 12 月 26 日

暴风雨之前

宇宙都变态了！

一阵阵的浓云；天色是奇怪的黑暗，如果它还是青的，那简直是鬼脸似的靛青的颜色。是烟雾，是灰沙，还是云翳把太阳蒙住了？为什么太阳会是这么惨白的脸色？还露出了恶鬼似的雪白的十几根牙齿[①]？

这青面獠牙的天日是多么鬼气阴森，多么凄惨，多么凶狠！

山上的岩石渐渐的蒙上一层面罩，沙滩上的沙泥簌簌的响着。远远近近的树林呼啸着，一忽儿低些，一忽儿高些，互相唱和着，呼啦呼啦……啾啾啃啃……——宇宙的呼吸都急促起来了。

一阵一阵的成群的水鸟，不知道在什么地方受着了惊吓，慌慌张张的飞过来。它们想往哪儿去躲？躲不了的！起初是偶然的，后

① 指国民党的“青天白日”旗。

来简直是时时刻刻发见在海面上的铄亮的，真所谓飞剑似的，一道道的毫光闪过去。这是飞鱼。它们生着翅膀，现在是在抱怨自己的爷娘没有给它们再生几只腿。它们往高处跳。跳到哪儿去？始终还是落在海里的！

海水快沸腾了。宇宙在颠簸着。

一股腥气扑到鼻子里来。据说是龙的腥气。极大的暴风雨和霹雳已经在天空里盘旋着，这是要“挂龙”了。隐隐的雷声一阵紧一阵松的滚着，雪亮的电闪扫着。一切都低下了头，闭住了呼吸，很慌乱的躲藏起来。只有成千成万的蜻蜓，一群群的哄动着，随着风飞来飞去。它们是奇形怪状的，各种颜色都有：有青白紫黑的，像人身上的伤痕，也有鲜丽的通红的，像人的鲜血。它们都很年青，勇敢，居然反抗着青面獠牙的天日。

据说蜻蜓是“龙的苍蝇”。将要“挂龙”——就是暴风雨之前，这些“苍蝇”闻着了龙的腥气，就成群结队的出现。

暴风雨快要来了。暴风雨之中的雷霆，将要辟开黑幕重重的靛青色的天。海翻了个身似的泼天的大雨，将要洗干净太阳上的白翳。没有暴风雨的发动，不经过暴风雨的冲洗，是不会重见光明的。暴风雨呵，只有你能够把光华灿烂的宇宙还给我们！只有你！

但是，暂时还只在暴风雨之前。“龙的苍蝇”始终只是些苍蝇，还并不是龙的本身。龙固然已经出现了，可是，还没有扫清整个的天空呢。

1931 年 12 月 27 日

新鲜活死人的诗

诗人就是死也死得“高人一等”。这固然不错。但是，诗，始终是给活人读的。为什么诗人爱用活死人的文字和腔调来做诗呢？！

中国古文和时文①的文言，据刘大白说，是鬼话。仿佛周朝或者秦汉……的人曾经用这种腔调说过话。其实这是荒谬不通的。

中国的社会分做两个等级：一是活死人等级，二是活人等级。活死人等级统治着。他们有特别的一种念文章念诗词的腔调，和活人嘴里讲话的腔调不同的，这就是所谓文言。现在的所谓白话诗，仍旧是用这种活死人的腔调来做的。自然，有点儿小差别。因为暂时还只有活死人能够有福气读着欧美日本的诗，所以他们就把外国诗的格律，节奏，韵脚的方法，和自己的活死人的腔调生吞活剥的混合起来，结果，成了一种不成腔调的腔调，新鲜活死人的腔调。为什么是不成腔调的腔调？因为读都读不出来！为什么是新鲜活死人的腔调？因为比活死人都不如！陈旧的活死人已经只剩得枯骨，而新鲜的活死人就一定要放出腐烂的臭气。

活死人的韵文，甚至于“诗样的散文”，读起来都是“声调铿锵的”，例如：

赤焰熏天，疮痍遍地，国无宁岁，民不聊生。

——《上海大学教授宣言》

① 例如《申报》上的电报，时评，广告，新闻，公文等，就是时文的文言。——作者原注。

武将戎臣，统率三军队，
结阵交锋，锣鼓喧天地，
北战南征，失陷沙场内，
为国捐躯，来受甘露味。

——《瑜伽焰口》

这种活死人的诗，原本是不要活人懂的；用它来放焰口——一心召请岳飞诸葛亮等的耿耿忠魂，也许还有点儿用处。死鬼听见这样抑扬顿挫的音调，或者会很感动地跑出来救国呢。

至于新鲜活死人的诗，那真是连鬼都不懂。

这是因为什么？因为中国现在的诗人，大半是学着活死人的腔调，又学不像。活死人的诗文，本来只是他们这些巫师自己唱着顽的。艺术上的“条件主义”是十足的，所讲究的都是些士大夫的平仄和对子。新鲜活死人学着了：

只因为四邻强敌，虎视眈眈，
只因为无耻国贼，求荣谄媚，
把我们底宝藏，拱手赠送他人，
把我们底权利，轻轻让于外国……

——《理想之光》①

这实在是一篇很拙劣的变相四六文，读着它肉麻得要呕呢！这里活死人的影响非常之大。最低级的旧式大众文艺，算是白话的了；可

① 孙俍工：梅痕女士合著的诗剧。

是，一描写到景致，一叙述到复杂的情形，也往往用起韵文，而且一定要用这种活死人的腔调。例如："一壁厢柳暗花明，一壁厢山清水秀"等等。那篇所谓诗剧的《理想之光》的程度，大概至多也不过如此罢了。

再则，这些诗人学欧美的诗，其实又不去学它的根本。欧美近代的诗已经是运用活人的白话里的自然的节奏来做的。而中国诗人却在所谓欧化的诗里面，用着很多的文言的字眼和句法。欧美近代的诗，读起来可以像说话似的腔调，而且可以懂得，中国现在的欧化诗，可大半读不出来，说不出来。即使读得出来，也不像话，更不能够懂。假如当代诗人有这么一句："美人螓首变成狞猛的髑髅"[①]。读者听着，这是："美人遵守变成柠檬的猪猡"！

难道平民小百姓的活人的话，就不能够做诗么？固然，因为中国的艺术的言语几千年来被活死人垄断着，所以俗话里的字眼是十分单调，十分缺乏。然而平民小百姓的真正活的言语正在一天天的丰富起来。如果平民自己能够相信自己的力量，脱离一切种种活死人的影响，打破一切种种活死人的艺术上的束缚，那么，我们一定能够创造出平民的诗的言语。

至于陈旧的和新鲜的活死人，

他们爱呢？又要害羞；
思想，也要赶走。
出卖着自己的自由，
对着偶像磕头；

---

① 引自黄震遐著诗剧《黄人之血》。

讨那——点儿钱，
还带一根锁链！[1]

1931 年 12 月 28 日

① 引自普希金的长诗《茨冈》。

“打倒帝国主义”的古典

“打倒帝国主义”的口号曾经通行过几年，当时甚至于将军和绅士都为着要变成忠实同志或是“革命军人”起见，也高喊过的。可是这个口号的历史十分曲折。

最初，大概是1921年，有一个“过激派”的杂志上提出了这个口号，没有什么“人”注意。可是，不久这口号就渐渐的传播了出去，一些革命的“学生子”开始研究什么是帝国主义，懂得“五四革命”运动其实就是反帝国主义的，虽然还不彻底。这风气一起来，胡适博士就大起恐慌。1922年间，胡博士用什么“实验主义”证明“帝国主义”是“海外奇谈”，他说反帝国主义就是反对西洋文化，有些义和拳的气味。然而胡博士的“权威”并没有多大力量。这口号还是在流行出去，而且越流越广，甚至于什么矿坑里也看见这一类的标语。

1923年就出了这么一段故事：一位前参议院议长某先生说：过激派提出这个口号，目的是在挑拨“友邦”的恶感，陷害中国的老牌革命党，使它在外交上孤立。另外一些人就说：原先的“富国强兵”，五四时期的“外抗强权”，本来也都是“打倒帝国主义”的意思，那些旧口号是民众容易懂得的，现在何必又提出这种新鲜的口号。仿佛嫌它太欧化，“比天书还难懂”。

然而不久，1925年的“五卅运动”来了，只两三天功夫，“打倒帝国主义”的口号传遍了上海的工人区和贫民窟，衖堂口会发见画在那里的乌龟底下有小孩子写的“帝国主义”的字样，马路上可以听到“打倒帝国主义”的五更调。不到两年，这口号就变成了奉旨照准的标语。其实这是因为民众并不嫌它难懂了，而且懂得“太厉害了”，所以必须照准，以便加以曲解和利用。“五卅”是这样过去的。

后来，民众有点倒霉了；于是可以重新公开的欢迎洋大人，广州市上用黄土铺道恭迎香港总督金文泰的时候，特派三百名役洗刷墙壁上的“打倒帝国主义”。这样准备着“五三”的来到。1928 年 5 月 3 日那天，日本帝国主义把“代表中国国家的”交涉员捉去，割掉了鼻子和耳朵，挖掉了眼睛，后来听说连尸首也没有找着。然而“打倒帝国主义”却叫不得，相反的，中国的“国家”不但不生气，还和日本订立了“最惠的”关税协定。足见得“打倒帝国主义”的口号，又从奉旨照准变成了“反动的”了。

所以今年纪念“五卅”，“五三”，“五四”等等的时候，就有一位要人出来说：“标语口号的时代早已过去的了……越是沉默越是坚决。”“打倒帝国主义”的口号应当“没落”，沉默主义“万岁”！

可是，你不要以为这口号完全没有用了。相当的用处还是有的，譬如仅只在屋子里喊喊之类。今年“五一”的时候，要人们所指挥的“工会”发表了“告工友书”，是说中国工人要打倒帝国主义的，因为“中国工人只受外国资本家的压迫和侵略”。还有人说：中国工人没有外国工人那么苦。这仿佛很义气地替外国工人打“抱不平”，像要打倒帝国主义似的。然而谁都知这些话是“话中有话”的，意思倒是着重在中国工人不应当反抗本国资本家的“有理的”压迫。这种奸滑的运用口号和纪念的手段，倒是十分巧妙的“艺术”。

中国的“打倒帝国主义”的口号如果是一个活人，它的古典和历史倒像一部很有趣的小说。《水浒》上有真假李逵打架的故事，中国的“打倒帝国主义”也是假的和真的在这里相打。真正要打倒帝国主义的，只有劳动的民众。

慈善家的妈妈

从前有一位慈善家，冬天施衣，夏天施痧药，年成不好还要开粥厂。这位员外的钱从哪里来的呢？或是高利贷，或是收租，或是祖宗刮下来的地皮。不用说，这是一位伪善的人道主义者。他周济着一班穷光蛋，有机会就叫他们做工，拔草呀，车水呀，扫除马粪呀，修理屋顶呀。穷光蛋们只知道感激他，向来没有想到问他算工钱。其实，要是算起来的话，决不止一件破棉袄，几碗稀粥的。他倒沾着便宜，还得了善士的名声。后来，这西洋景有点儿拆穿了。

但是，这时候来了一位侠客，雄赳赳的，手里仗着一把宝剑，据他自己说，这是“切西瓜”用的。他说他看透了那位慈善家的虚伪。他愤恨极了，就跑上慈善家的大门，破口大骂了一通，还拔出宝剑来说：“我要切你的西瓜！”一些穷光蛋反而弄胡涂了：为什么慈善家的头应当拿来当西瓜切。问问侠客，侠客说：

“嘿，嘿，嘿，……他，他，我丢他的妈，他妈跟我睡觉！”

“他妈跟你睡觉，他又该当何罪？”

“他，他，他昏蛋极了……我，我□他的祖宗！……该杀的东西！”

侠客实在愤激得说不清白什么理由。侠客以为只要话说得“粗鲁”些，穷光蛋就会懂得。然而他们不会了解慈善家的“妈跟人睡觉”，慈善家自己就立刻该杀；他们更不明白“该杀”就等于伪善的

“凭据”。侠客自己的胡涂，要害得穷光蛋们更加胡涂，甚至于更加同情那位伪善家。

慈善家的虚伪，和他妈的不贞节或者恰好跟那位侠客睡了觉，是完全不相干的。穷光蛋们自己里面的明白人，应该详细地说明慈善家虚伪的事实，说明这世界里的种种假面具。

对于这样的慈善家，像侠客那样的手段是不行的，何况对于比慈善家更细腻的人物呢。

有国大家卖

日本帝国主义出兵东三省，实际上已经完全占据了满洲：辽宁、吉林、黑龙江三省的省城都在日本军队手里。最近中国国民党党员、前东北政分会委员、副司令部参谋长臧式毅，“受此间有产者之督促，为维持民生福利地主秩序起见”，居然“由当地法定人民团体之推举”，而正式就任日本驻满司令委任的辽宁省省长了。满洲所剩的只有锦州一角，现在日本军队——似乎是奉臧省长的命令——又大举“剿匪”进攻锦州了。

满洲，不但是由中国国民党中央执行委员会委员张学良张大人的无抵抗主义断送了给日本，而且由中国国民党中央执行委员会前东北政分会委员臧式毅臧大人接办，公开卖国事宜。并且，所有这些交割手续，都在中国国民党中央执行委员会领导之下，逐步完成的。从镇静到镇压，从镇压到绑票，从绑票到屠杀，屠杀不了再行捆送车站递解回籍，——对内的内政方面，的确用尽了一切力量来镇压反抗卖国的民众了。从缴械到退却，从退却到提议列国联军驻防锦州中立区，从恭请列国联军到敦请国际共管天津，从敦请共管到举手赞成日本撤兵无限期（国联会上），从赞成日本不撤兵到欢迎国际瓜分中国的调查团，——对外的外交方面，也是想尽了一切方法实行了卖国的各个步骤了。这些事情，请问：哪一件不是国民党做的？

所以上海宝山路上的血，广州永汉路上的血，南京珍珠桥边宁粤合流的血，已经同着上述的一切把戏证明了卖国的责任是谁的。

但是，卖国不比做一个“蹩脚”洋行的买办。卖国的利益是非常之大的，全中国的一切种种“贤能才智”大家都看得眼红。这个“大买办”不能够一个人去做，不能够归一帮人包办。因此，汪精卫汪大人等等要大叫反对个人独裁。而罗降基、胡适之博士等等要大叫反对一党专政。于是乎大呼小叫，一递一声的喊着：民主、民权、人权……等等。事情其实很简单，就是有国大家卖的主义！所以所谓民权人权，都不过是卖国权罢了。

宁粤合作的所谓四届中央执行委员会第一次全体会议，首先要讨论的问题就是这个“均权共卖”的问题。

然而，要讨论以后的“均权共卖”，难免要算算旧帐，算算以前的“分权各卖”的旧帐。这种旧帐，一算起来，自然就要相骂。将来的新帐一定又算不好，那时当然又要相打。

关于旧帐的问题，现在已经相骂了。南京派的吴稚晖在一中全会上说：广东派的人“赴日勾结日本来祸中国之卖国者，不能不科以相当之责任”。广东派的孙科等等说：张学良应当“负丧师失地责，即南京政府亦当负重要责任”。两方面互相揭穿卖国的责任，互相推诿卖国的责任，这是多么好看的滑稽戏。

对于平民百姓，不成问题的事实，是整个国民党的卖国责任。广东派的陈友仁到日本去，日本通讯社已经早已发表：他是去和日本商量“取消满洲之军国主义”，而实行“总理对日本新政策的”。陈友仁关于这一点，始终没有声明否认。足见吴稚晖说的丝毫不错。他错在于不服从神圣的孙总理的对日新政策。广东派要“惩办”张学良，表面上是要张大人负起不抵抗主义的责任。其实，他们是根据于陈友仁和日本的谈判，——所谓“取消军国主义”，就是撤换张学良。今天广东的柏文蔚的提案，把这一点说得很明白：

"东北事变由一二人感情恶劣所致，日方目标与用意颇为明显，若因一二人致殃及多数之生命财产，牵一发而动全身，后患将无底止，当此危急存亡之秋，若能稍事变通，可免许多祸乱"（12 月 28 日《申报》）。

至于南京派的责任，那是更加明显。解决济南惨案的中日协定，到了三年之后的今天，还没有发表！蒋介石派和日本订立了密约，承认了某些条件，看他们直到现在的行径，的确有许多说不出口的苦衷。而且大家看得见的是："九一八"以来一切不抵抗、镇静……政策，自然是南京派员大部分的责任。所以吴稚晖大人给张学良的电报里，还替无抵抗政策辩护，他说张学良以前是"抵抗适以召祸"。这句话还是反俄专家冯庸说出来的。足见南京派方面，的的确确预先有个不抵抗的政策。他们在美国帝国主义支配之下，准备好了把满洲送给日本，绝不抵抗，而且还要冯庸等类的反俄专家，帮同日本一块儿去打苏联。

这样说来，政策上的问题，根本主张上的问题，——广东派和南京派难道有什么不同么？丝毫也没有。问题只在于卖国佣金分配上的争执。因此，吴稚晖说："但望会中不专攻击京方，则彼也不要求科粤方卖国者以责任。"这就是个互相赦免，合作卖国的转圜办法。有国大家卖的主张，这样公然地说出来，真不愧为中华党国全国第一超等丑角！脸皮的厚赛过万里长城了。然而全靠这样的厚脸皮，一场胡骂，暂时收篷。

暂时，这种合作卖国的好戏还要做一阵。而且他们还在企图扩大卖国团的范围：东北政分会的新名单发表了——胡适之、罗文干、吴鼎昌、熊希龄、汤尔和、张伯苓、人权派与研究系都参加了。

等着看罢——有国大家卖的主义，实行到几个月再来相打？

起来干罢——看平民小百姓的力量什么时候推翻这个有国大家卖的扩大卖国团？

财神还是反财神?

财神的神通

“谁的胳膊粗，拳头大，谁是主子。”[①] 有人这样说。

这句话仿佛是对的。自从状元老爷倒了运，轮着军官大人出风头了。军官大人不但胳膊粗拳头大，而且还有洋枪洋炮，飞机毒瓦斯，坦克车……！

然而，武侠小说上的飞剑和拳术，始终只能够在梦里安慰安慰穷人。而洋枪洋炮，也不过是财神菩萨的法宝。没有财神菩萨的保佑，不但胳膊粗拳头大的武士只配当个把保镖的，就是该着洋枪洋炮的英雄也还做不成主子。

中国的国货财神，向来就分做五路——所谓五路财神是也。可是，现在世界，样样欧化；固然化不彻底，然而至少财神也变成了半吊子的欧化财神了。因此，中国现在的财神是五代同堂多子多孙，至少总有十七八路。这都是些英国种，美国种，法国种，日本种的……杂种财神。他们各霸一方，做着真正的主子。现在读者诸君的贵国，早就是：“谁的洋钱多，神通大，谁是主子”了！

---

① 穆时英小说《南北极》中语。

不过还要添一句话，就是这些主子还有自己的主子。中国主子的主子就是英美法日的大财神，此其一。其二，中国的许多财神主子，三四路一帮，八九路一帮，互相勾结着，——为着要互相吵架打仗，抢码头，夺地盘。中国的各帮小财神的打架，也是听着外国的各帮大财神的指使的。

这样，一切种种中外大小的财神菩萨才是中国的主子。财神菩萨保佑谁，谁就可以雇用指挥洋枪洋炮的军官大人，谁就可以喂养吹吹打打的状元老爷，——从会写四六文章的书启起，一直到会做印象主义的欧化文艺为止。

话已经说明白了。现在的状元老爷，就是一切种种新式的旧式的政客。军官大人，就是那些坐飞机吃大菜，以至于穿青布棉大氅的军阀。而财神菩萨是一切种种帮口的绅商。

绅商之中，首先要说到的就是地主，他们是当然的绅士，同时，他们一定要做生意；中国农民的汗和血，中国的米麦豆和棉花，丝和茶叶，中国手工工人的一切种种生产品，逃不了地主绅士的商行；中国一切穷人的生命都在地主绅士的掌握里面：那许多当铺钱庄……以至于税收机关，收租法庭，像天罗地网似的布满了全中国。其次，就是那些绅士化的资本家中，他们的花花绿绿的商店里，贩卖着乱七八糟的西洋货和东洋货，他们的乌烟瘴气的堆栈里，收罗着许多外国大财神需要的货色。这些资本家中，固然也有些开着工厂，和外国财神“竞争”。你知道他们竞争些什么？他们和外国财神竞争的是：谁剥削工人剥削得凶些。自然哪！他们是在“提倡国货”，更加有理由叫工人“增加生产效能”！于是乎男男女女大大小小的工人，从五六十岁到五六岁，从天亮6点钟到天黑6点钟，甚至于从鸡叫到三更，都在天天挤出自己的血汗来，替中外财神“造产”。

可是，因为世界上的大财神——国际的帝国主义的资产阶级，垄断着中国的市场，支配着中国的经济命脉，所以中国的小财神无论怎样压榨，自己总还不能够满足。他们因此十分谦虚，对人说：我们并不是财神，不过是“小贫”而已。他们也就非常之驯服，对着外国大财神总是“镇静而无抵抗”，想多得几个赏钱。可是，他们还很勇敢——时时刻刻要互相决斗，为的是要抢赏钱。

为着抢赏钱的缘故，中国的绅商领袖在上海就分成两大帮：江浙帮（又叫做阿拉帮）和广东帮。至于其余的小码头，每一省，甚至于每一县，都分成许多小帮口。你抢我夺，白刀子进去红刀子出来。军阀制度的基础就在这里。

最近，1932 年的 1 月，江浙帮和广东帮又大大的斗了一阵法宝。虽然还没有动刀动枪，这出滑稽戏也就够好看的了。结果暂时仿佛是讲和了。于是乎长着翅膀会飞的皇帝又飞回了金銮宝殿；于是乎梦想正位的太子仍旧只能够稍微委屈一些。飞行皇帝为什么腰把硬？因为江浙帮的财神保佑他。太子为什么不能够得意？因为他的财神要想“接收”上海市商会而没有成功。

谁说“胳膊粗拳头大的就是主子”？

自然，中国的财神没有洋枪洋炮也是做不成功的。但是，单有洋枪洋炮的，单有青龙偃月刀丈八蛇矛的，单有粗胳膊大拳头的，——始终只配做大大小小的保镖的。这些保镖的用处，就是打架抢码头，就是屠杀反抗财神的一切人。看罢：现在各帮的财神联合着屠杀，屠杀一切反抗财神的群众，屠杀一切反抗日本大财神的群众。看罢：现在各帮的财神又正在互相勾结，互相排挤，这些讲和，那些又吵嘴，——不久又要自伙儿里大大的打起来！

狗道主义

最近有人说："只有人道主义的文学，没有狗道主义的文学。"[①]

然而，我想：中国只有狗道主义的文学，而没有人道主义的文学。中国文人最爱讲究国粹，而国粹之中又是越古越好。因此，要问读者诸君贵国的文学是什么，最好请最古的太史公来回答。他说，这是"主上所戏弄，倡优所畜，流俗之所轻也"！

人道主义的文学，据说是"被压迫者苦难者的朋友"。可是，请问中国现在除了"被压迫者苦难者"自己之外，还有什么"朋友"？"苦难者"的文学和"苦难者朋友"的文学，现在差不多都在万重的压迫之下。这种文学不能够是人道主义的，因为"被压迫者"自己没有资格对自己讲仁爱，没有可能也没有理由对压迫者去讲什么仁的人道主义。

于是乎狗道主义的文学就耀武扬威了。

固然，18 世纪的革命的资产阶级文学之中，曾经有过人道主义。然而 20 世纪的中国资产阶级，尤其是 1927 年之后，根本不能够有那种人道主义。中国资产阶级始终和封建地主联系着，最近更和他们混合生长着。帝国主义支配之下的"关余万能"主义，外国资本的垄断市场，租田制度和高利贷商业资本的畸形发展，……使榨取民众血汗所形成的最初积累的资本，总在流转到一种特殊的"货币银行资本"里去，而且从所谓民族工业里逃出来。中国资产阶级之中的领导阶层，现在难道不是那些中国式的大大小小的银行银号钱庄吗？这些"货币银行资本"的最主要的投资，除出做进出口生意的垫款和高利贷的放帐以外，就是公债生意。而在公债等类的生意里面，利率比那种破产

① 见胡秋源《阿狗文艺论》一文。

衰落的工业至少要高二三十倍。这种资产阶级会有什么人道主义？！他们要戴起民族的大帽子，不是诓骗民众去争什么自由平等。不是的。远东第一大伟人，比卢梭等类要直爽而公开得多。这大约是因为中国有一座万里长城做他的脸皮。他就爽爽快快地说：不准要什么自由平等，国民应该牺牲自由维持不平等，而去争“国家的自由和平等”。所以这顶民族的大帽子，是用来诓骗民众安心做奴隶的。欧洲 18 世纪的资产阶级要诓骗民众去争自由平等，为的是多多少少要利用民众反对贵族地主，要叫民众“自由平等的”来做自己的奴隶，而不再做贵族僧侣的奴隶。中国现在的资产阶级又要诓骗民众“为着民族和国家”安心些，更加镇静些做绅士地主和自己的共同奴隶。

所以很自然的只会有狗道主义的文学。这是猎狗，这是走狗的文学，因为这些地主资产阶级的走狗的主人，本身又是帝国主义的走狗。这种走狗的走狗，自然是狗气十足，狗有狗道，此之谓狗道主义。

狗道主义的精义：第一是狗的英雄主义，第二是羊的奴才主义，第三是动物的吞噬主义。

英雄主义的用处是很明显的：一切都有英雄，例如诸葛亮等类的人物，来包办，省得阿斗群众操心！英雄的鼓吹总算是“独一无二的”诓骗手段了。这是独一无二的，因为另外还有些诓骗的西洋景，早已拆穿了；只有那狗似的英勇，见着叫化子拼命的咬，见着财神老爷忠顺的摇尾巴——仿佛还可以叫主人称赞一句“好狗子！”至于羊的奴才主义，那就是说：对着主人，以及主人的主人要驯服得像小绵羊一样。

话说元朝时候，汉族的绅商做了蒙古王公的走狗和奴才，其中有一位将军叫做宋大西[①]，他对于元朝皇帝十分忠顺。他跟着蒙古军队

① 黄震遐诗剧《黄人之血》中的人物。

去打俄罗斯，居然是个“勇士”。元朝的帝国主义打平了中国，又去打俄国，一他是到处都很出力的，到处都要开锣喝道地喊着：“万岁哟，马上的鞑靼！永久哟，神武的大元！”有一天，他忽然间诗兴勃发，念出一首诗来：

外表赛过勇士，心里已如失望的小羊。
无家可归的小羊哟，何处是你的故乡？

这首诗的确高明，尤其是那“赛过”两个字用得“奇妙不堪言喻”。真是天才的诗人呀！“赛过”！一只驯服的亡国奴的小羊，居然赛过勇士和英雄！

这些狗呀羊呀的动物，有什么用处？嘿，你不要看轻了这些动物！天神还借用它们来惩罚不安分的罪孽深重的人类呢。

原来某年月日，外国的天父上帝和中国的财神菩萨开了一个方桌会议，决定叫这些动物，张开吃人的血口，大大的吞噬一番，为的是要征服那些不肯安分的人，那些敢于反抗的人，那些不愿意被“主上所戏弄，倡优所畜”的人。

有诗为证：

天父和菩萨在神国开会相逢，
选定了沙漠的动物拿来借用；
于是米加勒高举火剑，爱普鲁拉着银弓：
一刹那便刀光血影，青天白日满地红！[1]

---

① 《黄人之血》中的一段。

红萝卜

最近我方才发见了一本小小说，题目是《被当做消遣品的男子》[1]。单是这个题目就够了！

十二年前的“五四运动”前后，反对宗法社会的运动还是大逆不道的。不论当时的运动是多么混沌，多么幼稚，可是，战斗的激烈的对于一切腐败龌龊东西的痛恨，始终是值得敬重的。当时是女子要求解放。而现在？是男子甘心做消遣品了。十二三年来的“进步”真是大得不得了。这至少在城市的布尔阶级里面有这种情形。消遣品！这是多么高贵的头衔。高贵的人自然要格外的有礼貌，格外顾到绅士的身分，因此，咬牙切齿的“粗暴”的反抗精神应当排斥。一切颓废感伤，歇死替痢的摩登态度，尤其是性神经衰弱等类的时髦病，应当“发扬而广大之”。至于宗法社会的毒菌，还在毒死成千成万的武侠神怪小说的读者群众，那可不关他们贵人的鸟事。这一类的黄金少年，自然是财神菩萨的子弟，至少也是梦想要做财神菩萨的小老板。对于这种寄生虫的攻击，暴露，讥刺……只嫌太温和了，太仁爱了，太“人道主义”了。这种文艺现在是太没有力量了。常常不是攻击，而是可怜这些可怜的寄生虫；而可怜往往会变成羡慕的。

对于这些“消遣品”，以及一切封建余孽和布尔阶级的意识，应当要暴露，攻击……，这是文化革命的许多重要任务之中的一个。在这个意义上说，“五四运动”的确有“没有完成的事业”，要在新的基础上去继续去彻底的完成。

然而是谁来完成呢？难道只是一种所谓“自由的智识阶级”？

---

① 穆时英著小说。

当然不是的！这是“被压迫者苦难者”群众自己的文化革命。固然群众是有朋友的。这些“朋友”是离开财神菩萨的小布尔，这是真正反对一切财神菩萨的“智识阶级”。这是真正肯替群众服务的分子。

至于红萝卜，那可多谢多谢！红萝卜是什么？红萝卜是一种植物，外面的皮是红的，里面的肉是白的。它的皮的红，正是为着肉的白而红的。这就是说：表面做你的朋友，实际是你的敌人，这种敌人自然更加危险。

现在，“自由的智识阶级”自己出来报名，说要来继续完成“五四”之遗业。

好极了，欢迎之至。但是，第一，假使他们摆出“科学的尊严面目，说无所谓有意识的替群众服务，而只有“客观的科学的独立的真理”，说“文学的最高目的，就在于消灭人类间一切的阶级隔阂”；第二，假使他们表现自己的“超然的清高的无党无偏的”态度，居然要做压迫者和被压迫者之间的“第三者”，说压迫者固然不准侵犯别人的言论出版自由，而被压迫者也不应当“侵犯”别人在思想上意识上来实行压迫的自由；第三，假使他们并不是来帮助群众斗争，并不在群众的立场上来检查种种可能的缺点和错误，来共同努力的纠正，在斗争的过程之中去锻炼出文化上的更锐利的武器，而是自己认为是群众之上的一个“阶级”，把群众的文化斗争一笔勾消，说这和封建余孽布尔阶级的文化现象同样也是些乌烟瘴气，说只有他们自己才能够开辟光明的道路；——那么，他们究竟是群众的朋友，或是群众的老师，还是群众的敌人？究竟是不是红萝卜？！这的确要“且听下回分解”了！

“忏　悔”

听说有些财神菩萨的少爷忏悔起来了。忏悔了似乎也有这么三四个月。可是，日本帝国主义的几声大炮，就把这些忏悔的少爷耳朵都震聋了。现在，他们不再忏悔自己的罪过了，他们来要求工人和劳动者忏悔了。这些“下等人”有什么可悔的？据说：这些人的罪过是在于不懂得民族主义，是在于听了什么“邪说”忘记了祖国，所以应当忏悔。

财神少爷的耳朵，听不见非民族主义的反帝国主义的呼号和战斗。一则是因为他们听不进，二则是因为他们的老子，财神菩萨的法宝镇压着那些呼号和战斗。

固然，“下等”穷人的斗争还没有赶走日本帝国主义的军队，以及……然而，穷人用不着忏悔，穷人用得着的是挖心——挖掉“奴隶的心”，越挖得干净，斗争的胜利越有把握。

> 把自己的幸福完全抛弃，去给别人谋幸福。为了别人，甘愿把自己的性命牺牲掉，一点也不悔恨：这就是所谓奴隶的心罢。这颗心，我的祖先传给我的祖父，祖父传给我的父亲，父亲如今又传给我了，并不管我是不愿意要它。……这奴隶的心，我不要它。要到什么时候，我才可以去掉这奴隶的心呵！
>
> ——《小说月报》1931 年 12 月号，巴金：《奴隶底心》

1931 年发见了这种“挖心文学”的萌芽，张天翼的《二十一个》，《面包线》，黑炎的《战线》……这些作品里面反映着“下等的”小丘八儿的改造，反映着他们的转变。自然，这都还不过是初步尝试的作品，都还是太片面的，非第亚力克谛的（nondialectic）。可是这已经是很大的进步。这至少已经不是空中楼阁，这能够反映一些现实的生活，——反映着“反财神”的斗争的某一方面。

不过，“奴隶的心”其实比圣人的心还复杂得多。如果圣人的心有七窍，那么，奴隶的心至少也有七十个窍。为什么？因为这又是财神的神通，财神的政治法律宗法教育风俗……以至于文艺的法宝，把穷人的心拗过来，弯过去，扯得长，拉得紧，四方八面戳了许许多多的洞，真正是“千锤百炼”，弄得个奇形怪状。事实上，没有巴金写的小说里那个主人翁说的那么简单。当你晓得要为自己“谋幸福”的时候，财神爷还会叫你的心变成另外一种的奴隶的心。

譬说罢：“自由的”小布尔的心，也是一种奴隶的心。而小布尔的心不但在一切种种穷人的肚子里有，就是在工人的肚子里也会有。小布尔要算是会自己谋自己个人的幸福的了。如果你着重在个人方面想，财神爷的仙法立刻又起作用：他马上念起咒来——“管你自己，管你自己。”这种咒语往往很灵验的。它叫你的奴隶的心，形式上变换一个样子，而奴隶的根性仍旧保存着。

现在实际生活里面，正在进行着极复杂的“奴隶的心”的消灭过程，这种小布尔的传染病菌，也在剧烈的斗争之中受着消毒剂的攻击和扑灭。

假使要说穷人也有什么罪过可以“忏悔”的话，那么，不是忏悔听了什么“邪说”忘记了祖国，而是忏悔挖奴隶的心挖得不干净。想在醒悟得多了，现在还要努力的去挖，掉一切种种奇形怪状的奴隶的心。

黑炎的《战线》里，描写一些兵士，也奉着北伐军政治部的命令，组织宣传队，特别去演说打倒军阀，这些兵的演说是：“军阀就是×××，×××……其他就没有别的军阀了！”这固然是奴隶的心，固然值得“忏悔”，——如果这些兵现在还在人世间，他们一定正在忏悔。但是，譬如有一个兵说：

> “我现在是当着二等兵，是怎样苦，我都告诉她了；并且她还倒在我身上哭！……她要爱我一百年！”。……她希望他早些出发，将来打到上海的时候，这种没有饷发的丘八不要干了，最好到厂里去做工，不然拖黄包车也可以，那么，以后她便和母亲同到上海去……

这是什么？落拓的学生青年，常常会做着这样甜蜜的幻梦：将来找到相当的职业，不一定太阔，甚至于很清苦的，可是有一个爱人在怀里，有一个温暖的家庭……这种“理想”，比较当工人当车夫的“理想”似乎不同些，似乎要细腻些，也许“将来的家庭”的书房里还要挂一盏古雅的画着花的电灯罩。可是实际上，这两个“理想”同样是小布尔的市侩式的理想。这其实也是一种奴隶的心。

奴隶的心的变化和消灭，是极端复杂的景象和过程。群众所需要的文艺，还应当更深刻些去反映，更紧张些去影响“挖心”的斗争。

反财神

财神菩萨统治着中国，他们说：谁的洋钱多，神通大，谁是主子。

但是，反抗着这些中外大小一切种种的财神，一可早就有了个反财神出现。反财神说：谁团结得紧干得彻底，谁是主子！

财神的神通大，财神指挥着洋枪洋炮，指使着种种式式的走狗，摆布着乱七八糟的白萝卜，红萝卜，蒙蔽着奴隶的心。

反财神难道就不会夺到那些洋枪洋炮，难道就不会打死那些阿猫阿狗，剖开那些白萝卜，红萝卜，挖掉那种奴隶的心？！

反财神是要冲破万重的压迫，喷出万丈的火焰，烧掉一切种种腐败龌龊的东西，肃清全宇宙的垃圾堆。这种火焰现在已经烧到了中国。这将要是几万万群众的火焰。

自然，从万重的压迫之下刚才抬起头来的人，也许力量还薄弱，也许支持不住而又倒下去。说这种反抗运动是“盛极而衰”，那只有脂油蒙着心的人。谁要是把脂油刮掉，真正把自己的心拿出来，交给中国的几万万群众，那他就知道新的文化革命的火焰不是“盛极而衰”，而是从地心里喷出来的火山。

地底下放射出来的光明，暂时虽然还很微弱，然而它的来源是没有穷尽的，它的将来是要完全改变地面上的景象的。这种光芒和火焰从地心里钻出来的时候，难免要经过好几次的尝试，试探自己的道路，锻炼自己的力量。

财神统治之下的上海，最近也居然发生了些新奇的“怪现象”：就是杨树浦，小沙渡的蓝衫团。听说苏州也有了这类的东西。这些“怪现象”自然还是小焉者也。比起夺到了洋枪洋炮，赶跑财神菩萨的地方，这当然是小焉者也。可是这些蓝衫团是新式的草台班。中国内地本来有一种草台班戏子，逢年逢节，他们赶到财神庙去唱戏，——或者灵官庙土地庙，反正都是一样的变相财神，——这算是给一般农民群众的安慰。安慰农民群众一年做到头，弯腰驼背的榨出许多血汗，双手捧着奉送给地主绅士。绅士说：你们太辛苦了，我叫草台班来唱几天戏，给你们玩玩。这些草台班总是替财神做戏，恭维财神的。现在，那些蓝衫团的草台班，可不替财神唱戏，而且还要唱戏来反对财神。所以说是“怪现象”了。这些新式戏子到上海工人里去唱戏，将来还要到全国民众里去唱戏，而且一定要唱反财神的戏。

反财神的戏，当然不是一唱就好的。这些戏，例如《工场夜景》（袁殊），《活路》（适夷），都是真正要想指出一条活路来的，这条“活路”的开头，难免只是诉说没有活路的苦处。然而，至少这种诉苦是有前途的。这里因为诉苦而哭，也将要是学会不哭的第一步。而且还有一件事值得指出来的：就是这些新式草台班的戏子，因为要唱戏给“下等人”听，而不是写小说给上等人看，所以开辟了“下等人国”的“国语”运动。这是中国文学革命（以及革命文学）的新纪元。可是，他们自己对于这一点，还没有有意识的去努力，因此，他们用的言语还难免混杂一些“上等人国”的“国语”。

照财神菩萨说起来，“下等人”自然就是强盗土匪，只会抢东西。下等人自己如果还抱着一颗奴隶的心，他也会说：

> “他妈的，拼上一拼吧，左不过是一死！现成的放在那里，为什么不抢呢！……”

可是，下等人的长工，例如李塌鼻，王大保之类，真正挖掉、了奴隶的心，真正知道要创造下等人自己的国家，他们说：

> 蠢东西！真是杂种！你们要抢些什么！老子是不抢的，老子们又不是叫化，又不是流氓……不是抢，是拿回我们的心血，告诉你，杂种，只要是谷子，都是我们的血汗换来的。我们只要我们自己的东西，那是我们自己的呀！……
>
> ——丁玲：《水》

小白龙

财神菩萨对于真正的强盗土匪并不怕，对于叫化流氓更不怕。真正“可怕”的是反财神——是知道拿回自己心血的群众。

至于对付强盗土匪叫化流氓，——财神菩萨的法宝多着呢。

自从日本财神的洋枪洋炮在满洲乒乒乓乓大干起来之后，自从中国的五路财神，互相竞争着表现镇静不抵抗的神通以来，强盗土匪就大交其运。原来中国的财神借着强盗土匪的声名，还可以更加巧妙地宣传不抵抗主义。

东三省的著名胡匪头子小白龙，于是乎也是马占山一样的出风头了。

小白龙道：

> 我们是安分良民，不知道的总说我们是强盗土匪。我们给官军打败了还好，万一官军给我们打败，被那些鬼子听了去，说中国的土匪如此厉害，中国的官兵如此没用，——岂不成了笑话！所以我不愿意打败仗，也不愿意打胜仗，只好马上就走。……
>
> ——《关东豪侠传》——震华书局出版

小白龙等类的土匪，可以被这些礼拜六派的武侠小说大家描写得如此之“深明大义”，如此之民族主义，如此之爱国主义，如此之国家主义，如此之马鹿……如此之对内不抵抗主义，——而对内不抵抗始终要变成对外不抵抗的。这并不是小说家的罪恶。这是小白龙等类，根本就不反对财神主义和财神制度。因此，财神和土匪之间，虽然有许多表面上的抢夺，骨子里是有一个共同之点的：就是保护财神主义的基础。所以武侠小说家能够这样描写，而且描写得这样巧妙。

现在对于小白龙，老北风，盖三省……的崇拜，很自然很顺便的和最近几年流行的武侠小说联贯起来。这些小说和连环图画，很广泛地传播到大街小巷轮船火车上。那些没有“高贵的”智识而稍微认识一些字的“普通人”，只有这种小说可以看，只有这种戏可以听，这就是他们的“文艺生活”。平常这一类的小说的题材虽然单调，可是种类和份数都很多的，什么武侠什么神怪，什么侦探什么言情，什么历史什么家庭。……这些东西在各方面去“形成”普通人的宇宙观和人生观。现在满洲事变之后，所谓“抗日文艺”，也还是这一类的小说家做得又多又快。这些所谓小说家……一切种种的艺术家，也是财神菩萨的走狗。千万不要看轻它们。它们虽然土头土脑，没有洋狗的排场，不一定吃牛肉，不一定到跑狗场去赛跑。它们就算是吃屎的癞皮黄狗，可是到处都在钻来钻去，穷乡僻壤没有一处不见它们的狗脚爪的。它们很忠心的保护着财神菩萨。

而且在文字技术上，它们往往比较的高明，它们会运用下等人容易懂得的话。它们虽然不用下等人自己的话，它们可会用草台班上说白的腔调，来勾引下等人，使下等人抛弃自己的言语，而相信只有那种恶劣的清朝测字先生的死鬼的掉文腔调方才可以“做文章”。它们利用这种几百万人习惯的惰性，能够广泛的散布财神菩萨的迷魂汤。这决不是第二等的问题！

先进的资本主义国家里，也有这一类的东西，所谓“马路文学”（Litérature des boulevards）。不过，那里的马路文学已经没有文字上的优越的武器。中国的民众，可在一般的文化上，在最具体的文字言语问题上，也受着封建余孽，——古文言和新文言的压迫。“不入虎穴，焉得虎子，”——这是现在对付中国的马路文学的方针。

> 我们必须承认：在反对文学上的阶级敌人的斗争里面，我们主要的注意只集中在“好的”作品。这没有疑问的是一个错误，因为那些无名的反动意识的代表所出版的几百万本的群众读物，实际上却是最危险的毒菌，散布着毒害和蒙蔽群众意识的传染病。在这个战线上，必须要最紧张的工作。
>
> ——德国文学家皮哈的演说

20世纪的初年，欧美就发生过“Christ（基督）还是Anti Christ（反基督）”的斗争。

现在的中国，是个“财神（Tsaishen）还是反财神（AntiTsaishen）”的斗争。

1932年1月15日

新英雄

此次上海事变，中国之新英雄蔡廷锴，恰与北方英雄马占山，遥遥相对，实为不可多得之将才。

——大阪《朝日新闻》

“不可多得之将才”

新英雄有两种：一种是括弧以内的——“新英雄”，这是所谓“新英雄”，而其实是……；另外一种是括弧以外的——新英雄，那就老老实实是新英雄。

英雄而一定要钻到括弧里面去，这当然是很别致的，咱们就先来谈谈这种别致的括孤以内的“新英雄”罢。

首先就要说到“不可多得之将才”。

满洲的日本大炮，轰隆轰隆的响了几下，立刻，那些“大可多得之将才”一溜烟的逃之夭夭。兵工厂，铁路，八万条金条，几千万里的土地，几千百万的民众，……都送得干干净净。这固然也很好，天皇陛下笑了。但是，中国的劳动民众可因此激动起来，捣乱，骚动，反动。于是马占山将军出现。他不但不抵抗，而且恰好在黑龙江抵抗。“抵抗”一下，爱国将军的头衔到手了，小兵都又信仰他了；“抵抗”两下，全国的捐款汇到了哈尔滨了，民众都定心起来，希望马占山将军等类的“将才”多出几个，民众自己可以不动手了；“抵抗”三下，日本军队开到了，包围了中东铁路，趁势一直进攻到满洲里等等俄国边境那里去了；“抵抗”四下，黑龙江省长的地盘到手了”“抵抗”五下，特任“满洲独立国”的军政部长的上谕到了，“开国元勋”做定了……呜呼，“抵抗”之功大矣哉！虽欲不谓之“不可多得之将才”而不可得也。因此，这样大的“将才”，自然是日本的新英雄了。而且据说马占山将军的投降，也是为着“徐图反正”的，那就更神妙了。

可是马占山这类的将才虽然不可多得，却还有个和他遥遥相对的蔡廷锴，以及诸如此类的“新英雄”。

上海战争之中，小丘八的勇敢牺牲，民众的热烈反对帝国主义的斗争，实在叫普通的绅商大人急得没有办法，一定又要几个“不可多得之将才”来对付一下。

于是乎这种将才就出现了。这种将才的了不得的本领在什么地方呢？

第一，他会“抵抗”，所以有办法对付小兵儿，他说：我是爱国将军，你们要听我的命令；因此，也有办法对付劳动民众，他说：我是爱国将军，我要解散你们的“非法”义勇军和反日会，禁止你们的示威，游行，罢工，集会，命令你们的慰劳队去掘壕沟，抬尸首，省得啰哩啰嗦的“摇乱军心”。

第二，他会休战，会爱和平：1 月 28 日晚上打起，打到 3 月 1 日晚上退出上海，总共一个月零几天，倒休战了三次。第一次，正是日本陆战队打败之后要等陆军来；第二次，正是日本大批陆军到了吴淞口，要一个从容登岸的时机；第三次，正是日本撤换总司令，要有点儿时间办交代。中国的官长总指挥大人“仁爱为怀”，每次都听从英美法领事的提议而实行休战。

第三，请看《申报》的第一次报告罢：“我军为尊重条约，下令不得冲过租界，否则托庇租界之敌，昨晚当可得一总解决。”（《申报》2 月 23 日）这是《申报》泄漏了一次军机！其实，这种情形决不止一次。不然，一连三十多天的“我军沉着应战，阵线不动”，岂不是比神话还难懂吗？问题就在于“英雄”的本领——能够保存虹口日本军队的大本营，借敌军的炮火，来轰打不肯奉命退却的小丘八，好个包打败仗的将才！

第四，他会宣言“日本一日不罢兵，外交一日不胜利，则我国一日不停止武力抗拒”；而过不了几天，又会发通令说：“倘日军不向我攻击，吾军亦不向彼攻击……仰各将士一体遵照。”（这时候，正是日本军队快要到昆山了，大概这就算“日本罢兵，外交胜利”了！）退兵的命令发了三次，最后，还是亲信部队的机关枪起了作用，于是可以发出“各将士一体遵照”的第二道通令。这真是善于退却的将才！

第五，他会申明退却到第二道防线，而且还是“战略上的退却”，同时又说：“中国军队已退至远过于二十公里之地，即已倍于以保全公共租界自任者之要求”；说句痛快话：所谓“战略上的退却”就等于日本最后通牒所要求的退却，而且还要倍一倍。这真是善于外交辞令的将才！

第六，他会解释打仗的理由说：“上海本非战场之地，然其所以在上海开始军事行动者，无非欲转移国际间之舆论，而使世界得一公平之真理而已；现在国际空气既在我军作战后已转移，则我之目的已达。”原来在上海打仗和不打仗的理由是这么一回事。戏台上的武生会翻跟斗，也可以使看戏的人大声喝彩。现在上海的“不可多得之将才”借着小兵儿的血肉打了几仗，于是乎国际联盟就先喝了几声彩（日本也喝了彩的呢），然后决议命令中国停战。而上海的“新英雄”就立刻认为“目的已达”，通令“各将士一体遵照”了。

总而言之，这些“不可多得之将才”，能够为着要国联来叫他们不要打仗而打仗，总算用了“抵抗”的手段实行了不抵抗的主义。难道还不是“新英雄”吗，难道不是国际联盟的“新英雄”吗……aaaaa[①]？！

1932 年 3 月 10 日

拉块司令[②]

其实，中国的“新英雄”多着呢。

譬如说罢，拉块拉块的江北人，居然也和阿拉阿拉的宁波人一样，出了一批人才，也有所谓江北司令部。上海闸北地方，自从日本资本家的军队占领之后，招了一批江北人，替他们当汉奸。当然，一般的江北苦力和工人一定是不会去的，因为干这一类的把戏，先要有点儿流氓的线索和手段。“江北司令”的官儿，虽然只有芝麻般大，然而始终是个天皇陛下的官儿，没有门路是做不到的。就是阿拉司令[③]之下，官儿虽然多，也没有轮到每一个宁波人，到如今，宁波还有好几十万种田的做工的老百姓。拉块司令部的情形也是这样。简单

① 读着最后一个“吗”字，应当拖着极长的声音，把你的身子这么七八晃，如果你有尾巴的话，那更可以多摇几摇。——作者原注。

② “拉块”原为江北（苏北）话“哪里”的意思。“拉块司令”以此代指当时江北籍小汉奸。

③ 宁波、奉化一带称我为“阿拉”，蒋介石系奉化人，这里以“阿拉司令”代指蒋介石。

些说，就是这些拉块拉块的汉奸，人数是有限的，他们一样雇着不是江北人的小脚蟹，居然在闸北成立了些江北司令部。他们帮着日本资本家检查中国人，捉拿中国人，说不定还要做死几个穷苦小百姓，因为他们是拿不出钱来赎命的。

这些拉块司令居然坐堂审犯人，为头的，听说还戴着墨晶眼镜，耀武扬威地坐在椅子上，把惊堂板一拍，喝一声："供上来！老子问你为什么搬家？你不是反日分子，就用不着虚心逃走。现在只有反动地方的反动分子，听见官兵来要吓得逃命，忠实信徒是不逃的。快些，供上来，谁教你逃走的？"等等。黑眼镜，惊堂板……俨然也是"新英雄"了。

可怜，这些小汉奸太不老练，还要戴着黑眼镜，似乎有些怕羞呢。至于老练的"新英雄"是不戴墨晶眼镜的。谁见过阿拉司令戴过黑眼镜？谁见过党纪先生戴过黑眼镜？宝山路屠杀案的主犯游伯麓，广州永汉路屠杀案的杜煊泰，南京珍珠桥屠杀案的……以至于现在洛阳广寒宫的一切一切，都是没有戴黑眼镜的。

所以道地的"新英雄"还不是拉块司令，而是那些大人物。

他们会说："长期抵抗，全国计划"，然后再说："并非不派救兵来守上海，实在因为中国地方太大，交通不便，所以救兵来不了。"他们会说："讨伐伪国，不承认日本侵略的满洲国"，然后再说："派兵到山海关去，那是表示不爱和平了，况且中国早已承认国联的调解，所以满洲事件完全要等国联调查团去查明事实真相再说，现在是讨伐不得的。"他们会说"恢复中俄邦交"去吓吓列强，然后再来否认，这样已经三四次了；而事实上双手奉送满蒙给日本，至少已经有了半年，也许还有半年一年，这时期，足够日本在军事上交通上政治上经济上外交上去准备进攻苏联了。他们会说："对外一致努力御侮，"可是，立刻接着说："绥靖剿匪是肃清后方，"一切动员的军队和运输的军火，都是去“剿匪”的，并没有半个兵半颗子弹是真正用来“御侮”的；而且这些“新英雄”互相之间还正在勾心斗角的排挤着，倾轧着，准备着混战。……最后，这些“新英雄”居然还会说出：“我们不注重在一时军事的成败，或国民愤慨的意识，”接着还要请外国资本家到闸北去，“一观残毁遗迹及战壕情状……诚有英国文豪麦考莱名诗所描写之精神矣！”不管民众的愤慨，不管战争的失败，而特别命令退兵，以便外国大诗人来对着闸北大做其洋诗，这还要公开的说出来，——真要算“英雄本色”了！

小诸葛

括弧以内的“新英雄”和括弧以外的新英雄之间，还有另外一种的新英雄。这就是小诸葛。

读者诸君千万不要缠错了：这小诸葛并非大诸葛。大诸葛是老实不客气认为四万万阿斗都是胡涂昏蛋，所以国家的事权非得完全交给他大诸葛管理不可，这叫做实行“民权”。总而言之，大诸葛是治人的君子，当朝的宰相。而小诸葛可不同。所以诸位千万别夹二缠的把牛头去对马嘴，那是罪过的。

小诸葛的特色，就在他那个“小”字。这是“小”资产阶级的“小”，也就是“小”老婆的“小”。他是随处做人家的小老婆的：或者做括弧以内的“新英雄”的“小”，或者做括弧以外的新英雄的“小”。可是首先要附带声明的是：小诸葛只是小资产阶级之中的一部分，而且是很小的一部分。那些老虎灶的老板，卖花生米的小贩，自己耕田的乡下人，以至于开小铺子的小店东……还有所谓自由职业的医生律师教员小官儿，还有倒运的工程师技师等等等等，数不清的种种式式的人，都是小资产阶级，可是，他们都不是小诸葛。因此，他们之中有些人也不一定要做人家的“小”，也够得上括弧以外的新英雄的资格，有些人却老实不客气自己愿意去做括弧以内的“新英雄”。独有小诸葛却有点儿别致。

小诸葛的特色，所以还要到“诸葛”两个字里去找一找。“诸葛”是大诸葛的贵姓，那么，小诸葛既然是大诸葛的本家，他和大诸葛总有点相同的地方了。原来诸葛亮不但是汉朝的宰相，而且还是读书人——中国式的读书人。现在的诸葛，大的当着了宰相，而小的只是读书人罢了。他就只是读书人，仅仅是读书人。他虽然“躬耕”，可是谁也没有看见他拿过锄头；他虽然会造什么“木牛流马”，可是谁也没有看见他拿过斧头。他只爱拿一把鹅毛扇。他自命为智识阶级，其实又没有什么实际智识。他没有任何一种技能，然而他又是“万能”的。不错，他识得几千个汉字，可是又是“不求甚解”的。他没有职业，也不要职业。他不知道绅商，工农，苦力，流氓，三教九流，一切军民人等的生活，甚至于不知道自己的生活。他迷恋着“神秘之街”，虽则有时候要住在亭子间。他吃饭，并且吃面包，但是他认不出哪是稻，哪是麦。总之，他什么也不是，可又什么都是。他只爱当军师。

孟夫子说：“人之患，在好为人师。”这就是小诸葛了。可怜的是：“好为人师”，而又“为”不了“人师”。这种吊儿郎当的浮萍式的高等无业师爷，已经是够“英雄”的了，再加上一个欧化的头衔，自然是新鲜而别致得很了。中国最近三十年来，总算是“天开洪运”，出产了这么一层的智识阶级的“多余的人”。

这些小诸葛，一出学校的门坎，就这么晃来晃去的。坏的呢，挑选了委员主席等类的职业，似乎有些儿像军师。再不然，三个诸葛亮，凑成一个臭皮匠，扮出一些红萝卜的把戏——里面是白色，外面是红色，向大诸葛上上条陈，向小阿斗吹吹牛皮。好些呢，居然要革命，但是又要恋爱，闹得革命先生和恋爱小姐打了三年零六个月的无头官司。这些“多余的人”实在是“多余的”；上海的战争和到处的打仗，更加显得他们是多余的了。读者诸君还有闲功夫的话，请自己去看这些小诸葛的自传罢，——那就是百分之八十的五四式的新文艺，我可没有功夫奉陪了。

老虎皮

记得还是十年前，北京《晨报》上发表了一篇冰心的小说[①]，她说：那些披着“老虎皮”的兵士和警察其实也是人呢，他们一样的有一颗人的心，一样的有爸爸，有妈妈，甚至于有娘子……为什么大家对他们这样痛恨？

那时候，正是“打倒军阀”的口号流行了不久。的确，一些资产阶级的政客造作了些“有枪阶级”的名称，把一切小兵都当“军阀”看待。这样的观念居然传播得很广，胡里胡涂的影响了很多的人。这是很能够引动一般市侩的“学说”。那些主张“文人政治”的政客，自己勾结着真正的军阀，却来散布这种厌恶痛恨小丘八的情绪——这是多么无耻和下贱呵。固然，冰心那种自由主义的伤感的口气，证明她自己也只是一个市侩。然而对于兵，对于战争的态度，她总算提出了新的问题。

披着老虎皮的小丘八也是人，而且正是被帝国主义和中国的绅商

① 指冰心当时发表的散文《到青龙桥去》。

剥削得走头无路的人！他们是种过田的，做过工的，他们对于战争的态度是清清楚楚的：为着吃饭所以来打仗的，所以来当兵！

十个年头过去了。世界上的事情经过了多么大的变化！当兵和打仗，虽然仍旧是他们的家常便饭，然而，他们那颗“人的心”里面，经过了多少次的希望，失望，绝望……新的幻想，新的兴奋，以至于新的死亡，——这是说那颗“心”的死亡呀！谁知道这些呢？谁知道他们之中已经有了最后的警醒了的人呢？

这是受过了几十次的欺骗，几十次的糟蹋的人，最后，他们回到了老家，回到了工农的队伍里面，他那颗死过不止一次的心，完全复活了！这些“强横霸道下流作恶”的披着老虎皮的人，现在对于绅商大人才真正是可怕的家伙了。

但是，除出张天翼的《二十一个》等等，谁敢反映实际生活里的这种变化呢？谁敢彻底的表现这种新的对于当兵打仗的态度呢？就是张天翼也还没敢想到底。至于新文艺之中的其他“战争小说”，那么，除出鼓吹屠杀中国和国际工农的以外，从孙席珍的《战场上》直到黑炎的《战线》，都只不过是市侩主义的背面。这里，只有厌恶战争，只有婆婆妈妈的和平主义，只有些安居乐业的“理想”。几乎没有逃出冰心的范围。至多，只有“为着不要打仗而反对军阀”的态度是反映出来的。固然，什么北伐，什么西征……的军阀混战，一切种种的欺骗，出卖，首先引起了兵士群众的这一种态度。但是，事实上中国早已有了另外一种的战争，以至于另外一种的丘八——甚至于连老虎皮都没有得披的。

假使中国只有梦想着安居乐业的所谓反对混战的丘八，那么，中国真的一个英雄也没有了。而实际生活恰好相反：中国已经有了“为着反对军阀而打仗”的丘八。最近，还出现了“为着要打仗而反对军阀”的丘八。

要知道，上海战争之中的真正英雄——括弧以外的新英雄，正是这些“为着要打仗而反对军阀”的丘八，正是这些披着老虎皮的穷人。

固然，他们还不是那些为着反对军阀而打仗的丘八，他们的那颗心还没有完全复活，然而，他们的心已经开始复活，他们已经不但为着不愿意参加军阀混战，不愿意替军阀去屠杀民众而反对军阀，他们并且为着反对帝国主义，为着要去打日本帝国主义的军队，而反对军阀。他们从这一点出发，迟早也要走到为着反对军阀而打仗的道路，——很快的，反对帝国主义的打仗和反对军阀的打仗会要混合起来而分不清楚的。

这样，上海一个月的战争，是小丘八打的。他们死在战场上，他们死在日本资本家的枪炮炸弹底下，——而这些日本的枪炮炸弹，正是中国的军阀——也就是这些小丘八的长官所竭力保存在租界里的。他们几十次的冲锋，要冲到租界上去消灭日本军队的大本营，但是，不但他们的前面有日本的大炮机关枪，而且他们的后面，还有“不可多得之将才”的严厉禁止的命令，这些命令是根据于英美法帝国主义的“神圣的”不平等条约的。他们就这样死在前后的夹攻之中。他们可真正是空前英勇的打仗，直到前后夹攻的结果，在两方面的亲信部队的机关枪的火线底下，被威迫着而退却下去。伤兵医院里得到了这个消息，——那个真正是“鬼哭神嚎”的悲愤的声浪，可以惊醒死人的长梦！又是一次欺骗，又是一次伟大的失望，这还不是最后一次哪！救兵是绝对没有的，长官要存心要打败的，三四万人要抵抗十万的帝国主义军队，要抵抗最新式的武器，——就只他们自己，没有领导的，违背着长官的心愿，用血肉抵住了两方面的炮弹和命令……这样的一个月的艰苦的战斗。这才是真正的群众的新英雄。

自然，问题不在于他们穿着老虎皮，而在于他们是穷人。上海的穷人都真心地帮助他们。虹口的六十几个海员曾经解决日本的一大队，空手夺到几架机关枪，还有浦东的工人……嘉定的农民……如果不是“不可多得之将才”的严厉的禁止和解散，胜利究竟是谁的呢？！

1932 年 3 月 18 日

“匪　徒”

中国真正彻底的新英雄——括弧以外的新英雄——却是所谓“匪徒”。

他们是另外一种丘八，他们不是单纯的丘八，他们并非工农以外的另外有一种所谓“丘八职业”的人，他们只不过是拿着了武器的工农。他们曾经反对过打仗，因此而反对军阀，他们更进一步的知道要反对军阀还必须和军阀打仗，他们知道要把军阀打干净方才是真正的反对军阀，他们知道要真正的打帝国主义，同时必须打掉军阀。单单反对军阀的不肯和帝国主义打仗，还是不够的。一定要掉过枪头去打军阀，然后能够真正的去打帝国主义。然后能够真正打胜帝国主义。因此，他们之中也就有掉过枪头的丘八。他们的当兵和打仗，才是完全的新的态度，他们不是为着个人的饭碗，他们是为着中国民众自己的政权，他们是为着一个新的社会制度。

正因为这样，他们得着了“匪徒”的头衔。中国的大诸葛用飞机炸弹毒瓦斯，中国的小诸葛用谣言诬蔑迷魂汤，争先恐后的向他们进攻。中国自己的绅商大人扑灭不了他们，帝国主义的资产阶级很远的调着兵，运着炮火来剿办他们。中国的绅商大人原是帝国主义的奴才，看见帝国主义这样亲自动手，似乎觉得自己的奴才饭碗有点儿靠不住了，所以更加出力的调动了大小喽罗去打他们。他们——所谓“匪徒”是在四面的包围之中。

假定没有这个四面包围的铜墙铁壁，那么，这些真正彻底的群众的新英雄，早就和开进中国的日本资产阶级的军队打起仗来，早就把中国境内的一切帝国主义军队都赶出去了。因为中国只有他们是真正反帝国主义的力量。因为有打仗经验的人不是说吗：开到上海来的日本帝国主义军队，都比那些“匪徒”容易打得多。

但是正因为这样，正因为他们将要领导起最广大的群众去打胜日本资产阶级，打掉一切帝国主义，所以中国的绅商格外要围困他们，格外要想杀尽他们，格外要诬蔑他们。这是何等大的“不共戴天之仇”呵！

中国的绅商说：这些“匪徒”是在破坏反日战争的后方！这是多么无耻。中国的绅商根本就没有反日的战争，日本资产阶级派到满洲和上海的军队，恰好是替中国绅商巩固后方的，因为中国绅商的前线是在“剿匪”的那一边。如果不然的话，为什么半年以来没有一个兵派到山海关以外去？为什么上海的战争要强迫停止？为什么一切动员的军队和运输的军火正在不断的向着所谓“匪区”前进？！

那些“匪徒”是不怕这一套的。他们虽然用着最旧式的武器，甚至于没有武器，他们虽然饿着冻着，他们虽然“没有教育”——然而他们学会了新兴阶级的战斗的精神，他们学会了组织和团结，有规划的整顿自己的队伍，有系统的进行自己的战斗，他们能够夺到军阀的武器，能够夺到军阀部下的丘八军心。他们将来，一样能够夺到帝国主义军队的武器和兵士。最近，上海不是有九百多日本兵因为“思想不稳”而被遣送回国吗？锦州不是有三百多日本兵拒绝打仗而被杀吗？……基础是已经有的了。是的，只有他们——这些所谓“匪徒”，能够打胜帝国主义，能够解放中国，能够创造真正几万万民众自己的中国！他们英勇的战斗已经很久了，他们的最后的胜利是有保障的。这是中国真正群众的彻底的新英雄！

英雄的言语

英雄的确是和普通人不同的，尤其是括弧以内的“英雄”。

中国的所谓“英雄”，为着要民众不懂得他们互相之间的秘密谈话起见，特别制造了一种最高等流氓的“江湖切口”，用稀奇古怪的象形字写出来，写得像鬼画符似的，读出来像道士念咒似的。这种符咒就是所谓古文文言，——这是绅商的言语文字。最近发现了“新英雄”的一张符咒，请看罢：

> 洛阳国民政府。军事委员会钧鉴。自淞沪戍军撤防而后。中央为惩前毖后之计。知已续遣援军。相机规复。唯各军到达以后。名位相埒。……万一临敌。号令不专。必转以迟滞偾事。唐九节度之师。溃于相州。而淮西之役。卒收功于裴度之亲出视师。……

这种话，民众也是懂不了的。况且，当时他们对民众说的是：“为着战略上的关系，退到第二道防线上去再打”；而这里对外国记者说的是：中国接受了日本的最后通牒，自动退兵二十公里，目的是在不再接触，而日本还是追过来，所以要请外国记者说几句公道话。这两方面的话是牛头不对马嘴的，民众看了自然更加不懂了。时文的用处是这样。这也可以算“新英雄”的一种言语。

至于欧化小诸葛，也有各种各样的“新英雄”。据说，他们是说的白话，其实，那所谓“白话”既然并不是真正的白话，又已经算不上文言，不是活人说的话，也不是死人说过的话，而是非驴非马的骡子话。说着这种话去当绅商大人的小老婆，或者住“小房子”，倒很时髦的。比如山东狗肉将军[①]讨一位苏州姨太太，说着一口的苏白，听起来的确“别有风味”，骨头都要酥呢。但是，要用这种骡子话去替革命服务，那可有点儿“隔靴搔痒”。这种“新英雄”的话多得很呢，举几个例子来看看罢：

（一）“中国的统一，中国的资本主义化，南京政权之强化，是她（苏俄）所最怕的；再明白地说，她是需要中国Russianized，而不是Americanized.”[②]（胡秋原）

——这是绅商的小老婆的话。

（二）“以政友会犬养内阁做着中心的第六十议会，是意味着日本法西斯战线的一步前进，同时，更意味着日本资本主义的动摇死灭的一步前进。”（绛克）

——这是革命骡子的话。

如再迟疑观望。则援军虽多。适为敌饵。……必致偾事失地。使民众绝望于国家。以为国家弃我如遗。古人所谓北走胡。南则越者。必将实现。……上海市商会叩阳。

① 指军阀张宗昌。

② 两个英文字是“俄国化”和“美国化”的意思。

南京蒋介石委员长钧鉴……钧座昔以陆秀夫文天祥自勉。属会则欲以澶渊之寇莱公自励。当仁不让。斯为大勇。……上海市商会叩阳。

上海市商会岂不是“新英雄”吗！他这一大套古典，七颠八倒的古奥的字句，算是会讲秘密话的了，（虽然拿古文的标准来看，这实在还是半通不通的文章！）直截痛快的替他翻译出来，他是说：如果没有总司令，那么，即使派救兵，越多越要吃败仗，倒不如不派的好；可是，这样民众又要走极端，所以我们请蒋大人出山，再做总司令，统一军事指挥，装出一副要打的神气，这是顶好的办法。原来是这么一套把戏，借个好名目来捧一捧那位大人，难怪不好直说，而要绕着弯子哼哼唧唧的念出这两篇古文来。民众不懂他哼些什么，而受他捧的那位夫人可懂得。古文的用处是这样。这可以算“新英雄”的一种言语。

但是，中国的绅商，对着民众他是大人老爷，对着洋大人，他却是西崽。西崽念古文，洋大人是懂不了的，连他自己也说不清楚的。因此，必须另外有一种言语。这就是用中国的文言，扣着欧洲的文法，制造出一种西崽之间的“切口”。这可以叫做时文的文言。请看罢：

中国军队。不驻租界附近。业逾一星期以上。乃撤退二十公里后。仍不能隔离中日军队使不相接触。此中责任。诸君明达。当能见及。（外交次长宴请外国记者之演辞。）

大概这些小诸葛式的各种“英雄”，自己以为一定要和普通人不同，所以写着这种“不同于流俗”的骡子话——叫民众没有懂得的可能。

固然，真正的民众的英雄，和市侩是不同的。他们不能够学着戏台上的“通俗”说白去对民众讲：“我看革命为好，不知你老兄意下何如？”然而，真正的民众的新英雄，他们的话是普通，明了，干脆。譬如：

> 真正的民众政权，就是民众自己的代表会议的政府。不准地主资本家选举代表。什么普通选举的国民会议，什么取消党治的人权主义……都是骗人的鬼话！

1932 年 3 月 20 日

猫样的诗人

诗人！吓！诗人，还了得！

据说现在中国的文坛是太撒野了。有一些诗人在报纸上大登其广告，告诉我们这个“真理”。还说，他们要出一种有声有色的《声色》杂志，来做勒住这野马的缰绳。

我们并非诗人，不懂得为什么中国文坛是撒野的野马。也许，那些“该杀的”就因为撒野的缘故所以被杀了的罢？剩下来的撒野的野种，在等着杀的时光，还应当在嘴上套起勒口，扣上缰绳。好罢，我们且看一看这有声有色的《声色》。

原来这声是歌声，这色是色情。这是另外一种的缰绳，并非牵着战马去上战场的那一条。因为马和美人固然同样是英雄的配角，不过美人在英雄的怀里，马却是英雄的坐骑，它的死所是战场，不是红绡帐里。英雄要为民族而战，要沥血沙场，固然要用牵马的缰绳。但是，丰功伟烈的报酬，还要有美人，有声色，有这另外一种的缰绳，把一切野马羁縻住了，让咱们的英雄享清福。温文尔雅不撒野的猫，唯美主义的《声色》，就是这另外一种的缰绳了。

《声色》上有些什么？最大的就是一只猫。这猫大得可以！

他蹲在她的后腿上，两只前腿静穆的站着，像古希腊庙楹前的石柱。

——《声色》创刊号第十五页，徐志摩：《一个诗人》

咱们的大诗人化身为小小的虱子，在这雌猫的四腿两股之间欣赏着，出神地看着。他们是在鉴赏那希腊石柱的雕刻艺术吗？也不完全如此。鉴赏的是有许多，这是：

你的乳，我的痛嚼的胭脂，我的乱吞的铅粉，我的狂饮的香水……

还有——

人的说不出的什么心事也会被引起两片蚌肉一般……

张开你的皓臂和银腿，让你的浑圆，肥满，丰润，柔嫩，奢华的壮健，猥亵的洁白，淫欲的伶俐，来喂饲我因饥饿那不知道的事物，因相思那无名的事物，而憔悴得快要垂萎的灵魂。

——同上，第二十三页。

还有——

是女人半松的裤带在等待着男性颤抖的勇敢。

——同上，第三页。

好了，够了！

猫——不撒野的温文尔雅的猫，捉老鼠是很凶狠的猫，见着主人很驯服的猫。据说，这样的猫“是一个诗人，纯粹的诗人。”（同上，第十五页。）

凶狠的吃老鼠的猫，“叫春”时候的音调，倒也的确很浪的。但是，老实说句撒野的话：它是一个清客，它的主人是“吃租阶级”（rentiers）。“文学青年们”，假如你们有租可吃的话，不管是田租，房租，还是地皮租……只要有得吃的话，那么，你们抚摸这只温文尔雅不撒野的猫罢。

8月18日

“Apoliticism”——非政治主义

每一个文学家其实都是政治家。艺术——不论是哪一个时代，不论是哪一个阶级，不论是哪一个派别的——都是意识形态的得力的武器，它反映着现实，同时影响着现实。客观上，某一个阶级的艺术必定是在组织着自己的情绪，自己的意志，而表现一定的宇宙观和社会观；这个阶级，经过艺术去影响它所领导的阶级（或者，它所要想领导的阶级），并且去捣乱它所反对的阶级。问题只在于艺术和政治之间的联系的方式：有些阶级利于把这种联系隐蔽起来，有些阶级却是相反的。

自然，有些作家的作品，表面上看起来，似乎是没有丝毫的政治臭味。这种作家其实也是政治家。有时候他们自己也明明知道的。他们认为必须叫“读者社会”有点儿特殊的消遣，使得他们的心思避开严重的政治问题，避开对于社会问题的答复。——这可以用“为艺术的艺术”的假招牌，也可以是虚伪的旁观主义。这难道不是政治？诱惑群众，使他们不问政治——这常常是统治阶级的一种手段。有些艺术家是有意的去做这种手段的工具，有些却是无意的。

无意之中做政治手段的工具，做维持剥削制度的工具，——这在一般小资产阶级的文学家，艺术家，是常有的事。我们揭穿这种事实，无非是要他们自己清醒一下，谨慎一些，认真地挑选自己的道路：究竟同着群众走，还是同着统治阶级走。他们之中有些回头过来，有些一直往死路上走，这是他们的自由，谁也干涉不了。

至于反动阶级的艺术家，口头上否认着政治，实际上正在实行着自己的政策，那是因为他们认为这样更方便些，更巧妙些，更可以达到自己的目的。他们以为那些公开的叫喊着“祖国，民族”的反动的文艺政策的人，未免太蠢笨了些。这两种反动政策的互相竞争，只是反对阶级内部的纠纷，——中国最近三四年来这种纠纷是在表演着，然而他们两方面的目的是一致的。新月派之类和民族派之类的“争论”就是这么一回事。现在表面上是“非政治主义派”占了上风：谁都要学着说几句风凉话，其实是战术更加精密了。

无论什么阶级都在拥护自己的利益。但是，并不是个个阶级都利于公开的承认这个事实。甚至于需要自己骗骗自己。自己的利益和大多数群众冲突的阶级，总在竭力找寻一些假面具。而艺术对于他们往往是很有用的武器，他们正需要能够掩蔽自己的政治手段的艺术。这就是那种“精密的战术”了。

18 世纪时代的西欧资产阶级，总之，那些还在反对封建的旧统治的资产阶级，在当时，往往喜欢自命为劳动群众的先锋，所以它们的艺术还是公开的主张战斗的。那时候，艺术家的理想是要号召“维新”，“改革”，“启蒙”，他们认为自己的作品能够充满着这些号召是光荣的。后来，情形自然不同了。资产阶级开始想尽各种办法，来束缚群众，阻碍群众的前进，维持经济上政治上文化上的奴隶制度。反革命之后的中国资产阶级，同着地主买办和帝国主义，正在进行这种文化上束缚政策。这年头，已经早就不是“五四时代”了！他们至少也要说艺术应当是非政治的。

而现代的人类的领袖阶级——无产阶级，国际的和中国的工人阶级却是绝对不同的，他们的目的不能够不是完全消灭剥削制度，他们不怕承认自己的意识形态是阶级性的，是党派性的。他们要创造新的艺术，他们的艺术要公开的号召斗争，要揭穿一切种种的假面具，要提出自己的理想和目的；他们要不怕现实，要认识现实，要强大的艺术力量去反映现实，同时要知道这都是为着改造现实的。资产阶级的作家，惯于偷偷摸摸地灌输资产阶级的“目的意识”，而表面上戴着雪白的“纯艺术”的假面具；他们冷笑着指摘无产阶级的作家，说：“政治家，政治家，你算得什么艺术家呵！你的艺术是目的意识的！”

自然，有些艺术家主观上甚至于是革命的，但是，他们还没有了解这种理论和倾向的内容。他们也许只看见文学技术方面的问题，他们也许相信定命主义的社会发展。他们以为只要客观的描写出社会的现象，艺术家的任务就完结了。至于社会的发展，那自然而然是光明的势力将要占优胜的，艺术家何必有什么“目的意识”呢！自然，单有革命的“目的意识”是不能够写出革命的文学的，还必须有艺术的力量。然而运用艺术的力量，又必须要有一定的宇宙观和社会观。如果宇宙观和社会观是资产阶级的，那么，那所谓“客观的描写”，所谓“艺术的价值”就将要间接的替现存制度服务。同样，那种替“纯艺术”辩护的态度，恰好被反动阶级所利用。

王道诗话

“人权论”是从鹦鹉开头的。据说古时候有一只高飞远走的鹦哥儿，偶然又经过自己的山林，看见那里大火，它就用翅膀蘸着些水洒在这山上；人家说它那一点儿水怎么救得熄这样的大火，它说：“我总算在这里住过的，现在不得不尽点儿心。”（事出《栎园书影，见胡适《人权论集》序所引。）鹦鹉会救火，人权可以粉饰一下反动的统治。这是不会没有报酬的。胡博士到长沙去讲演一次，何将军就送了五千元程仪。价钱不算小。这大概就叫做实验主义”。

但是，这火怎么救，在“人权论”时期（1929 年——1930 年），还不十分明白。五千元一次的零卖价格做出来之后，就不同了。最近（今年 2 月 21 日）《字林西报》登载胡博士的谈话说：

> 任何一个政府都应当有保护自己而镇压那些危害自己的运动的权利，固然，政治犯也和其他罪犯一样，应当得着法律的保障和合法的审判……

这说清楚得多了！这不是在说“政府权”了吗？自然，博士的头脑并不简单，他不至于只说“一只手拿着宝剑，一只手拿着经典”！如什么主义之类。他是说，还应当拿着法律。

中国的帮忙文人，总有这一套祖传秘诀，说什么王道仁政。你看孟夫子多么幽默，他教你离得杀猪地方远远的，嘴里吃得着肉，心里还保持着不忍人之心，又有了仁义道德的名目。不但骗人，还骗了自己，真所谓心安理得，实惠无穷。诗曰：

文化班头博士衔，人权抛却说王权，
朝廷自古多屠戮，此理今凭实验传。
人权王道两翻新，为感君恩奏圣明，
虐政何妨援律例，杀人如草不闻声。
先生熟读圣贤书，君子由来道不孤，
千古同心有孟轲，也教肉食远庖厨。
能言鹦鹉毒于蛇，滴水微功漫自夸，
好向侯门卖廉耻，五千一掷未为奢。

1933 年 3 月 5 日

苦闷的答复

李顿报告书采用了中国“孙逸仙博士的国际合作开发中国的计划”，这是值得感谢的，——最近南京市各界的电报已经“谨代表京市七十万民众敬致慰念之忱”，称他“不仅为中国好友，且为世界和平及人道正义的保障者”。（3 月 1 日南京中央社电）

然而李顿也应当感谢中国才好：第一，假使中国没有“孙逸仙博士的国际合作学说”，李顿爵士就很难找着适当的措辞来表示他的意思，岂非共管没有了学理上的根据？第二，李顿爵士自己说的：“南京本可欢迎日本之扶助。以拒共产潮流”，他就更应当对于中国当局的这种苦心孤诣表示诚恳的敬意。

但是事实上，李顿爵士最近在巴黎的演说（路透社 2 月 20 日巴黎电），却提出了两个问题：一个是：“中国前途，似系于如何，何时及何人对于如此伟大人力予以国家意识的统一力量，日内瓦乎？莫斯科乎？”还有一个是：“中国现在倾向日内瓦，但若日本坚持其现行政策，而日内瓦失败，则中国纵非所愿，亦将变更其倾向矣。”这两个问题都有点儿侮辱中国的国家人格。国家者政府也。李顿说中国还没有“国家意识的统一力量”，甚至于还会变更其对于日内瓦之倾向！这岂不是不相信中国国家对于国联的忠心，对于日本的苦心？

为着中国国家的尊严和民族的光荣起见，我们要想答复李顿爵士已经好多天了，只是没有相当的文件。这使人苦闷得很。今天突然在报上发见了一件宝贝，可以拿来答复李大人：——这就是“汉口警部3月1日的布告”。这里可以找着“铁一样的事实”，来反驳李大人的怀疑。

例如这布告（原文见《申报》3月1日汉口专电）说：“在外资下劳力之劳工，如劳资间有未解决之正当问题，应禀请我主管机关代为交涉或救济，绝对不得直接交涉，违者拿办，或受人利用，故意以此种手段构成严重事态者，处死刑。”这是说，外国资本家遇见“劳资间有未解决之正当问题”，可以直接任意办理，而劳工方面如此这般者……处死刑。我们中国的劳工，这样一来，就都变成了“用国家意识统一了的”劳工。因为凡是违背这“意识”的，都要请他离开中国的国家——到阴间去。李大人难道还能够说中国当局不是“国家意识的统一力量”吗？

冉则，统一这个“统一力量”的当然是日内瓦，不是莫斯科。“中国现在倾向日内瓦”——这是李顿大人自己说的。例如那布告上也说：“如有奸民流痞受人诱买勾串，或直受驱使，或假托名义，以图破坏秩序安宁，与构成其他不利于我国家社会之重大犯行者，杀无赦。”这是保障“日内瓦倾向”的坚决手段，所谓“虽流血亦所不辞”。而且“日内瓦”是讲世界和平的，所以中国两年以来都没有抵抗，因为抵抗就要和日本打仗，就破坏和平。直到“一二八”，中国不过装做挡挡炸弹枪炮的姿势，最近的热河事变，中国方面也同样的尽在“缩短阵线”。同时，中国方面埋头剿匪，已经宣誓在一两个月内肃清匪共，暂时不管热河。这是要证明“日本……见中国南方共产潮流渐起，为之焦虑”是不必的，日本很可以无须亲自出马。中国方面这样辛苦的忍耐的工作者，无非是为着要感动日本，使它悔悟，使得远东永久和平，国际资本可以在这里分工合作。而李顿爵士还要怀疑中国会“变更其倾向”，这就未免太冤枉了。

总之，“处死刑，杀无赦”是回答李顿爵士的怀疑的历史文件。请放心罢，请扶助罢。

1933 年 3 月 7 日

曲的解放

“词的解放”已经有过专号，词里可以骂娘，还可以“打打麻将”。曲何妨也解放，也来混帐混帐？不过“曲”一解放，自然要“直”——后台戏搬到前台——未免有失诗人温柔敦厚之旨，至于平仄不调，声律乖谬，还在其次。

“平律会”杂剧

（生上白）连台好戏不寻常，攘外期间安内忙。只恨热汤滚得快，未敲锣，鼓已收场。（唱）

〔短柱天净沙〕

热汤混帐——逃亡！

装腔抵抗——何妨？

（旦上唱）模仿中央榜样：

——整装西望，

商量奔向咸阳。

（生白）你你你……低声！你看咱们这汤儿呀，他那里无心串演，我这里有口难分，一出好戏就此糟糕，好不麻烦人也！

（旦白）那有什么，咱们一夫一妇，一正一副，再来一出好了。查办也还够唱的。

（生白）是。（唱）

〔颠倒阳春曲〕

人前指定可憎张，
骂一声不抵抗！

（旦背人唱）百忙里算甚糊涂帐？

只不过，假装腔，
便骂骂，又何妨？

（丑携包裹奔上，白）阿呀呀，吓死我了。

（旦抱丑介白）我的儿呀，你这么心慌！你应当在前面多挡这末几挡，让我们好慢慢收拾。（唱）

〔颠倒阳春曲〕

背人搂定可怜汤，
骂一声，枉抵抗，
戏台上露甚慌张相？
只不过，理行装，
便等等，又何妨？

（丑骂介白）你们倒要理行装！我的行装先就不全了，你瞧！

（旦）我儿快快走扶桑。（生）雷厉风行查办忙。（丑）如此牺牲还值得，堂堂大汉有风光。（同下）。

1933 年 3 月 9 日

迎头经

中国的现代圣经曰："我们……要迎头赶上去，不要向后跟着。"

传曰：追赶总只有"向后跟着"，普通是不能够"迎头"追赶的。然而圣经当然不会错，况且这个年头一切都是反常的呢。所以说赶上偏偏是迎头，说在后跟着，那就不行。

民国22年春×3月某日，当局谈话曰："日军所至，抵抗随之……至收复失地及反攻承德，须视军事进展如何而定，余非军事专家，详细计划，不得而知。"（申报3月12日第三版）不错呀，"日军所至，抵抗随之，"这不是迎头赶上是什么？日军到沈阳，迎头赶上北平；日军到闸北，迎头赶上真茹；日军到山海关，迎头赶上塘沽；日军到承德，迎头赶上古北口……以前有过行都洛阳，现在已经有了陪都西安，将来还有"汉族发源地"昆仑山——西方极乐世界。至于收复失地云云，则虽非军事专家亦得而知焉，经有之——"不要向后跟着"也。证之以往的上海战事，每到日军退守租界的时候，就要"严饬所部切勿越租界一步"。这样，所谓迎头赶上和勿向后跟，都是不但见于经传，而且证诸实验的真理了。

右传之一章。

传又曰：迎头赶和勿后跟，还有第二种的解释。

民国22年春×3月，报载热河实况曰："义军皆极勇敢，认扰乱和杀戮日军为兴奋之事……唯张作相接收义军之消息发表后，张作相既不亲往抚慰，热汤又停止供给义军汽油，运输中断，义军大都失望，甚至有认替张作相立功为无谓者。”“日军既至凌源，其时张作相已不在，吾人闻讯出走，热汤扣车运物已成目击之事实，证以日军从未派飞机轰炸承德……可知承德实为妥协之放弃。”（同上见张慧冲君在上海东北难民救济会席上所谈）虽然据张慧冲君所说：“享名最盛之义军领袖，其忠勇之精神未能悉如我人之意想”，然而义勇军之兵士却都是极勇敢的小百姓。正因为这些小百姓不懂得圣经，所以也不知道迎头式的抵抗策略。于是小百姓自己，就碰见了迎头的抵抗。——前几天热汤放弃承德之后，北平军委分会就命令“固守古北口，如义军有欲入口者，即开枪迎击之。”这是说，我的“抵抗”只是随日军之所至，你要换个样子抵抗我就抵抗你；我的退后是预先约好了的，你既不肯妥协，我就不准你“向后跟着”，只能够把你“迎头赶上”梁山了。

右传之二章。

传云：惶惶大军，迎头而奔，“嗤嗤”小民，勿向后跟。赋也。

1933 年 3 月 14 日

出卖灵魂的秘诀

几年前，胡适博士曾经玩过一套“五鬼闹中华”的把戏，那是说：这世界上并无所谓帝国主义之类在侵略中国，倒是中国自己该着“贫穷”，“愚昧”……等等五个鬼，闹得大家不安宁。现在胡适博士又发明了第六个鬼——叫做“仇恨”。这个鬼不但闹中华，而且祸延友邦，闹到东京去了。因此，胡博士对症发药——预备向日本帝国主义上条陈。（见报载最近胡适博士的谈话）

据胡博士说：“日本军阀在中国暴行所造成之仇恨，到今日已颇难消除”，“而日本决不能用暴力征服中国。”这是值得忧虑的：难道真的没有方法征服中国么？不，照实验主义的哲学说，还是有法子的。这就是：“日本只有一个方法可以征服中国，即悬崖勒马，彻底停止侵略中国，反过来征服中国民族的心。”

这据说是“征服中国的唯一办法”。不错，古代的儒教军师总说“以德服人者王”。胡适博士不愧为日本帝国主义的军师。但是，从中国小百姓方面来说，这却是出卖灵魂的唯一秘诀。中国小百姓原不懂得自己的“民族性”，所以他们一向会仇恨。如果日本陛下大发慈悲，居然采用胡博士的条陈，那么，所谓“忠孝仁爱信义和平”的中国固有文化，就可以恢复，因为日本不用暴力，中国民族就没有了仇恨，因为没有仇恨心，自然更不抵抗，因为不抵抗，自然更和平更忠孝……中国的肉体固然出卖了，中国的心灵也被征服了！可惜的是这

“唯一方法”的实行，完全要靠日本陛下的觉悟。如果不觉悟，那又怎么办？胡适博士说：“到无可奈何之时，真接受一种耻辱的城下之盟”好了。那真是无可奈何的——因为那时候“仇恨鬼”是不肯走的，这始终是中国民族性的污点。

为着要洗刷这个污点，所以胡适博士准备出席太平洋会议，再去“忠告”一次他们的日本朋友：征服中国并不是没有方法的，请接受我们出卖的魂灵罢！何况这并不难，只要实行李顿的“公平”报告，那就是“彻底停止侵略”——仇恨自然就消除了。

1933 年 3 月 22 日

最艺术的国家

我们中国的最伟大最永久，而且最普遍的“艺术”是男人扮女人。这艺术的可贵，是在于两面光，或谓之“中庸”：——男人看见“扮女人”，而女人看见“男人扮”。表面上是中性，骨子里当然还是男性。然而如果不扮，还成艺术吗？

譬如说，中国民族的固有文化是科举制度，外加捐班之类。当初说这太不像民权，不合时代潮流，于是扮成了中华民国。然而这民国年久失修，仿佛花旦脸上的脂粉，连招牌都已经剥落殆尽，同时，老实的民众，要想革掉一切科甲出身和捐班出身的参政权，以便实现反动的民权。这对于民族是不忠，对于祖宗是不孝。现在早已回到固有文化的“时代潮流”，那能放任这种不忠不孝！因此，又得重新扮过一次。草案如下：第一，谁有代表国民的资格，须由考试决定。第二，考出了举人之后，然后再挑选一下，此之谓选（动词）举人；而被挑选的举人，就作为被选举人。照文法说，这样的国民大会的选举人，应称为“选举人者”，而被选举人，应称为“被选之举人”。然而如果不扮，还成艺术么？因此，他们扮成宪政国家的选举人和被选举人，虽则实质上还是秀才和举人。这草案的深意正在这里：叫民众看见是民权，而民族祖宗看见是忠孝——忠于固有科举的民族，孝于制定科举之祖宗。此外，像上海已经实行的民权，是纳税的就有权选举和被选，使偌大上海只剩4465个大市民[①]。这虽是捐班——有钱的为主，然而他们一定会考中举人，甚至不补考也会赐同进士出身的，因为洋大人膝下的榜样，理应遵照，何况这也是一面并不违背固有文化，一面扮得很像宪政民权呢。此其一。

其二，一面交涉，一抵抗：从这一面看过去是抵抗，从那一面看过来是交涉。其三，一面做实业家银行家，一面自称“小贫而已”。其四，一面是日货销路复旺，一面对人说是“国货年”……诸如此类不胜枚举，而大都是扮演得十分巧妙两面光滑的。

中国真是最艺术的国家，最中庸的民族。

而小百姓还要不满意，呜呼，君子之中庸，小人之反中庸也！

1933年3月30日

---

① 指1933年3月27日上海公共租界“纳税华人会”市民组举行第十二届选举时，以产业及纳税多寡为条件所统计的会员数。其中有选举权者2175人，有被选举权者2290人。

关于女人

国难期间女人似乎也特别受难些。一些正人君子责备女人爱奢侈，不肯光顾国货。就是跳舞，肉感等等，凡是和女性有关的，都成了罪状。仿佛男人都成了苦行和尚，女人都进了修道院，国难就得救了似的。

其实那不是她的罪状，正是她的可怜。这社会制度，把她挤成了各种各式的奴隶，还要把种种罪名加在她头上。西汉末年，女人的眉毛画得歪歪斜斜，也说是败亡的预兆。其实亡汉的何尝是女人！总之，只要看有人出来唉声叹气的不满意女人，我们就知道高等阶级的地位有些不妙了。

奢侈和淫靡只是一种社会崩溃腐化的现象，决不是原因。私有制度的社会本来把女人也当做私产，当做商品。一切国家，一切宗教，都有许多稀奇古怪的规条，把女人当做什么不吉利的动物，威吓她，要她奴隶般的服从；同时又要她做高等阶级的玩具。正像正人君子骂女人奢侈，板着面孔维持风化，而同时正在偷偷的欣赏肉感的大腿文化。

阿拉伯一个古诗人说："地上的天堂是在圣贤的经典里，在马背上；在女人的胸脯上。"这句话倒是老实的供状。

自然，各种各式的卖淫总有女人的份。然而买卖是双方的。没有卖淫的嫖男，那里会有卖淫的娼女。所以问题还在卖淫的社会根源。

这根源存在一天，淫靡和奢侈就一天不会消灭。女人的奢侈是怎么回事？男人有私有主，女人自己也不过是男人的所有品。她也许因此而变成了“败家精”。她爱惜家财的心要比较的差些。而现在，卖淫的机会那么多，家庭里的女人直觉地感觉到自己地位的危险。民国初年就听说上海的时髦总是从长三堂子传到姨太太之流，从姨太太之流再传到少奶奶，太太，小姐。这些“人家人”要和娼妓竞争——极大多数是不自觉的，——自然，她们就要竭力的修饰自己的身体，修饰拉得住男子的心的一切。这修饰的代价是很贵的，而且一天天的贵起来，不但是物质的时代，还有精神上的。

美国的一个百万富翁说：“我们不怕……我们的老婆就要使我们破产，较工人来没收我们的财产要早得多呢，工人他们是来不及的了。”而中国也许是为着要使工人“来不及”，所以高等华人的男女这样赶紧的浪费着，享用着，畅快着，哪里还管得到国货不国货，风化不风化。然而口头上是必须维持风化，提倡节俭的。

1933 年 4 月 11 日

真假董吉诃德

西洋中古时期的武士道的没落，产生了董吉诃德那样的戆大。他其实是个十分老实的书呆子。看他在黑夜里仗着宝剑和风车开仗，的确傻相可掬，也只觉得他可怜可笑。

然而这是真吉诃德。中国的江湖派和流氓种子，却会愚弄吉诃德式的老实人，而自己又假装着吉诃德的姿态。《儒林外史》上的几位公子，慕游侠剑仙之为人，结果是被这种假吉诃德骗去了几百两银子，换来了一颗血淋的猪头，——那猪算是侠客的“君父之仇”了。

真吉诃德的做傻相是由于自己的愚蠢，而假吉诃德是故意做些傻相给别人看，想要剥削别人的愚蠢。

可是，中国的老百姓未必都是这么蠢笨，连这点儿手法也看不出来。

现在的假吉诃德们何尝不知道大刀不能救国，他们却偏要舞弄着，每天“杀敌几百几千”乱嚷，还有人“特制钢刀 99 柄赠送前敌将士”。可是为着要杀“猪”起见，又舍不得飞机捐。于是乎“武器不精良”的宣传，一面变成了节节退却或者“诱敌深入”的注解，一面又借此搜括一些杀猪经费。可惜前有慈禧太后，后有袁世凯！——清末的兴复海军捐变成了颐和园，民四的“反日”爱国储金变成了征讨当时的革命军的军需。现在这套把戏实在太欠新鲜，谁不知道。——不然的话，还可以算是新发明。

现在的假吉诃德们，何尝不知道“国货运动”振兴不了什么民族工业，国际的财神老爷扼住了中国的喉咙，连气也透不出，什么“国货”都跳不出这些财神的手掌心。然而“国货年”是宣布了，国货商场是成立了，像煞有介事的，仿佛抗日救国全靠一些戴着假面具的买办多赚几个钱。这钱还是牛马猪狗身上去剥削来的。不听见增加生产力，劳资合作，共赴国难的呼声么？原本是不把小百姓当人看待，而小百姓做了牛马猪狗仍旧要负“救国”责任。结果自然应当拼命供给自己身上的肉给假吉诃德们吃，而猪头还是要斫下了（挂出去）示众，以为“捣乱后方”者戒。

现在的假吉诃德们，何尝不知道什么“中国固有文化”咒不死帝国主义，无论念几万遍“不仁不义”或是金光明咒，也不会触发日本（三岛）的地震，使它陆沉大海。然而他们偏要高喊“民族精神”，仿佛得了什么秘诀。意思其实很明白，是要小百姓埋头治心，多读修身教科书。这固有文化本来毫无疑义：是岳飞式的奉旨不抵抗的忠，是朗诵“唤起民众”而杀之的孝，是斫猪头吃猪肉而又远庖厨的仁爱，是遵守卖身契的信义，是“诱敌深入”的和平。其实“固有文化”之外又提倡什么“学术救国”，引证西哲菲希德之言等类的居心，又何尝不是如此。

假吉诃德的这些傻相，真教人笑不出哭不出；你要认真和他辩驳，当真认为可笑可怜，那就未免傻到不可救药了。

1933 年 4 月 11 日

内　外

古人说内外有别，道理各各不同。丈夫叫“外子”，妻叫“贱内”。伤兵在医院之内，而慰劳品在医院之外，非经查明，不准接收。对外要安，对内就要攘，或者嚷。

何香凝先生叹气：“当年唯恐其不起者，今日唯恐其不死”。然而死的道理也是内外不同的。

庄子曰：“哀莫大于心死，而身死次之。”次之者，两害取其轻也。所以外面的身体要它死，而内心要它活；或者，正因为要那心活，所以把身体治死。此之谓治心。

治心的道理很玄妙：心固然要活，但不可过于活。

心死了，就明明白白地不抵抗，结果，反而弄得大家不镇静。心过于活了，就胡思乱想，要瞎抵抗。这种人，“绝对不能言抗日”。

为要镇静大家，心死的应该出洋，留学是到外国去治心的方法。

而心过于活的，是有罪，应该严厉处置，这才是在国内治心的方法。

何香凝先生以为“谁为罪犯是很成问题的”——这就因为她不懂得内外有别的道理。

1933 年 4 月 11 日

透底

凡事彻底都好，而“透底”就不见得高明。因为连续的向左转，结果却碰见了向右转的朋友，那时候彼此点头会意，脸上会要辣辣的。就像要自由的人，忽然要保障复辟的自由，或者屠杀大众的自由——透底是透底的了，却连自由的本身都漏掉了，原来只剩了通体透明一丝不挂。

反对八股是应该的。八股原是蠢笨的产物。最初是考官嫌麻烦，——他们的头脑大半是用阴沉木做的——什么代圣贤立言，什么起承转合，文章气韵，都没有一定的标准，难以捉摸，因此，一股一股地定出来，算是格式；拿这格式来“衡文”，一眼就看得出多少轻重。随后应试的人也觉得又省力又不费事。这样的八股，无论新旧，都应当扫荡。但是这原是为着要聪明，不是要更蠢笨些。

不过要保存蠢笨的人，却有一种策略。他们说：“我不行，而他和我一样。”——大家活不成，拉倒大吉！而等“他”拉倒之后，旧的蠢笨的“我”却总是偷偷地又站起来，实惠是属于蠢笨的。好比要打倒偶像，偶像急了，就指着一切活人说：“他们都像我”，于是你跑去把貌似偶像的人统统打倒；回来，偶像还奖励你，说打倒“打倒偶像”者，透底之至。这样，世界上就剩得偶像和打倒“打倒”者。

开口诗云子曰，算老八股；而有人“达尔文说，蒲力汗诺夫曰”也算做新八股。于是要知道地球是圆的，就要人人都要自己去环游地球一周；要制造汽机的，也要先坐在开水壶前格一通物。……这自然透底之至。其实，从前说反对卫道文学，原是反对那道，说那样吃人的“道”不应当卫，而有人要透底，就说什么道也不卫；这“什么道也不卫”难道不也是一种“道”吗？所以，真正最透底的，还有下列一个故事：

古时候，有一个国度里革命了，旧的政府倒下去，新的站上来。旁人说，你这革命党，原先是反对有政府的，怎么自己又来做政府？！那革命党立刻拔出剑来，割下了自己的头，但是，他的僵尸直立着，喉管透出一股气来，仿佛是在说：这主义的实现原本要等三千年之后。

1933年4月11日

人才易得

前几年，大观园里的压轴戏是刘姥姥骂山门。那是要老旦出场的，老气横秋的大“放”一通，直到裤子后穿而后止。当时指着手无寸铁或者已经缴械的小百姓，大喊“杀，杀，杀！”那呼声是多么雄壮呵。所以它——男角扮的老婆婆，也可以算是一个人才。

现在时世大不同了，手里杀杀杀，而嘴里却需要“自由，自由，自由”，“开放政权”云云。压轴戏要换了。

于是人才辈出，各有巧妙不同。出场的不是老旦，而是花旦了；而且这不是平常的花旦，而是海派戏广告上所说的“玩笑旦”。这是一种特殊的人物，他（她）要会媚笑，又要会撒泼，要会打情骂俏，又要会油腔滑调。总之，这是花旦而兼小丑的角色。不知道是时势造英雄（还是说“美人”妥当些），还是美人儿多年阅历的结果，练出了这一套拿手好戏？

美人儿而说“多年”，自然是阅人多矣的徐娘了，她早已从窑姐儿升任了老鸨婆；然而她丰韵犹存，虽在卖人，还兼自卖。自卖容易，卖人就难些。现在不但有手无寸铁的小百姓，不但！况且又遇见了太露骨的强奸……要会应付这种非常之变，就非有非常之才不可。你想想：现在压轴戏是要似战似和，又战又和，不降不守，亦降亦守——这是多么难做的戏。没有半推半就，假作娇痴的手段是做不好的。孟夫子说：“以天下与人易。”其实，能够简单地双手捧着“天下”去“与人”，倒不为难了。问题就在于不能如此。所以就要一把眼泪一把鼻涕，哭哭啼啼而又刁声浪气的诉苦说：“我不入火坑，谁入火坑？”

然而娼妓说她落在火坑里，还是想人家去救她出来；老鸨婆哭火坑，就没有人相信她，何况她已经申明：她是敞开了怀抱，准备把一切人都拖进火坑去的。虽然，这玩笑却开得不差，不是非常之才，就使挖空了心思也想不出的。

老旦进场，玩笑旦出场，大观园的人才着实不少！

呜呼，以天下与人虽然大不易，而为天下得人，却似乎不难。

1933年4月24日

中国文与中国人

最近出版了一本很好的书：高本汉著的《中国语和中国文》。高本汉先生是个瑞典人，他的真姓是珂罗倔伦（Karlgren）。他为什么“贵姓”高？那无疑的是因为中国化了。他的确是个了不得的“支那学家”——中国语文学的权威。

但是，他对于中国人，却似乎也有深刻的研究。

他说：“近来某几种报纸，曾经试用白话，——按高氏这书是1923年在伦敦出版的，——可是并没有多大的成功；因此，也许还要触怒了多数定报的人，以为这样，就是讽示着他们不能看懂文言报呢！”

“西洋各国里有许多伶人，在他们表演中，他们几乎随时可以插入许多“打诨”，也有许多作者，滥引文书；但是大家都认这种是劣等的风味。这在中国恰好相反，正认为高妙文雅而表示绝艺的地方。”

中国文的“含混的地方，中国人不但不因之感受了困难，反而愿意养成它……”

于是这位“支那学专家”就不免要“中国化”起来。他在中国大概受够了侮辱。“本书的著者和亲爱的中国人谈话，所说给他的，很能完全了解；可是，他们彼此谈话的时候，他几乎一句话也不懂。”这自然是那些“亲爱的中国人”在“讽示”他不懂“上流社会的”话。因为“外国人到了中国去，只要注意一点，他就可以觉得：他自己虽然已经熟悉了普通人的语言，而对于上流社会的谈话，仍是莫名其妙的”。（例如“一个中国的雅人”回答高先生问他多大年纪，就说了一句“而立”。幸而高先生在《论语》上查着这个古典。）

于是“支那学专家”就说：“中国文字好像一个美丽可爱的贵妇，西洋文字好像一个有用而不美的贱婢。”

美丽可爱而无用的贵妇的“绝艺”，就在于“插诨”的含混。这使得西洋第一等的大学者至多也不过抵得上中国的普通人。这样，我们“精神上胜利了”。为要保持这种胜利，必须有高妙文雅的词汇，而且要丰富！五四白话运动的“没有多大成功”，原因大概就在上流社会怕人讽示他们不懂文言了。

虽然，“此亦一是非，彼亦一是非”——我们还是含混些好了，否则反而要感受困难的。

10 月 25 日

狗抢骨头吃!

美国棉麦借款的五千万黄金，是美国财政资本抛下桌子来的一块肉骨头。于是中国的军阀，官僚和资本家，就像一群哈叭狗，大家起来你抢我夺：

浙江省政府说，为提高浙省工商业等等起见，要三千万元（中国钱）。

安徽的什么建设计划里，说要一千万。

广东方面的西南要人，说建筑黄埔商港，也要分一大笔款项，否则国民党的中央政府会用这借款去做打西南的军费。

…………

最后，上海报上突然透露了一个惊人消息说："福家洋行已经抛出万包美棉，仅售与东棉纱厂、日新纱厂与江花商行，以上三厂，尽为外商。"……于是"华商纱业界方面，对于政府将美棉转售外商之举，一致表示愤慨，谓政府此举将使已濒破产的华纱业界已陷于万劫不复。"

国民党的南京政府屡次指天发誓：对日本说这决不是"以夷制夷"；对西南说决不以此款移于增加军费；对资本家说，此次借款用途限于农业、工业之建设。所以政府方面的通信社，就否认福家洋行经手转卖美棉给外国商行的消息。然而否认尽管否认，而四五年来国民党的所谓建设，都是奖励资本家做公债生意，做"改良的"买办生意，搜括钱财，供给军阀混战，供给屠杀民众的“剿匪”战争。任何真正发展农业、工业的建设也不会有。

有的只是：军阀、官僚、华商资本家，一群群大大小小的帝国主义走狗，在“建设”的名义之下，大抢其骨头吃！只要看看：各方面怎样各自“一致表示愤慨”。哗啦哗啦，争多嫌少，就可以知道这些分赃的狗崽仔是多么“勇敢”！

国民党的“仁爱”

武汉的“剿匪”司令最近发出了一道命令，说“匪区”的老人和儿童不应当杀，而且是说的“不宜多所杀戮”。这算是孙中山的“仁爱”的“民族固有道德”！

第一，这命令证明以前已经“多所杀戮”了，而且连老人儿童都杀了不少了。第二，这命令只说“不宜多所杀戮”，而“少少的”。杀戮些老人儿童还是适宜的、必须的。第三，这命令其实只是骗骗白区的读报的群众，事实上，六年来的“剿匪”期间，不知道下过几十次这一类的命令；同时，也不知道杀掉了几千几万的老人和儿童。帝国主义的走狗——这些中国地主资产阶级不推翻，国民党的“仁爱政策”是没有终了的日子的！

诗 歌

哭 母[1]

亲到贫时不算亲，
蓝衫添得新泪痕。
饥寒此日无人管，
落上灵前爱子身。

① 此诗写于1916年春。

雪　意[1]

雪意凄其心惘然，
江南旧梦已如烟。
天寒沽酒长安市，
犹折梅花伴醉眠。

① 本诗约作于1917年。作者1932年12月7日书赠鲁迅，诗后附有跋语："此种颓唐气息，今日思之，恍如隔世，然作此诗时，正是青年时代，殆所谓'忏悔的贵族'心情也。录呈鲁迅先生。"

赤潮曲[①]

赤潮澎湃，
晓霞飞动，
惊醒了
五千余年的沉梦。

远东古国
四万万同胞，
同声歌颂
神圣的劳动。

猛攻，猛攻，
捶碎这帝国主义万恶丛！
奋勇，奋勇，
解放我殖民世界之劳工，

何论黑，白，黄，
无复奴隶种！

---

① 本诗发表于1923年6月15日《新青年》季刊第一期（共产国际号），署名秋棠。

从今后，福音遍天下，天下文明，
只待共产大同。

看！
光华万丈涌。

飞来峰和冷泉亭[①]

飞来峰下坐听瀑泉，——
我恨不能再乘风飞去。
且来此冷泉石上，
做个中流的砥柱。

只听你湍流奔泻，
急节繁响怒号千古。
始终听不出个：
“你为什么飞来，
为什么又飞不去？”

难道虚名儿叫冷，
出山心却热！——
怪不得这样咆哮奔放，如泄积怒；
毕竟也枉称飞来，原来是力求飞去。

一九二三年七月

① 此诗发表于1923年7月20日《民国日报·觉悟》。

铁 花[1]

我不在柔和细腻的自然里，
我不在繁美华盛之中；
在这烟气迷天的工厂内，
锻炼着我的铁花，火涌。

铁花受不着阳光的煦和，
铁花领不着月光的抚慰；
小炉里融融的火飓，
嗤嗤地烧着了花蕊。

那地方锤子的声音来得蠢，
那地方金铁的声音来得紧；
好一似铜松拂着刚风，
我真爱上了，舍却不忍。

不是那轻挥羽扇，妙舞回旋的——
而是那胼胝满目，——是有力的掌。

---

① 此诗发表于1923年10月15日《时事新报·文学》第92期。

工厂里燃着不熄的火苗，
照耀我这壮勇无畏的胸膛。

我吹着铁炉里的劳工之怒，
我幻想，幻想着大同，
引吭高歌的……醉着了呀，群众！
锻炼着我的铁花，火涌。

过　去[①]

淡绿色的落叶儿，
秋意中轻轻飘展呢。
落叶儿，我送你归去，
祝你安安心心抛离“生意”。
春华秋实，你的使命尽了：
地上枯死了绿茵的草，
枝上飞去了啁啾的鸟，
只落得把秋来报告。

① 此诗发表于1923年12月20日《新青年》季刊第2期。

天　语[1]

大地山河，如今还剩得几许，
便欲倚飞云，一直叩天门去。
静悄悄里，像听得宇宙低语；
寒浸浸，光芒涵照斗牛路。
飘忽归来天国，故乡已无住处，
那莽尘寰乱攘攘，怎能回顾？
何处，何处？
…………
天却有情，恨我高绝，
殷勤来问我那人间苦。

① 此诗发表于123年12月20日《新青年》季刊第2期。

江南第一燕[①]

万郊怒绿斗寒潮，
检点新泥筑旧巢。
我是江南第一燕——
为衔春色上云梢。

① 此诗从作者1923年12月给王剑虹的一封信中摘出。

失　题[1]

那网罗宇宙的诗意，
　　　它唯一的仇敌，
　　便是语言文字。
那贯彻金石的灵光，
它唯一的屏蔽，
便是前思后想。

天地间真挚的心性，
凡百“有情”都会自然的感召，
又何劳你咏风弄月，
絮叨个不了？
当前坦荡的大道，
只要你大踏步前去；
又何必再踌躇踯躅，
绞尽了脑髓？

① 此诗和下面一首《寄××》，大约作于1923年冬或1924年春。1939年5月20日《鲁迅风》第14期曾据作者遗稿刊载。

寄××[1]

一

灯塔般的光明，
照耀着将来的人生；
若非自己是来自歧路，
何至于决不定途程！

原来三岔路口：
　　贵族的血，冷；
　　市侩的铜，臭；
　　劳工的汗，香。

别人家的臭铜，
决买不动你的肝胆；
所怕自己的冷血，
竟暖不了你的心肠。

① 这是一首诗的残稿。

洪炉大冶的人间，
正好似轮机声里的钢铁，
——锻炼得你只剩些汗和血；
这其间未必没有风花雪月，
——又何必定要风花雪月！
澎湃的赤潮，涌出诗神历万劫。

赠羊牧之（四首）

一

十年不相见，
相见各成人。
潘鬓一似旧，
举止失天真。
君知霜月苦，
仆仆走风尘。
风尘应识好，
坚我岁寒身。
重耳能得国，
端在历艰辛。

二

贻我七言句，
秋气满毫端。

芦花不解事，
只作路旁看。
我意斯文外，
别有天地宽。
词人作不得，
身世重悲酸。
吾乡黄仲则，
风雪一家寒。

三

君年二十三，
我年三岁长。
君母去年亡，
我母是弃养。
亡迟早已埋，
死早犹未葬。
茫茫宇宙间，
何处觅幽圹？
荒祠湿冷烟，
举头不堪望。

四

出其东门外，
相将访红梅。
春意枝头闹，
雪花满树开。
道人煨榾柮，
烟湿舞徘徊。
此中有至境，
一一入寒杯。
坐久不觉晚，
瘦鹤竹边回。

小小的蓓蕾[①]

小小的蓓蕾，
含孕着几多生命，
陈旧的死灰，
几乎不掩没光明。
看那沙场的血花灿烂，
经过风暴之后的再生。
谁道是无意中的赤化？
却是赤爱的新的结晶。

① 此诗从作者1929年3月15日给杨之华的信中摘出，是题赠女儿独伊的。

读《自由谈》有感[1]

不向刀丛向舞楼，
摩登风气遍神州。
旧书摊畔新名士，
正为西门说自由。

近读《申报·自由谈》，见有人说真正乐的情死，却是《金瓶梅》里的西门庆；此外，尚有“冷摊负手对残书”之类的情调，实在“可敬”。欧化白话文艺占领《自由谈》，正像国民革命军进北京城。欲知后事如何，只要看前回分解可也，因此打油一首。

① 此诗据作者1932年12月28日寄赠鲁迅的手迹抄录。

读飞机募捐启有感泣而歌之[①]

去年今日此吴淞，
大炮飞机相应轰；
大炮不知何处去，
飞机依旧打秋风。

① 此诗原载作者与鲁迅共同辑编的《萧伯纳在上海》一书，用作“补白”。1933年2月17日英国作家萧伯纳到上海时，参观了“一·二八”淞沪战役遗址。

狱中题照[①]

如果人有灵魂的话，
何必要这个躯壳！
但是，如果没有的话，
这个躯壳又有什么用处？

这并不是格言，也不是哲理，而是另外有些意思的话。

① 此系作者1935年于福建汀州狱中赠给军医陈炎冰照片上的题词。